प्यार की बातें तथा अन्य कहानियाँ

वाणी प्रकाशन
नयी दिल्ली-110002

प्यार की बातें तथा अन्य कहानियाँ

सुरेन्द्र वर्मा

वाणी प्रकाशन

प्रकाशन के उत्कृष्टतम 63 वर्ष

सजिल्द पहला संस्करण : 1999
सजिल्द दूसरा संस्करण : 2026

vaniprakashan.com

वाणी प्रकाशन

4695, 21-ए, दरियागंज, नयी दिल्ली-110 002

फ़ोन : + 91 11 23273167, 23275710

शाखाएँ

अशोक राजपथ, पटना-800 004, बिहार

कॉफ़ी हाउस कैम्पस, महात्मा गांधी मार्ग, प्रयागराज-211 001, उत्तर प्रदेश

महात्मा गांधी अन्तरराष्ट्रीय हिन्दी विश्वविद्यालय, वर्धा-442 001, महाराष्ट्र

sales@vaniprakashan.in
vaniprakashan@gmail.com

Pyar Ki Baaten Tatha Anya Kahaniyan
by Surendra Verma

ISBN : 978-81-7055-687-9
Collection of Stories

मूल्य : ₹ 350

जी.एस. ऑफ़सेट, दिल्ली-110 095 में मुद्रित

वाणी प्रकाशन का लोगो मक़बूल फ़िदा हुसैन की कूची से

अनुक्रम

कॉमिक

चौड़ाई की ओर कोने पर फाड़ा गया लिफ़ाफ़ा मेज़ पर पड़ा है, अधखुला ख़त मेरे हाथ में है...और मैं सहसा अपने को बहुत ख़ाली-ख़ाली सा महसूस करने लगा हूँ। घड़ी पर नज़र जाती है, तो मालूम होता है कि अभी पूरी शाम सामने है...अजगर की तरह मुँह फाड़े पड़ी है—वही शाम, जिसका पिछले हफ़्ते से किस तरह इंतज़ार था !...बोनट खोलकर एंजिन पर झुकते हुए, चिपके हुए टायर में हवा पंप करते हुए, ठीक हुई गाड़ी ट्राई करते हुए...मोबिल आइल और पेट्रोल की गंध से बोझिल वातावरण में बस इसी शाम का ख़याल उड़ी-उड़ी-सी खुशबू की तरह आता रहा है।...मुझे शुरू से ही डर था कि ऐसा कुछ होगा तो ज़रूर लेकिन इतनी जल्दी हो जाएगा, यह नहीं सोचा था।...कुछ देर पहले मैं कितना खुश-खुश इस टेबल पर आकर बैठा था—बाएँ कोने की यह मेरी प्रिय टेबल...जैसे मेरे लिए ही रखी गई हो। मैं जब भी आया, यह टेबल मुझे ख़ाली मिली। बैरा मुझे देखकर चेहरे पर पहचान की मुसकान ले आया था, फिर धीरे-धीरे निकट आकर ज़रा कुछ झुक गया था—"यस्सर ?"

मैंने एक जेब से सिगरेट के पैकेट को निकालकर टेबल पर रखा था और एक जेब से माचिस को। फिर टेबल पर कुहनियाँ टिकाते हुए कहा था, "कॉफ़ी !"

"जब मेमसा'ब आएँगा, तब ?" उसके होंठों पर भेद-भरी मुसकान थी।

मैं एकदम निश्चय नहीं कर पाया कि यह बदतमीज़ी है या नहीं, लेकिन वेटर की आँखों में सहसा किसी आशंका की छाया उतर आई थी—शायद मेरी संभावित नाराज़गी के भय से...और जैसे उसे इसी स्थिति से उबारने के लिए मैं कह गया था—"अभी भी और तब भी !"

उसके होंठों की मुसकान आँखों की चमक में प्रतिबिम्बित हुई थी और मैं समझ गया था कि मेरा बुरा न मानना उसे अच्छा लगा है।

"अब्भी दो मिन्ट में लाएँगा सा'ब !...एकदम हाइकिलास !"

मैंने अपने आप ही मुसकराते हुए सिगरेट सुलगाई थी और एक लंबा कश लेकर सिनेमाई अंदाज़ में धुएँ के छल्ले बनाने लगा था। ...नज़रें घड़ी पर फिसलती

हुई दरवाज़े तक पहुँची थीं।...साढ़े पाँच बज चुके थे।...पाँच बजे ऑफ़िस बंद हुआ होगा। वहाँ से पाँच मिनिट में बस स्टॉप, बस से पंद्रह मिनिट में कोलाबा...और तीन-चार मिनिट में इस 'लियोपोल्ड' तक...यानी अब किसी भी क्षण शीशे का बंद दरवाज़ा आहिस्ता से खुल सकता था और सैंडिलों की खट्-खट् ठीक मेरी टेबल तक आकर रुक सकती थी...

"हैल्लो निक !"

"हैलो स्वीटी ऽ ऽ...!"

...वेटर ने खट-से ट्रे टेबल पर रख दी थी...और मैं कप में चम्मच चलाते हुए, हाथ के हिलने के कारण कमीज़ और लेदर जैकेट के बीच चिकने पन्नों की सरसराहट महसूस कर रहा था...और सोच रहा था कि जब मैं यह नया रंग-बिरंगा कॉमिक आहिस्ते से उसके हाथों में दूँगा, तो वह किस तरह मेरी आँखों में देखकर डूबी-सी मुसकराएगी—"निक !...यू आर वण्डरफ़ुल !"...तब मुझे वह पहली मुलाक़ात भी याद आई थी।...मैं डिक के यहाँ गया था और जूली दरवाज़े पर ही मिली थी।

"आओ, तुम्हें मिलवाएँ।" बॉल्ड, घुँघराले बालों पर आहिस्ते से उँगलियाँ फिराते हुए उसने कहा था।

"किससे ?"

लेकिन जवाब देने की बजाय उसने आगे बढ़कर ड्राइंगरूम का परदा खिसका दिया था।...सामने लंबे सोफ़े पर एक लड़की घुटने मोड़े, पीठ के पीछे कुशन लगाए अधलेटी थी। एक हाथ में मुड़ा हुआ कॉमिक था और दूसरे में लंबा चॉकलेट जिसे धीरे-धीरे चूहों की तरह कुतरा जा रहा था।...दरवाज़े पर आहट सुन वह सहसा सकपकाकर स्कर्ट का निचला घेर सँभालने लगी थी।

"शर्ली !...माय फ्रेंड एंड कुलीग !...कॉमिक्स के पीछे दीवानी है।" फिर दुष्टता से जोड़ दिया था, "जस्ट गिव हर ए कॉमिक एंड हैव हर..."

वाक्य ख़त्म होते न होते शर्ली ने मेज़ की आड़ में जूली का पैर ज़ोर से दबा दिया था।...वह दर्द के बावजूद मुसकराती हुई अलग हटकर 'सी-सी' करने लगी थी।

मैं गरदन में हिलती-डुलती बड़े-बड़े मोतियों की माला के ऊपर शर्ली का साँवला, आकर्षक चेहरा देख रहा था।...उसकी नाक लंबी और सुघड़ थी। आँखें मामूली और होंठ बहुत सफ़ाई से तराशे हुए...जैसे बस, चूमने के लिए बने हों !...मुझे लगा था कि लिपस्टिक का शेड उसके रंग से मैच नहीं कर रहा है।...कभी मौक़ा मिला, तो कहूँगा, मैंने सोचा था।

"निक्की, मैं और डिक आज ज़रा बिज़ी हैं।...वी आर गोइंड टु सी ए मूवी !" जूली ने फ्रिज से कोकाकोला की बोतलें निकालते हुए मेरी ओर मुड़कर आजिज़ी से कहा था, "तुम शर्ली को उसके यहाँ तक छोड़ दोगे ? ...प्लीज !" और उसने शर्ली

की ओर ऐसे पैट्रोनाइज़िंग प्यार से देखा था जैसे वह एक मामूली बच्ची हो।

"हाँ...हाँ..., निक !...प्लीज़ !...डू इट ऐज ए फ़ेवर टु मी !" मुँह में सिगरेट दबाए, टाई की नॉट ठीक करता हुआ डिक पिछले कमरे से निकल आया था...और कुछ देर बाद बाहर से लिफ़्ट का दरवाज़ा बंद करते हुए उसने धीरे से कहा था, "किडी, तुम आजकल बिलकुल ख़ाली हो।...टेक ए चान्स !"

...मैं एक सिगरेट जलाता हूँ और तीली ऐश-ट्रे में डाल देता हूँ।...कुछ क्षणों वह जलती रहती है, फिर सहसा भभककर बुझ जाती है...और धुएँ की पतली लकीर लहराती, बल खाती हुई ऊपर उठने लगती है...मैं कसमसाकर पहलू बदलता हूँ।...अब मुझे कहीं नहीं जाना है।...अब मुझे वक़्त का कोई ख़याल नहीं...और एक उड़ती-उड़ती नज़र घड़ी पर डालता हूँ।...अगर शर्ली आ गई होती, तो हम इस समय किसी सिनेमा-हाउस के कैरीडोर में घूमते हुए तसवीरें देख रहे होते...या अंदर बैठे फ़िल्म शुरू होने के इंतज़ार में पॉटेटो-चिप्स चबाते हुए चल रहा इंस्ट्रुमेंटल सुन रहे होते...या अभी-अभी शुरू हुई फ़िल्म का राइट-अप पढ़ रहे होते।...डिनर के बाद टहलते हुए गेटवे ऑव इंडिया तक जाते...फिर रात के अँधेरे में चमकती हुई नियान बत्तियाँ देखते हुए 'गुलमोहर' से 'ताज' की ओर...चाकलेट लेने के लिए कोने की छोटी-सी 'लिटिल पीक' में घुसते, तो काउंटर पर चश्मा लगाए खड़ी लड़की हमेशा की तरह मुसकराती...और बाहर निकलने पर अँगुलियाँ ऊपर हवा में हिलाकर विश् करती...।

"वह लड़की मुझे अच्छी लगती है," एक बार शर्ली ने कहा था।

"य ऽ ऽ अ...शी इज़ स्वीट एण्ड सिंपल !"

हम उस समय समुंदर के किनारे कफ़ पैरेड में एक बेंच पर बैठे थे। नज़दीक की बेंचें ख़ाली थीं और अँधेरे में 'नेकलेस' की बत्तियाँ झिलमिला रही थीं। पीछे से कोई कार गुज़रती, तो हॉर्न की आवाज़ या एंजिन की घरघराहट सुनाई दे जाती।...उसका दायाँ हाथ मेरे हाथ में था और मैं उसकी कलाई में बँधी नन्ही-सी घड़ी और बीच की अँगुली की बड़ी-सी अँगूठी को छू रहा था...।

"तुमने पूना देखा है ?"

"न !"

"देखोगी ?"

"डा ऽ ऽ लिंग...!" आवेश में मेरे हाथ पर उसकी पकड़ सख़्त हो गई थी।

"मैं गैराज से कोई गाड़ी मैनेज कर लूँगा।...अगले वीकएण्ड पर चलेंगे।" मैंने आहिस्ता से उसकी कमर अपने हाथ की गिरफ़्त में ले ली थी—"यूँ तो...बांबे-पूना हाइवे इज़ द बेस्ट हाइवे ऑव इंडिया !"

उसने मेरे कंधे पर गाल टिकाकर खोई-खोई आवाज़ में कहा था—"आइस्सी...।"

...वेटर ने ट्रे टेबल पर रखी है...और मेरे इशारे पर कॉफ़ी बनाकर कप सामने

खिसका दिया है।...कप की ऊपरी गोलाई से भाप उठ रही है।...एक कश का धुआँ मुँह में भरे-भरे झुककर कॉफी का एक घूँट लेता हूँ...और धुआँ और कॉफ़ी, दोनों निगल जाता हूँ।...एक सिहरन-सी होती है और पलकें मुँदने-सी लगती हैं। यहाँ बैठा हूँ, लेकिन कानों में बार-बार लहरों के छपाकों की आवाज़ गूँज रही है।...बिल्डिंग तक छोड़ने के पहले शर्ली को हर बार किनारे पर ले गया हूँ...जो कभी सूखा रहता था और कभी जिसे लहरें बार-बार भिगोने आती थीं...।

"मुझे समुंदर पसंद है," गीली रेत पर दो क़दम नंगे पाँव चलकर एक बार उसने कहा था, "तुम्हें ?"

"इस बारे में कभी सीरियसली सोचा नहीं।" मैं बोला था।

"फिर भी ?" उस दिन शायद वह कुछ न कुछ पूछते जाने के ही मूड में थी।

"हाँ, चीज़ अच्छी है।...पसंद की जा सकती है।" मैंने भरसक मुसकान दबाते हुए अटक-अटककर कहा था और एक नज़र उसके छोटे-छोटे पाँवों के निशान पर डाली थी—"अब यहाँ आ जाओ।...लहरें आ रही हैं।"

"लेट देम कम !" उसने दोनों हाथ कमर पर टिका बड़े हिरोइक अंदाज़ में कहा था, लेकिन फिर सहसा दौड़ती हुई नज़दीक आ गई थी।...उसके कुछ बाल माथे पर बिखर गए थे और साँस तेज़-तेज़ चलने लगी थी।

"यह देख रही हो ?" हाथ थामकर उसे सहारा देते हुए मैंने पूछा था।

"क्या ?"

मैंने अपने कोट के कॉलर की ओर इशारा किया था।

"यह क्या है ?"

"तुम्हारी लिपिस्टिक का निशान।"

उसने दो-तीन बार जल्दी-जल्दी पलकें झपकाई थीं और कुछ काँपती हुई-सी अँगुलियों से माथे पर बिखरी लटें सँवारने की कोशिश की थी। उसके गालों पर लाली आ गई थी और होंठों के कोने हल्के-हल्के फड़क रहे थे।...कोहनी मोड़कर मैंने उसका चेहरा अपने सामने किया था।...मेरे और उसके होंठों के बीच बस दो इंच का फ़ासला था...कि एक घूमती हुई कार की तेज़ हेडलाइट में गीली रेत चमकने लगी थी।...वह अपना हाथ छुड़ाकर अलग बैठ गई थी और हाथों से घुटने बाँध लिये थे।

मैंने जेब से चॉकलेट निकालकर उसकी ओर बढ़ाया था। उसने नीचे ही देखते हुए चॉकलेट लिया था...और रैपर फेंकने को ही थी कि मैंने उससे रैपर लेकर जेब में रख लिया था।

वह मेरी ओर देखते हुए शरमायी मिठास से हँसी थी—"तुम ये रैपर हमेशा रख लेते हो।...आख़िर क्यों ?"

"मैं इनका एलबम बना रहा हूँ जो हमारे...हमारा...आइ मीन टु से...रेकार्ड होगा।" मैंने अटकते हुए किसी तरह वाक्य पूरा कर दिया था।

वह मेरा मतलब समझकर झेंप गई थी, "यू आर क्रेजी...।" उसने प्यार से कहा था। उसे मेरी यह हरकत बहुत भली लगती है।

...सिगरेट का टुकड़ा अब इतना छोटा हो गया है कि अँगुलियों पर आँच महसूस होने लगी है।...उसे ऐश-ट्रे में फेंकता हूँ, तो धुएँ की मोटी लकीर लहराती, बल खाती हुई ऊपर उठने लगती है।...याद आ रहा है कि यहाँ आने की मुझे कितनी जल्दी थी !...गैराज से सीधा कमरे में पहुँचा था और दस मिनिट में तैयार होकर यहाँ आ गया था। बीच में 'लिटिल पीक' से चॉकलेटें ली थीं। पाँच का नोट काउंटर पर रखते ही बाहर सड़क पर डबल डेकर की घरघराहट सुनाई दी थी और मैं तेज़ी से दरवाज़े की ओर बढ़ गया था।

"बाक़ी पैसे तो..." चश्मेवाली लड़की चौंककर ज़ोर से बोली थी।

"बाद में ले लूँगा..." कहता हुआ मैं फुटपाथ पर आ गया था।

...अपना वह आवेश और अधीरता अब कितनी बेमानी मालूम हो रही है !...अपनी ही इस निरर्थक भागदौड़ को मैं होंठों पर वक्र मुसकान लिए बहुत ऊपर से देख रहा हूँ।...अपने को झुठलाने की कोशिश कर रहा हूँ कि वह सारा आवेश अपने से ही दिखाया था। दरअसल मुझे तभी अंदाज़ था कि वह होगा...और इस तरह जो हुआ है, वह अकस्मात् नहीं है, एक धक्का नहीं है, जो सहसा मुझे लगा...एक सिलसिले की कड़ी है, अपने क्रम पर उभरकर ऊपर आनेवाली...इसीलिए शीशे के दरवाज़े से जूली को आते देख मुझे ताज्जुब नहीं हुआ था और जब उसने पर्स से निकालकर लिफ़ाफ़ा मेज़ पर रख दिया था, तो मैंने उसकी ओर एक नामालूम-सी निगाह डाली थी और उसे खोलने का ज़रा भी आग्रह दिखाए बिना जोश से वेटर को बुलाकर उसके लिए कॉफ़ी और सैंडविचेज़ का ऑर्डर दिया था।

जूली बार-बार घड़ी की ओर देख रही थी—"नो...मैं कुछ लूँगी नहीं !...मैं लेट हो गई हूँ।...डिक मेरा वेट कर रहा होगा।"

"अ ऽ ऽ य...सिट डाउन बेबी !" मैंने लापरवाही से कहा था।

"खत तो पढ़ लो।" लिफ़ाफ़े के प्रति मेरे रवैये से उसे झुँझलाहट हो रही थी।

"ओक्के...ओक्के...!"

मैंने चौड़ी तरफ़ से लिफ़ाफ़े का एक पतला-सा कोना फाड़कर ऐश-ट्रे में डाल दिया था और एक फूँक मारकर किनारे की चिपक गई परतें खोली थीं।...मेरा मन हुआ कि ज़ोर से ठहाका लगाऊँ, 'लिओपोल्ड' को क़हक़हों से गुँजा दूँ। एक अरसे से मैंने इतना बढ़िया मज़ाक़ नहीं सुना था...एक युवा, आकर्षक स्टेनो अपनी गर्ल-फ्रेंड के साथ वीक-एंड पर महाबलेश्वर जाए !...मैंने ख़त लिफ़ाफ़े में रखा था और लिफ़ाफ़ा मेज़ पर...और मेरे होंठों पर एक मुसकान आ गई थी। जूली ने जल्दी-जल्दी मुझे समझाने की कोशिश की थी कि ख़त में झूठ कुछ भी नहीं है।...मैंने उसकी कोई बात नहीं कही थी...मैंने एक लफ़्ज़ भी नहीं कहा था।...आँखों के आगे बार-बार

किसी नई कार में आगे बैठी, खिड़की पर कुहनी टिकाए शर्ली की तसवीर आ रही थी—हवा के झोंकों से उड़-उड़ जाती बालों की लटें सँवारती हुई, माला के बड़े-बड़े मोतियों को हलके-हलके छूती हुई...उसकी बग़ल में कोई भी हो सकता था—उसकी फ़र्म का मैनेजर...या ए, बी, सी, कोई भी...मुंबई बहुत बड़ी है।

...अचानक ही मन में सूनापन भरने लगा था।...शर्ली...उसकी मुसकराहट...उसका बात करने का ढंग...उसकी मोतियों की माला...घड़ी, अँगूठी...उसकी याद बहुत ही हलकी और सतही लग रही थी और महसूस हो रहा था कि इन सबका मेरी खुशी से कोई सरोकार नहीं है...।

...मैं अनमने ढंग से जूली को बोलते हुए देख रहा था...उसके हिलते हुए लाल-लाल होंठ, उजले दाँतों की क़तार, बड़ी-बड़ी आँखें, जल्दी-जल्दी झपकती हुई पलकों की लंबी बरौनियाँ...वह कॉफ़ी लिये बिना उठ गई थी।...मैं उसकी अनजाने ही शोख़ हो रही चाल का ग्रेस देख रहा था...और मेरे मुँह से एक ठंडी साँस निकल गई थी...काश, यह लड़की डिक की फ़ियान्स न होती !

...वेटर ने पानी का गिलास खट-से टेबल पर रखा है।...सिगरेट का टुकड़ा ऐश-ट्रे में फेंकते हुए गिलास की ओर हाथ बढ़ाता हूँ और इशारे से बिल लाने के लिए कह देता हूँ।...सिगरेट का पैकेट कोने की ओर फिसल गया है और माचिस आड़ी खड़ी है।...एक घूँट लेकर गिलास टेबल पर रख देता हूँ।...शुगर-पॉट और ऐश-ट्रे के बीच में लिफ़ाफ़ा तिरछा हो गया है।...उसका रंग कुछ फीका-सा है, जैसे काफ़ी दिनों काग़ज़ों में दबा रहा हो। लेटर-पेपर कफ़न की तरह सफ़ेद है; न कोई रंग है न सुगंध...और लिखावट काफ़ी भद्दी है...सिर्फ़ दो सतरें टेढ़ी-मेढ़ी, अक्षरनुमा लकीरों के बीच मेरे आगे एक पराई पुरानी कार उभर रही है...ह्वील पर मैं हूँ, एक दिन की रंगीन छुट्टी के उन्माद में...और मेरी बगल में...जेब में रखी चॉकलेटों को हलके-से छूता हुआ अपने आप ही बुदबुदाता हूँ—"आई विल हैव टु मैनेजर..."

...बिल पे करके बाहर निकल आता हूँ।...अँधेरा हो चुका है और दुकानों पर नियॉन बत्तियाँ झिलमिला रही हैं।...सड़क पर बदस्तूर कारें-बसें आ-जा रही हैं...हॉर्न की आवाज़ और एंजिन की घरघराहट...आगे आती जाती हेडलाइट...और पीछे फिसलती हुई पिछली बत्तियाँ...दुकानों के शो-केसों पर अनमनी नज़र डालता हुआ मैं फुटपाथ पर ख़ामोश चल रहा हूँ।...सिगरेट जलाकर एक लंबा कश लेता हूँ, तो अकस्मात् धुआँ गले में फँस जाता है, साँस रुकती-सी महसूस होती है और मुझे खाँसी आने लगती है।...अलग एक खंभे से टिककर लगातार खाँसे चला जाता हूँ और आँखों की कोरों से पानी बहने लगता है।...मैं अपने को बहुत थका हुआ महसूस कर रहा हूँ और मेरा सिर भारी-भारी-सा हो रहा है। धीरे-धीरे चलता हुआ सहसा 'लिटिल पीक' के आगे ठिठक जाता हूँ। दुकान ख़ाली है और चश्मेवाली लड़की काउंटर पर खुले एक रजिस्टर पर झुकी है।

जूतों की आहट से चौंककर वह सिर उठाती है और मुसकराने लगती है।

"आप एकदम ही चले आए !" उसने ड्राअर से नोट और कुछ पैसे निकालकर मेरी ओर खिसका दिए हैं।...वह मेरे पीछे देख रही है...लेकिन जब कोई भी नहीं दिखाई देता, तो सहसा मेरी ओर देखने लगती है।...खाँसी से मेरा चेहरा लाल हो गया है और मेरी आँखें शायद अभी भी गीली हैं।...देखते-देखते उसकी निगाहों में कुछ बदल-सा जाता है और होंठों पर उदास मुसकान सिमट आती है।

"दिस इज़ लाइफ़, ब्वॉय !...टेक इट ईजी !" उसने कुछ क्षण रुककर बुज़ुर्गाना अंदाज़ में कहा है।

"ह्व ऽ ऽ ट...डु यू मी ऽ ऽ न ?"

"टेक इट ईजी, ब्वॉय...टेक इज़ ईजी !"

मैं एकटक उसकी ओर देख रहा हूँ। मेरा चेहरा बिलकुल भावहीन है।

"आपको कोई ग़लतफ़हमी हुई है।...शी इज़ माई सिस्टर।"

"सिस्टर ?"

"सिस्टर।"

मैं काउंटर पर टिके उसके हाथ देख रहा हूँ—पतले, सुडौल हाथ...दाईं कलाई में बँधी नन्ही-सी घड़ी, एक अँगुली में अँगूठी...लंबी-लंबी अँगुलियाँ, लंबे-लंबे नाखून...मेरी निगाह ऊपर को चढ़ती हुई उसके चेहरे पर आ जाती है...खूब गोरे चेहरे पर काले फ्रेम का चश्मा...माथे पर बिखरी दो-तीन घुँघराली लटें...बाएँ गाल पर एक नन्हा-सा तिल...और पतले-पतले तराशे हुए होंठ, जैसे सिर्फ़ चूमनें के लिए बने हों !

...नोट उठाने के लिए झुकते हुए कमीज़ और लैदर-जैकेट के बीच दबे कॉमिक के चिकने पन्ने सरसरा उठे थे।

"आर यू इंटरेस्टेड इन कॉमिक्स ?" मैंने सहसा पलटकर पूछा था।...मैं बेझिझक उसके चेहरे की ओर देख रहा था जहाँ चश्मे के काँचों में ट्यूब का अक्स झिलमिला जाता था।

"नो !" आवाज़ समतल थी—न ऊँची, न नीची।

लंबे-लंबे क़दम रखता हुआ मैं बौखलाकर बाहर निकल आया था...हाथ पैंट की जेब में डाले थे...और लिफ़ाफ़े को दो अँगुलियों में थामकर चाकलेट के रैपरों की तरह ज़मीन पर उछाल दिया था।

एक हफ़्ता

गार्ड ने सीटी बजाई, इंजन हलके-से कसमसाया, तो मैं हैंडिल पकड़कर डिब्बे में आ गया। उन दोनों के बिलकुल पीछे के खंभे पर ऊन का एक बड़ा-सा रंगीन इश्तिहार लगा था। एक क्षण के लिए यह जानने की उत्सुकता हुई कि जो स्वेटर माँ ने दिया है, वह कौन-सी ऊन का बुना है, पर लगा कि इस समय ऐसी बात पूछना कुछ अजीब-सा मालूम होगा। अपनी ओर से कुछ भी कहने को जी नहीं चाहता था। बस, यही ख़याल था कि ट्रेन जल्दी से चले और विदा के ये क्षण अधिक न खिंचने पाएँ। लेकिन दूसरे ही पल इस अपराध-भावना से मन भारी हो उठा कि क्या सचमुच माँ के साथ से इस तरह बचना चाहता हूँ...या उन दोनों के ही ?...

ट्रेन ने रेंगना शुरू किया, तो पीछे लगी बड़ी-सी गोल घड़ी से फिसलकर नज़र सामने गई। माँ के बाएँ हाथ में पर्स थमा था और दूसरा हाथ ऊपर उठा हलके-हलके हिल रहा था। अधमिंची मुट्ठी में दबे रूमाल की सफ़ेदी झलक जाती थी। ख़याल था कि निगाह उनके चेहरे पर न पड़े, लेकिन न चाहते हुए भी किसी असजग क्षण में ऐसा हुआ, तो देखा वे जल्दी-जल्दी पलकें झपका रही हैं और नमालूम-सी लिपस्टिक वाले निचले होंठ का कोना दाँतों-तले दबा रखा है। अपने गले में ख़राश-सी महसूस हुई और रूमाल निकालते-निकालते पाया कि ट्रेन प्लेटफ़ॉर्म के आख़िरी सिरे से गुज़र रही है। ट्रेन की तरह प्लेटफ़ॉर्म भी किन्हीं अदृश्य पहियों के सहारे तेज़ी से विपरीत दिशा में फिसलता महसूस हो रहा था। वहाँ का शोरगुल पहियों की आवाज़ में दब गया था और एक लंबी सीटी देते हुए इंजन ने मुड़कर लाइन बदली, तो बड़े-बड़े पेड़ों का एक झुरमुट बीच में आ गया। ऊपरी शाख़ों के इर्द-गिर्द धुएँ की लहरों के गुच्छे थे और बाईं ओर डूबे सूरज की लाली के बीच एक छोटा-सा तारा चमक रहा था। इंजन की छकपकाहट से चौंककर कुछ परिंदे झुरमुट के बाहर आए और इधर-उधर तीर की तरह सीधे उड़ते चले गए।...

जुड़ी हुई हथेलियाँ सिर के नीचे लगाकर बर्थ पर लेट गया। आँखें बंद कीं, तो पलकों के भीतर गरमाहट-सी महसूस हुई।...ट्रेन का पिछला डिब्बा ओझल हो जाने

पर माँ मुड़ी होंगी, शायद पल-भर के लिए दोनों ने एक-दूसरे की ओर देखा होगा, फिर वे आहिस्ता-आहिस्ता चले होंगे। प्लेटफ़ॉर्म से गुज़रकर गेट तक पहुँचे होंगे, टिकट दिए होंगे और 'पोर्टिको' से निकलकर कार की ओर बढ़े होंगे। उन्होंने जेब से चाबियों का गुच्छा निकालकर दरवाज़ा खोला होगा, फिर ह्वील के सामने बैठते हुए दूसरे दरवाज़े का लॉक खोल दिया होगा, माँ पर्स बीच में रखते हुए बैठी होंगी और बाहर निकला हुआ पल्लू खींचते हुए दरवाज़ा बंद कर दिया होगा। इंजन चालू होते-होते माँ ने अपनी ओर का शीशा नीचे गिराया होगा। और हलके अँधेरे में अगली रोशनियाँ भक से जल उठी होंगी। फिर आधा गोल-सा चक्कर लेकर कार बाहर सड़क पर आ गई होगी। लंबी, गुलज़ार सड़क...तेज़ी से आती-जाती कारें, बसें, स्कूटर...यहाँ से वहाँ तक रोशनियाँ और कहीं-कहीं उनके बीच हलका अँधेरा...माँ खिड़की पर बाँह टिकाए चुपचाप बैठी होंगी, एकाध बार अपनी उड़ती लटें सँभालते हुए। हो सकता है, ह्वील से हटकर एक हाथ सांत्वना देता-सा उनके हाथ से मिला हो।...बंद गेट पर तेज़ रोशनी से पीतल की नेम-प्लेट चमकाते हुए कार रुकी होगी। हॉर्न की आवाज़ पर किसी ने लपककर गेट खोला होगा...

हफ़्ता-भर पहले ढल चुकी शाम के धुँधलके में यही गेट खोलकर अंदर घुसा था। बरामदे में रोशनी थी और खंभों के तिरछे साये पोर्टिको में और क्यारियों पर फैले थे। बाहर किन्हीं अनजान फूलों की महक थी। दबे पाँव पोर्टिको में आकर रुका। यहाँ-वहाँ देखा, कोई नज़र नहीं आया। अंदर शायद रेडियो पर धीरे-धीरे कोई धुन बज रही थी।...परदा एक ओर करता हुआ निःशब्द ड्राइंगरूम में पहुँचा। दाएँ कोने में बड़े-से रंगीन शेडवाला लैंप जल रहा था। उसी के पास सोफ़े पर बैठी वे कुछ बुनने में तल्लीन थीं।...पल-भर के लिए गले में कुछ अटक-सा गया। बीते दिनों की कितनी जानी-पहचानी तसवीर थी। बिलकुल शुरू से ही उन्हें इसी तरह देखता आ रहा था। उनका ख़याल भी आता, तो इसी तरह...एक बड़ा-सा लैंप और उसके नज़दीक बैठी वे कढ़ाई-बुनाई में डूबी हुई। कानपुर के घर में दिन ढले कहीं से वापस आने पर वे ऐसी ही बैठी मिलती थीं। तब चुपचाप, बिना कोई आवाज़ किए किसी तरह उनके पीछे पहुँचना और एकाएक 'हू ऽ ऽ ऽ' चीख़कर डरा देना...यह कितना बड़ा सुख था।

मुझसे कोई आहट नहीं हुई थी, लेकिन जैसा कि कभी-कभी हो जाता है, उन्हें सहसा लगा कि वे कमरे में अकेली नहीं हैं...'अतुल' मुझ पर निगाह पड़ते ही चौंक-सी गईं। उठीं, तो गोद में रखा ऊन का बड़ा-सा गोला सामने कोने में लुढ़कता चला गया। आगे बढ़ने को हुआ, पर तब तक वे झपटकर नज़दीक आ चुकी थीं। दोनों कंधे घेरकर माथा चूम लिया और हालाँकि मेरी निगाह सामने लगी एक पेंटिंग

पर थी, लेकिन फिर भी महसूस हुआ कि वे एकटक मेरी ओर देख रही हैं और देखते-देखते आँखें डबडबा आईं, जिन्हें सरका हुआ पल्लू सँभालते हुए नज़र बचाकर पोंछ लिया।

"ख़ूब लंबे हो गए।" कुछ पीछे हट, ऊपर से नीचे तक देखते हुए ज़रा हँसकर कहा, "मैं तो अब मुश्किल से तुम्हारे कंधे तक आ पाती हूँ।"

कहना चाहा कि हमेशा छोटा थोड़े ही बना रहूँगा, पर इससे पहले कि कुछ कह पाता, वे फिर बोलीं, "घर मिलने में दिक़्क़त तो नहीं हुई...सामान कहाँ है ?"

"नहीं, आराम से आ गया। पता तो मालूम था ही।...सामान क्लोक रूम में छोड़ दिया है।"

"पहले लिख क्यों नहीं दिया ? हम लोग स्टेशन पर आ जाते।"

"बस...एकदम ही प्रोग्राम बन गया।"

"मैं तो एकाध दिन तुम्हारे ख़त का इंतज़ार करती।" मुसकराते हुए आगे जोड़ा, "जानती तो हूँ कि चौबीस घंटे सोचने के बाद ही तुम सफ़र करते हो।" फिर जल्दी से पूछा, "स्टेशन से ही फ़ोन क्यों नहीं कर दिया ? मैं आ जाती।"

"नंबर मालूम नहीं था। उतनी मोटी डायरेक्टरी में ढूँढ़ने की हिम्मत नहीं हुई।" सोफ़े पर बैठकर, एक घुटने पर दूसरा घुटना रखते हुए कहा, "फिर बीमारी को लेकर भी घबराहट थी और फ़ौरन आना चाहता था।"

वे हँसीं, "अच्छा, तुमने टेलीग्राम पर विश्वास कर लिया था ?" फिर उत्तर की अपेक्षा न करके कहा, "स्लिप दे दो। ड्राइवर को स्टेशन भेज दें।"

...मेज़ पर टिकी कुहनियों के बीच झुककर चाय का एक घूँट लिया, फिर हथेलियों में सिर थाम लिया। कानों में अभी भी आते-जाते स्टेशनों का शोरगुल, इंजन की छकाछक और सीटियाँ गूँज रही थीं। कल दोपहर को जब ह्वीलर के स्टाल पर यों ही पत्रिकाओं के पन्ने पलट रहा था, तब एहसास भी नहीं था कि आज ही मुझे भी सफ़र करना है। शाम तक निरुद्देश्य भटकने के बाद जब वापस लौटा, तो बरामदे की मेज़ पर पेपरवेट-तले सफ़ेद लिफ़ाफ़ा रखा था। उसका एक किनारा फटा था, यानी वह खोल लिया गया था। फ़ॉर्म पर लगी हुई चिप्पियों पर छोटी-सी टाइपशुदा इबारत कई बार पढ़ी और आँखों के आगे एक बिस्तर उभरने लगा। बड़े-से, सफ़ेद गिलाफ़-चढ़े तकियों पर माँ का सिर टिका था और माथे पर भीगी पट्टी रखी थी, आँखें बंद थीं, चेहरे पर ज़र्दी। सिरहाने स्टूल पर दवाओं की कुछ छोटी-बड़ी शीशियाँ थीं, उलटी प्लेट से ढका पानी-भरा काँच का गिलास और...थर्मामीटर लिये एक नर्स उन पर झुक रही थी।...यह दृश्य भी कितना जाना-पहचाना था। जब-जब ऐसा होता, घर का सन्नाटा ख़ौफ़नाक लगने लगता। हालाँकि अपने ज़्यादातर काम खुद ही कर लिया करता था,

पर कहने के लिए मेरी ज़िम्मेदारी चरन पर आ पड़ती। स्कूल से आकर, दरवाज़े से लगा-लगा चुपचाप बिस्तर की ओर ताका करता। कभी माँ कुछ ठीक होतीं, तो नर्स अंदर बुला लेती। लाल-लाल आँखें सायास खोलते हुए, टटोलकर मेरा सिर-माथा छूतीं, "खाना खा लिया ? दूध पी लिया ?" हामी में सिर हिलाता। वे दो जुमले बोलने में ही हाँफने लगतीं, तो नर्स मेरे बिखरे बाल सँभालते हुए धीरे से कहती, "अच्छा बेटे ! बाहर जाकर खेलो। माँ को आराम करने दो।" फिर हामी में सिर हिलाकर बाहर बरामदे में आ जाता, जहाँ सूरज डूबने के बाद का हलका धुँधलका छाया होता और मेज़ पर अख़बार या किसी पत्रिका के पन्ने सरसरा रहे होते। बाहर पीपल के पेड़ पर पत्तों की हलकी खड़खड़ाहट होती और बाग़ के पौधे धीरे-धीरे हिलते-डुलते। कभी हवा बंद होती, तो ख़ामोशी और गहरी हो जाती।...सब कुछ रुका-रुका-सा लगता। सामने की सड़क से कोई इक्का-दुक्का कार निकल जाती। कोई ट्रक गुज़रता, तो कुछ लमहों के लिए इंजन की भरभराहट होती और पिछले डबल टायरों के पीछे लगी पतली-पतली ज़ंजीरें खड़खड़ातीं, फिर धीरे-धीरे पहले-सा सन्नाटा हो जाता। रात चाँदनी होती, तो बरामदे पर चढ़े बेलों के साये उलझे हुए गुच्छे बनकर दीवार पर छप-से जाते। अँधेरी रात में लंबी, सुनसान सड़क पर दूर-दूर तक खंभों की रोशनियाँ टिमटिमाती रहतीं। कभी दो-तीन कुत्ते लड़ते-झगड़ते गेट तक आ जाते, फिर दूर तक भागते हुए भौंकते रहते। कभी कंधे पर पड़े गमछे से हाथ पोंछते हुए चरन बाहर निकलता, तो चौंककर कहता, "भैया ! अँधेरे में क्यों बैठे हो ? बत्ती जला लो।" ...बाहर बैठे हुए ऐसा लगता, जैसे घर बिलकुल ख़ाली पड़ा हो। न कोई आहट, न कोई आवाज़। माँ के कमरे में बहुत कम रोशनी वाले बल्ब का एक लैम्प जलता रहता और खिड़कियों पर भारी परदे पड़े रहते। चरन किसी काम से किसी कमरे में जाता, तो खिड़कियों के शीशे भक् से जल उठते। फिर रोशनी बुझती और पहले की तरह अँधेरा छा जाता।

सूनी मेज़ पर चुपचाप खाना खाकर सो रहता। कभी सुबह आँख खुलती, कभी आधी रात को या रात-ढले, जब डैडी लड़खड़ाते हुए कार से उतरते। ड्राइवर और चरन सहारा देकर उन्हें उनके कमरे में ले जाते। कभी वे बिना हुज्जत के जाकर सो रहते, कभी गैलरी पार करते ही गालियाँ बकते हुए माँ के कमरे की ओर बढ़ने की कोशिश करते...तरह-तरह की गालियाँ...कि माँ को अपनी ख़ूबसूरती का बड़ा गुमान है। उन्होंने अपने पति के मुँह पर जो कालिख मली है, वह ज़िंदगी-भर नहीं धुल सकती। उन्होंने पति के साथ विश्वासघात किया है। वे पूरी वेश्या हैं, अंतर इतना है कि वह कोठे पर रहती है और ये घर में।...उन्हें रोकने में चरन और ड्राइवर पसीना-पसीना हो जाते। मैं चादर ओढ़कर साँस रोके बिस्तर में दुबका होता। नर्स सहमी-सी परदे के पीछे खड़ी रहती। कुछ मिनिटों के हंगामे के बाद वे अपने कमरे में पहुँचा दिए जाते, लेकिन गैलरी में उनकी भारी आवाज़ गूँजती-सी लगती। धीरे-धीरे

सन्नाटा छा जाता। खुली खिड़की से टिमटिमाते तारे नज़र आते और हलकी हवा में पीपल के पत्ते खड़खड़ाते रहते।...चरन दबे पाँव यह देखने आता कि मैं सो रहा हूँ या नहीं। मुझे निश्चल पड़ा देख अपने गमछे का कोना आँखों से लगाते हुए चुपचाप बाहर निकल जाता।

सुबह बड़ी घुटी-सी होती। डैडी घर में हैं, इस ख़याल से ही मन डूबने लगता। कभी चाह होती कि दिन की तरह वे सुबह भी अपने ऑफ़िस में ही रहते और कितना अच्छा होता, अगर रात को भी घर न आते। इस वक़्त यही कोशिश रहती कि उनसे सामना न हो, लेकिन अकसर वे देर से सोकर उठते और जब मुझे स्कूल जाना होता, बरामदे में चाय पीते हुए अख़बार पढ़ते होते।...हंगामे वाली रात के बाद नर्स बड़े दया-भरे स्नेह से बुलाती। उससे निगाह मिलाते भी शर्म महसूस होती थी। छोटी अटैची के हैंडिल पर उँगलियाँ सख़्त किए चुपचाप पलंग के पास जा खड़ा होता। माँ गले तक लिहाफ़ ओढ़े होतीं, रूखे और उलझे बाल तकिये पर बिखरे हुए, आँखें बंद, चेहरा भावहीन। तब ऐसा लगता था, जैसे उनमें जान ही न हो, न देह में कोई हरकत, न साँसों के उतार-चढ़ाव पर लिहाफ़ में कोई स्पंदन। आहट पा, वे लाल-लाल आँखें खोलतीं, नासमझी के भाव से दो-तीन बार बड़ी-बड़ी पलकें झपकातीं, जैसे समझ न पा रही हों, कि कहाँ हैं या जो सामने है, उसे पहचान न पा रही हों। नज़र बिलकुल ख़ाली, खोखली...तब वे पूरी तरह अजनबी लगती थीं, अनदेखी, बिनपहचानी...उतनी ही पराई, जितने लड़खड़ाते क़दमों और भर्राई आवाज़वाले डैडी लगते थे। तब दहशत के मारे भाग जाने को जी चाहता था। लेकिन कुछ ही लमहों में उनकी निगाह का 'नहींपन' भरने लगता और होंठ आहिस्ता से हिलकर मेरा नाम लेते।...वहाँ खड़े-खड़े यह ख़याल आता कि माँ आज दिन-भर बिस्तर पर पड़ी रहेंगी, मैं शाम को स्कूल से वापस आ जाऊँगा, रात को सो रहूँगा, सुबह फिर इसी वक़्त यहाँ खड़ा होऊँगा, गुज़रे हुए और दिनों की तरह यह भी एक मामूली दिन होगा, लेकिन गति की इस बहुत छोटी-सी सीमा के बावजूद फिर कुछ बदल जाएगा और कल सुबह जब फिर यहाँ मौजूद होऊँगा, तब महसूस होगा कि आज का यह दिन बीते हुए कल जैसा नहीं है और आने वाले कल-जैसा भी नहीं होगा...लेकिन बहुत बारीक-सा जो बदलेगा, उसे बतला पाना कितना मुश्किल होगा।...

"स्कूल जा रहे हो ?"

"हाँ।"

"माथे पर खरोंच कैसे लगी ?"

"सीढ़ी पर फिसल गया था।"

"चरन से कह दो, कुछ लगा देगा।"

"अच्छा।"

"बस के हॉर्न की आवाज़ सुनकर बाहर की तरफ़ बढ़ता।"

आहट सुनकर डैडी अख़बार से नज़र उठाते...लाल आँखें और उनके गिर्द स्याह घेरे...

"स्कूल जा रहे हो ?"

"जी।"

एक छोटा-सा वकफ़ा। मैं अगले सवाल के लिए ठिठका रहता। वे इस ख़याल से ख़ामोश रहते कि शायद मुझे कुछ कहना हो। ड्राइवर फिर हॉर्न देता।

"रुपये चाहिए हों, तो मेरी दराज़ से ले लेना।"

"अच्छा।"

स्कूल में कभी कोई लड़का ऐसा अजीबोग़रीब सवाल पूछ बैठता जो मेरी समझ में नहीं आता था और समझ में भी आता था, तो उसका जवाब पास नहीं होता था। कभी दो-तीन अध्यापिकाएँ मुझे देख आपस में कानाफूसी करने लगतीं। एक बार अकेला पाकर मिसेज़ दास ने अपने कमरे में बुला लिया, "तुम्हारी मम्मी की तबीयत अभी ठीक नहीं हुई ?"

इनकार में सिर हिलाया।

"अपने कमरे में ही रहती हैं ?"

"जी।"

"इलाज किसका चल रहा है ?" वे हाथ मेज़ पर रखे थीं। बीच में घर के काम की कापियों का बंडल था।

"डॉक्टर मित्रा का।"

"डॉक्टर निखिल कभी मम्मी के पास आते हैं, जब तुम्हारे डैडी बाहर हों ?" सुनहरे फ़्रेमवाले शीशों के पार से आँखें चमक रही थीं।

"मेरे सामने तो नहीं आए।" नीचे देखते हुए कहा, जहाँ पैरों के पास रद्दी की टोकरी में कुछ फटी हुई चिट्ठियाँ और काग़ज़ पड़े थे।

"डॉक्टर निखिल का इलाज बंद करने पर डैडी और मम्मी में बहुत झगड़ा हुआ था ?"

"मुझे पता नहीं।"

वे ज़रा खाँसीं, "मम्मी बीमारी के बहुत पहले से अलग अपने कमरे में सोती हैं और डैडी अपने कमरे में ?"

"जी।" लगा कि चेहरा तमतमा आया। उठने के उपक्रम में कुरसी पीछे खिसकाते हुए पूछा, "जाऊँ ?"

"हाँ-हाँ बेटे, क्यों नहीं...मैं तो ज़रा यों ही..."

...फिर मसूरी का कॉलेज...दिन में क्लासें, शाम को क्रिकेट, अँधेरे में सूनी सड़क पर घूमना, रात को थक-थकाकर सो रहना। हर हफ़्ते माँ का लंबा खत आता—ठीक से रहना। कुछ फ़िक्र मत करना।...फिर सर्दी की छुट्टियाँ। सुबह चाय के बाद

देर तक लॉन में बैठे रहते। माँ कंधों पर शाल डाले कुछ बुना करतीं। मैं किसी किताब के पन्ने पलटता रहता। कभी किसी पत्रिका से कुछ पढ़कर सुनाता। कभी हम 'मैटनी' में कोई फ़िल्म देखते। कभी शाम को शॉपिंग पर जाते। ख़रीदारी के बाद किसी रेस्तराँ में माँ एक कप एस्प्रेसो पीतीं, मैं कटलेट खाता। रोज़ाना माँ मेरी पसंद की कोई चीज़ बनातीं—आलू भरी कचौरियाँ या पराँठे, मटर-पनीर, कोफ़्ते, खीर...डैडी से सामना होने पर एकाध बात हो जाती—तुम्हारा कॉलेज कैसा है, हॉस्टेल कैसा है, मन लग जाता है...दिन-भर क्या किया...

फिर छुट्टियों के आख़िरी दिन की रात...जब मैं पीछे तकिये लगाए, कंबल ओढ़े, बिस्तर पर अधलेटा एक पत्रिका पलट रहा था। माँ सामने आरामकुर्सी पर अपनी बुनाई लिये बैठी थीं। उन्होंने पैर पलंग के किनारे पर टिका लिये थे और अपना शाल उन पर फैला लिया था। हवा में नमी-सी थी, क्योंकि थोड़ी ही देर पहले घंटों के बाद बेमौसम बारिश थमी थी। चरन ने खिड़कियाँ बंद करके परदे गिरा दिए थे। बाहर ख़ामोशी थी।...अगले दिन दोपहर को मुझे चला जाना था। इस वक़्त ट्रेन में होऊँगा मैंने सोचा और परसों इस वक़्त हॉस्टेल के अपने कमरे में...फिर महीनों के बाद यहाँ आना होगा।...सिर झटका और दो-तीन पन्ने पलटे। कहा, "सुबह जगा देना। केशी के यहाँ उसके कपड़े लेने जाना है।...उस की मम्मी ने फ़ोन किया था।"

"अच्छा।"

"वहाँ से जल्दी ही लौटना होगा। सारा सामान बिखरा पड़ा है।"

"पैकिंग मैं कर लूँगी। तुम परेशान न होना।"

कुछ देर चुप्पी रही। मैंने एक कहानी का रंग-बिरंगा शीर्षक पढ़ा, पन्ने गिनकर अंदाज़ लगाया कि पढ़ने में कितना वक़्त लगेगा, फिर पूछा, "एक कहानी सुनोगी ?" और यहाँ-वहाँ खिसककर और आरामदेह स्थिति में आ गया। सवाल का जवाब हामी में ही मिलता था, इसलिए पढ़ना शुरू करते-करते एकाएक निगाह उठाई, तो जुमला मुँह में ही रह गया। उनके चेहरे पर कुछ अजीब-सा भाव था। शायद उन्होंने मेरी बात सुनी ही नहीं।

"अतुल !" उन्होंने कहा। आवाज़ धीमी थी, हमेशा की तरह..."तुमसे कुछ कहना है।"

मेरी निगाह खुले पृष्ठ पर थी, जहाँ एक लंबी-सी सड़क पर स्केच बना था। किनारे-किनारे दूर तक चले गए खंभों की क़तार थी। ऊपर गोल-गोल लकीरों से तीन-चार बादल खींच दिए गए थे।

"मुझे बहुत जल्द तलाक़ मिलने वाला है।...अगली छुट्टियों में जब तुम यहाँ आओगे, मैं नहीं होऊँगी।"

बुनाई बंद थी। शाल का खिसका कोना सँभालने के लिए एक हाथ हिला, तो लैम्प की रोशनी में अँगूठी का बड़ा-सा नग झिलमिला गया।

"मैं डॉक्टर निखिल से शादी कर रही हूँ। उन्होंने सरकारी नौकरी छोड़ दी है। दिल्ली में निजी प्रैक्टिस शुरू कर रहे हैं।"

मैंने गिना, कहानी के नाम में चार शब्द थे और कुछ मिलाकर तेरह अक्षर। तीन शब्दों में एक-एक 'क' था।

"यहाँ रहना तो मुद्दत पहले ही बहुत मुश्किल हो गया था, लेकिन तुम छोटे थे। यही डर रहा कि कहीं ऐसा न हो कि इन सारी तब्दीलियों का नतीजा सिर्फ़ तुम्हारे हिस्से में आए।" उन्होंने बालों को जूड़े के ढंग में ढीला-ढाला लपेट रखा था...न गले में कुछ, न कानों में कुछ, न कलाइयों में कुछ।

"तुमने मेरे बारे में काफ़ी कुछ सुना है...लेकिन विश्वास रखो, मैंने ऐसा कुछ नहीं किया, जिससे तुम्हें शर्मिंदगी हो।"

पल-भर के लिए मुझे लगा कि वे उत्तेजित हैं, पर ऐसा नहीं था। स्वर भी समतल था, न आवेश का चढ़ाव, न रुँधेपन का उतार। निगाह सामने की ओर थी, लेकिन न देखती हुई-सी, जैसे वे अकेली अपने आप से बात कर रही हों। चेहरे पर ज़रूर कुछ अजीब-सी सख़्ती थी, जिससे पास होते हुए भी दूरी का अहसास आ गया था...या यह उन बातों का असर था, जो कही गई थीं।...इस समय वे उतनी ही अजनबी लगीं, जितनी कभी-कभी बीमारी के दिनों में दिखती थीं, बेगानी और पराई...

पत्रिका मोड़कर बग़ल में रख ली और गरदन के नीचे दबा हुआ हाथ बाहर निकला। देर तक उसी तरह रहने से उँगलियाँ सुन्न हो गई थीं।...याद करने लगा कि अभी थोड़ी देर बाद सोने से पहले क्या-क्या करना है...एक बार बाथरूम जाना है, मेज़ पर रखे नोट पर्स में रखने हैं, घड़ी में चाबी भरनी है...क्या बजा होगा अब ?... दस या ग्यारह ?

माँ की ओर देखा, उनकी आँखों में आँसू नहीं थे, कुछ भीगापन-सा ज़रूर था। शुरू बचपन के बिलकुल कच्चे दिनों को छोड़कर उन्हें रोता देखने की कोई याद नहीं है। अकसर नर्स की उस बात का ख़याल आता है, जो उसने एक बार किचन में चरन से कही थी कि रोती भी नहीं, कुछ मन तो हलका हो !

"इस घर में मैंने बहुत सहा है..." पल-भर के लिए हमारी आँखें मिलीं और वह दीवार ढहती-सी महसूस हुई, जो कुछ ही देर पहले बनी थी। अब हम एक ही धरती पर खड़े थे—समान पीड़ा के सहभागी। बिजली की तरह वे सैकड़ों दिन सामने कौंध गए, जो हमने साथ-साथ इस घर में गुज़ारे थे। वे सुबहें, शामें और रातें...जब घर-भर में मनहूस खामोशी छाई रहती थी...डरावना सन्नाटा...और दम इस तरह घुटता-सा महसूस होता था, जैसे घर भर में ज़हरीला धुआँ भरा हो। धुएँ के वे बादल

हमारे मनों में समा गए थे, हमारे साथ बिलकुल घुलमिल गए थे और जब कभी हम बाहर कहीं साथ-साथ होते, चहल-पहल और शोर-शराबे में कुछ देर के लिए अपने घर को भूल-से जाते कि सहसा किसी परिचित से पहचान की एक मुसकान हमारे अंदर कुछ सुलगा देती थी और हमें अपने चारों ओर धुएँ के घने, काले बादल उभरते महसूस होते थे...

कुछ देर चुप्पी रही। मैं माँ और उनके सामान के बिना इस घर की कल्पना करता रहा।...फिर एक लंबी साँस लेकर वे उठीं, तो ऊन का गोला कोने की ओर लुढ़क गया।

...चाय का एक घूँट लेकर घड़ी की ओर देखा, अभी समय था। पैर चप्पलों से निकालकर सामने की कुरसी पर रख लिये और जुड़ी हुई हथेलियाँ सिर के नीचे लगाकर आरामकुरसी पर थोड़ा नीचे खिसक गया। लगा कि कुछ थकान-सी महसूस हो रही है, हालाँकि ऐसा कुछ नहीं किया था, जिससे देह पर बोझ पड़ता। इस ख़याल से ही एक बार सिहरन हुई कि अब सफ़र करना है। आज का ही दिन था, जब ट्रेन में था और लगभग यही समय होगा, जब यहाँ के स्टेशन पर उतरा था।

बरामदे के चौथाई हिस्से में धूप थी और सामने दीवार पर लगे पीतल के छोटे-छोटे गमले चमक रहे थे। एक गमले की छाया तिरछी होकर दरवाज़े तक पहुँच गई थी। गेट से थोड़ा हटकर मेहंदी में घुसी दो-तीन चिड़िया चहचहाए जा रही थीं। कल तीसरे पहर हम लोग यहीं बैठे थे। वे मेज़पोश काढ़ती रही थीं, मैं अख़बार देख रहा था। सहसा झुका सिर उठाकर उन्होंने पूछा था, ''क्यों, फिर वह लड़की दिखी क्या ?''

''कौन ?'' अचकचाकर उनकी ओर देखा।

''वही, जिसके बारे में तुमने लिखा था।''

''ओह !'' समझने के बाद की लंबी साँस लेकर कहा, ''नहीं, फिर नहीं दिखी।'' अख़बार के सामने खुले, पन्ने के आधे हिस्से में कपड़े की एक मिल का विज्ञापन था, जिसमें मॉडेल अपनी साड़ी का पल्लू लहरा रही थी।

''मुझसे मिलती-जुलती थी ?''

''मिलती-जुलती क्या, हूबहू तुम्हारे-जैसी थी।'' जवाब दिया था, ''बिलकुल यही क़द, यही रंग, यही चाल-ढाल...यही चेहरा, ऐसे ही बाल, ऐसी ही आँखें...फ़र्क़ बस यही था कि वह साड़ी-ब्लाउज़ के बजाय चूड़ीदार कमीज़ में थी। पल-भर के लिए तो मैं बिलकुल हक्का-बक्का रह गया। यही सोचा कि बिना कोई ख़बर दिए तुम ही चली आई हो, लेकिन जब वह काउंटर की तरफ़ तेज़ रोशनी में आई, तब लगा कि कोई दूसरी है।''

''रात थी ?''

"हाँ...बिलकुल तुम्हारी छोटी बहन लगती थी।" मुसकराकर बोला, "मन हुआ कि पास जाकर कहूँ, मुझे पहचाना नहीं मौसी ?"

वे हँसीं, फिर ज़रा रुककर कहा, "अच्छा अतुल, एक बात पूछूँ ?"

निगाह उठाई, उनके चेहरे पर मुसकान नहीं थी। धीरे से बोला, "क्या ?"

"सच-सच बताना।"

हामी में सिर हिलाते हुए पल-भर के लिए मन आशंका से सिहर उठा। क्या डैडी के बारे में कुछ जानना है ? पर इस संबंध में नया क्या है, नाम ? पर उसका भी महत्त्व क्या है ? वह कोई भी हो सकती है। एक घर और उसमें रहने वाली एक अकेली, जहाँ रात को देर तक रहा जा सके या रात काटी जा सके। आजकल एक स्टेनो है, मिस...मन ही मन नाम दुहराया और आख़िरी पन्ने के रंगीन कार्टून पर नज़र डालते हुए उसे ज़बान पर लाने के लिए तैयार हो गया।

"मसूरी या कानपुर में कोई लड़की है, जो तुम्हें पंसद है ?"

कुछ क्षण एकटक उनकी ओर देखता रहा, फिर ज़रा मुसकराकर कहा, "नही।" कुछ रुककर पूछा, "यह जानने की क्या ज़रूरत आ पड़ी ?"

उन्होंने काले धागे का एक फंदा लगाया, फिर बोलीं, "यहाँ एक लड़की है। मुझे बेहद पसंद है। अगर तुम्हारी 'अरेंज्ड' मैरिज हुई, तो वहीं करेंगे।"

"अच्छा !" मुझे हँसी आ गई।

कुछ देर चुप्पी रही। फिर उन्होंने पूछा, "कानपुर कब तक रहोगे ?"

"दो-तीन दिन।"

"एस. सी. के बाद क्या सोचते हो ?"

"अभी कुछ समझ नहीं पा रहा। लेकिन अगर बिजनेस सँभाला, तो कहीं और ब्रांच खोलने को कहूँगा कानपुर में नहीं रहूँगा।" पर कहने के बाद लगा कि यह आख़िरी जुमला बेकार था, इसकी ज़रूरत नहीं थी।

उन्होंने एक सुई और पीले धागे की लच्छी मेरी ओर बढ़ाई, "कुछ दिन और क्यों नहीं रहते ?...ऐसी जल्दी तो है नहीं।"

धागे के सिरे को ज़बान पर गीला करने के बाद चुटकी में मसलकर नुकीला बनाया, फिर सुई में पिरोते हुए कहा, "नहीं, जल्दी तो नहीं, लेकिन..." कुछ ऐसा था, जिसे समझाना मुश्किल था, उसे सिर्फ़ महसूस ही किया जा सकता था...इस घर से मेरा संबंध सामान्य नहीं था, इसलिए यहाँ रहते हुए अजीब तरह की झिझक होती थी। 'तीसरे व्यक्ति' बहुत भले थे, उनका व्यवहार बहुत अच्छा था, लेकिन थे तो वे मेरी माँ के पति। बाहर उनकी उपस्थिति में और अंदर उनके घर में संकोच से घुली-मिली दूरी की यह अनुभूति बराबर बनी रहती थी। कुछ अजीब-सा था कि माँ के साथ निकटता भी कहीं कटी-सी महसूस हो रही थी। अब वे बुझी-बुझी नहीं थीं, रिलैक्स्ड थीं। मेरे और उनके अंतरंग होने का एक बड़ा कारण शायद उस घुटन-भरे

घर से संबंध था, लेकिन अब वे पुराने अर्थ में इस समान दुख की साझीदार नहीं थीं। उनका जो अतीत था, वह मेरे लिये अभी वर्तमान था, इसलिए उनके और अपने बीच अलगाव की एक रेखा उभरती महसूस हो रही थी...मन का कोई कोना था, जहाँ इस अनुभूति ने बहुत अकेलापन भर दिया था।

...खिड़की से हवा के झोंके आ रहे थे। लेटे हुए उसका जितना ऊपरी हिस्सा दिखाई देता था, उसमें बाहर का अँधेरा फैला था। तीनों पंखे दाईं या बाईं ओर झुके थे और बंद थे। ट्रेन किसी जंगल से गुज़र रही थी। जब कोई छोटा-सा पुल आता, तो पहियों की सामान्य खटर-खटर बदल जाती। खोखलेपन की वह गूँज कुछ डराती-सी लगती थी। सिर थोड़ा उठाने पर दूर पहाड़ियों का लंबा, धुँधला सिलसिला दिखाई देता था। अगर चाँदनी होती, तो कुछ साफ़ नज़र आता।...कलाई मोड़कर समय देखा। भूख महसूस नहीं हो रही थी, हालाँकि खाने को काफ़ी कुछ रख दिया गया था। उसके बजाय थकान लग रही थी, गोकि पूरा हफ़्ता इतमीनान से गुज़रा था, किसी दिन ज़्यादा भागदौड़ नहीं हुई थी।

...डॉक्टर अब तक डिस्पेंसरी से लौट आए होंगे। उन लोगों ने खाना खा लिया होगा और अपने डबलबेड वाले सोने के कमरे में होंगे। जिस कमरे में मैं सोता था, वहाँ से दोनों पलंग उठवा लिए गए होंगे। माँ पूरे सात दिनों के बाद अपनी पुरानी जगह सो रही होंगी...फिर अपने पहुँचने की चौथी रात की याद आई, जब दो-ढाई बजे एकाएक किसी आवाज़ से नींद टूट गई थी। उठा तो देखा, दूसरा बिस्तर ख़ाली था। बड़ी झिझक-भरी शर्म महसूस हुई। तभी बाथरूम से कुछ आहट आई और माँ के उलटियाँ करने की आवाज़ सुनाई दी।...

ऊँची हँसी से ध्यान टूटा, तो देखा, एक दंपति दाईं ओर की बर्थ पर बैठे थे, सामने के ऊँचे-से सूटकेस पर उनका छोटा-सा बच्चा बैठा था। दोनों प्यार से पुचकारकर बच्चे को अपनी-अपनी ओर बुला रहे थे। वह अगर एक के पास चला जाता, तो दूसरा उसे उसकी गोद से उठाकर फिर सामने बिठा देता और बच्चे को अपने-अपने पास बुलाने का खेल फिर शुरू हो जाता।...बच्चा मुसकरा रहा था। हँस रहा था, किलकारियाँ मार रहा था। मेरा मन हुआ कि उनसे बच्चे का नाम पूछूँ, लेकिन वे लोग अपने-आप में डूबे हुए थे, टोकना अच्छा नहीं लगा।...

सहारा

जुलाई

नीरा को पहली ही नज़र में मिस कश्यप बहुत प्यारी लगीं।

नए शहर का नया कॉलेज, नया-नया स्टेशन। गेट में घुसते ही उसे अपरिचित सलवार-कुरते और साड़ियों के अनजाने आँचल दिखाई दिए, क्यारियों के बीच लाल बजरी पड़े रास्तों पर, गोल खंभोंवाले ऊँचे-ऊँचे बरामदों और क्लासों में, लॉन पर। किसी क्लास से आती लेक्चरर की बारीक समतल आवाज़, सैंडिलों की धीमी खट्-खट् या चूड़ियों की जलतरंग-सी खनक, धीमी फुसफुसाहट या संयत सुरीली हँसी, किसी के बग़ल से गुज़रने पर उड़ी-उड़ी-सी खुशबू का एक झोंका...

नीरा साड़ी का छोर उँगलियों में लपेटती-खोलती, खोई-खोई निगाहों से चारों ओर देखती हुई पोर्च तक आई। ऑफ़िस के सामने बरामदे में दस-बारह लड़कियों का एक झुंड खड़ा था। उसने सहमते क़दमों से सीढ़ियाँ चढ़ीं। खंभे के सहारे टिकी खड़ी एक साँवली लड़की मुसकरा-मुसकराकर एक दूसरी लड़की से बातें कर रही थी और रह-रहकर आगे झूल आती एक चोटी को झटके से पीछे फेंक देती थी। उसके तौर-तरीकों से मालूम पड़ रहा था कि वह यहाँ नई नहीं है। नीरा का जी चाहा, दो क़दम आगे बढ़कर उससे पूछ ले कि माफ़ कीजिएगा, स्टाफ़-रूम किस तरफ़ है, लेकिन उसकी हिम्मत नहीं हुई। इस तरह बिना जान-पहचान के किसी से बोलना उसके शर्मीले स्वभाव के विरुद्ध था। फिर उसे यह भी डर लगा कि कहीं उसने और लड़कियों के साथ मिलकर उसे बनाना शुरू कर दिया, तो ?

उसने अपनी नन्ही-सी घड़ी में समय देखा, उसे कॉलेज आए पंद्रह मिनिट हो चुके थे। उसे अफ़सोस हुआ कि उसने बेकार कार वापस भेज दी। अगर कार होती, तो वह मज़े से पीछे बैठी रहती और ड्राइवर से मिस कश्यप को खोजकर वह पत्र देने के लिए कह देती।...लेकिन अब क्या हो सकता था...उसने मोटी-सी कॉपी दाएँ से बाएँ हाथ में ले ली और पसीजी हथेली में छोटा-सा रूमाल दबाकर इधर-उधर निगाह

दौड़ाई। कौरीडोर में एक-एक दो-दो लड़कियाँ आ-जा रहीं थीं। धीमी बातचीत और हलकी-हलकी हँसी का क्रम जारी था, जो लड़कियों में कभी नहीं रुकता। सहसा उसने देखा कि झुंड की दो-तीन लड़कियों की उत्सुक निगाहें उस पर जमी हैं। उसने घबराकर पहलू बदला। उसे लगा कि इस तरह यहाँ खड़ा रहना बिलकुल बेकार है।...वह दाईं तरफ़ बढ़ी।...नीचे दो क्यारियों के बीच झुककर खड़ा माली एक पौधा उखाड़ रहा था। ईंटों की आधी, तिरछी गड़ी सफ़ेद क़तार धूप में चमक रही थी। हवा में धीरे-धीरे घूमती खंभों-चढ़ी बेलें...सफ़ेद अधखिले फूल...काहे के फूल हैं ये ?...सहसा उसके पीछे से एक मोटी-सी लेक्चरर रजिस्टर बग़ल में दबाए, सुनहरे फ्रेम के चश्मे से इधर-उधर झाँकती हुई खट्-खट् आगे निकल गईं। नीरा ने सोचा, शायद ये स्टाफ़-रूम जा रही हों ! चार कमरों के बाद बाईं ओर मुड़कर और चार कमरों के बाद फिर बाईं ओर मुड़कर वे जिस कमरे में चिक हटाकर घुसीं, वह वाक़ई स्टाफ़-रूम था। सुनहरे चश्मे को देखकर दरवाज़े के बग़ल में पड़े स्टूल पर से उठने के बाद चपरासी अभी बैठने का उपक्रम कर ही रहा था कि नीरा उसके सामने जा पहुँची, ''क्या मिस कश्यप अंदर हैं ?''

चपरासी चिक में से झाँककर बोला, ''जी हाँ ! वो दाईं मेज़ पर, चली जाइए।''

नीरा अंदर घुस गई। मिसेज़ सोम ने इतना कुछ कह दिया था कि चपरासी के न बतलाने पर भी वह उन्हें आसानी से पहचान सकती थी। काफ़ी बड़ा कमरा था। बाईं ओर एक बड़ी-सी मेज़ पर पाँच-छह लेक्चरर बैठी थीं और दाईं तरफ़ एक रजिस्टर सामने रखे खिड़की के निकट हुछ लिखने में व्यस्त थीं मिस कश्यप।

दुबली-पतली, बिलकुल गोरा रंग, हलकी गुलाबी साड़ी-ब्लाउज़, बहुत सुंदर, उदास-सा चेहरा, नीचे झुकी पलकें और भी बड़ी मालूम हो रही थीं। नीरा कुछ क्षण उन्हें एकटक देखती रही, फिर पास जाकर दोनों हाथ जोड़कर बोली, ''नमस्ते !''

मिस कश्यप ने चौंककर उसकी ओर देखा।

''मैं एडमीशन के लिए आई हूँ। मिसेज़ सोम ने आपके लिए यह लैटर दिया है।'' उसने ज़रा सकुचाकर कहा।

''मिसेज़ सोम ने ?'' वे मुसकराईं, तो पतले-पतले होंठों के बीच दाँतों की उजली पंक्ति झलक गई, ''बैठिए, बैठिए।''

नीरा एक कुरसी खींचकर बैठ गई। मिस कश्यप ने पत्र खोला। वह मेज़ पर टिक-टिक करती उनकी गोरी-गोरी उँगलियाँ देखती रही, एक उँगली में नग-जड़ी अँगूठी...

''आपके फ़ादर ट्रांसफ़र होकर आए हैं ?'' उन्होंने सुरीली आवाज़ में पूछा।

''जी हाँ'', नीरा बोली।

उन्होंने पत्र मोड़कर लिफ़ाफ़े में रखा, ''टी. सी. और मार्कशीट वग़ैरह लिये हैं आप ?''

"जी हाँ, बाक़ी सब सर्टिफ़िकेट्स भी हैं।" और उसने झट से कॉपी के बीच से सब निकालकर उनके सामने रख दिए।

मिस कश्यप ने उन पर एक सरसरी निगाह दौड़ाई, फिर अचकचाकर कहा, "हाईस्कूल-इंटर में आपका फ़र्स्ट क्लास है ?"

"जी !" उसने गर्व से कहा।

"पार्ट वन में आपके सिक्सटी परसेंट मार्क्स हैं !" वे प्रशंसात्मक दृष्टि से उसकी ओर देखकर मुसकराईं, "आपने बेकार ख़त लाने की तकलीफ़ की। भला आपके एडमीशन में क्या दिक़्क़त होगी !"

नीरा को इस वक़्त वे बहुत अच्छी लगीं।

"आपका काम्बीनेशन तो अच्छा है।"

"आपका कौन-सा सब्जेक्ट है उसमें ?" उसने उत्सुकता से पूछा।

वह पूर्ववत् मुसकराती हुई बोलीं, "जिसमें आपके बाक़ी तीनों सब्जेक्ट्स से कम नंबर आए हैं।"

"लेकिन मुझे उम्मीद है, इस साल उसी में हाइएस्ट आएँगे।" उसने हिम्मत करके कह ही दिया।

"अच्छा ?" ...नीरा को लगा उन्हें यह फ़ैसला करने में देर लगी कि इस कॉम्प्लीमेंट पर ज़रा शरमाएँ या सिर्फ़ मुसकराकर रह जाएँ, इसलिए उनके चेहरे पर ये दोनों प्रतिक्रियाएँ झलक आईं। तनिक रुककर उन्होंने कहा, "अगर आपको जल्दी न हो, तो मैं ज़रा यह ख़ानापूरी कर लूँ ?"

"न-न, मुझे बिलकुल जल्दी नहीं है।" वह जल्दी से बोली।

मिस कश्यप मुसकराकर अपना नन्हा-सा पेन खोलते हुए रजिस्टर पर झुक गईं। नीरा ने मेज़ पर कुहनी रख ली और हथेली पर मुँह टिका लिया। कमरे में दीवारों से सटी कई छोटी-बड़ी आलमारियाँ रखी थीं। दीवारों पर कुछ फ़ोटो और कैलेंडर लगे हुए थे। दरवाज़े के निकट ब्रेकेट पर दो छोटे-छोटे ख़ूबसूरत पैरासोल। बड़ी मेज़ पर काफ़ी ज़ोरों से कोई बहस छिड़ी थी। बड़ा-सा जूड़ा बाँधे कोई मिस कश्यप के पास पेंसिल लेने आईं। नीरा खट् से उठी, तो उन्होंने 'बैठो-बैठो' कहकर उसे बिठा दिया। वह खिड़की के बाहर फ़ील्ड की तरफ़ देखने लगी। कुछ दूर, बिलकुल नई-नई सफ़ेदी की हुई बाउंड्री-वाल से सटे सात-आठ पेड़ थे। नीम और ताड़ के। सूरज की तेज़ धूप में नीम की फुनगियाँ चमकती-सी लगती थीं। नीम के नीचे घनी, ठंडी छाँव थी। हाथों में हाथ दिए, एक दूसरे के कानों में फुसफुसाती दो लड़कियाँ वहाँ बैठने के लिए बढ़ रही थीं। उनमें से एक ने मुड़कर इस तरफ़ देखा। फ़ील्ड की बाउंड्री-लाइनों पर छोटी-छोटी कटी, हरी घास थी और दाईं ओर कोने में हाल में ही चूने से बनाए गए पाँच-छह ट्रैक। नीरा को ताज्जुब हुआ, भला इनकी अभी क्या ज़रूरत है ! यह तो स्पोर्ट्स-सीज़न है नहीं। उसका जी चाहा, मिस कश्यप से पूछे। उसने तिरछी निगाह

से उनकी ओर देखा, लेकिन वे लिखने में व्यस्त थीं। सीलिंग-फ़ैन से हवा की लहरें एक के पीछे एक आकर उनकी दो-तीन घुँघराली लटों को छूती जा रही थीं। वे ज़रा कसमसातीं, तो बड़े-बड़े ईयर-रिंग हिल-डुल उठते। उनके सलोने मुख पर छाई उदासी की छाया वह बखूबी पढ़ सकती थी, मुसकराती निगाहों की तह में भी यह उदासी, यह खोया-खोयापन साफ़ झलकता था।

मिस कश्यप कुरसी पीछे खिसकाकर उठ खड़ी हुईं। मेज़ पर से रजिस्टर, कागज़ वग़ैरह समेटते हुए उन्होंने हँसकर कहा, "आप बोर हो गईं क्या ?"

"नः...नहीं तो !" वह धीरे से मुसकरा दी। मन में सोचा, बोर कैसे होती, आपको देख जो रही थी। आलमारी बंद करके वे मुड़ीं। कहा, "आइए !"

...पंद्रह-बीस मिनिट बाद ऑफ़िस से निकलकर, बरामदे की सीढ़ियाँ उतरते हुए नीरा ने पूछा, "मेरे क्लासिज़ कल से ही शुरू हो जाएँगे ?"

"हाँ !" वे बोलीं, "आपके लास्ट फ़ोर्थ पीरियड हैं न ?"

उसने कॉपी खोलकर टाइम-टेबिल पर एक निगाह डाली और सहमतिसूचक सिर हिलाया।

मिस कश्यप उसकी ओर देखते हुए मुसकराकर बोलीं, "अगर कोई परेशानी हो, तो फ़ौरन मुझसे कहिएगा। अच्छा ?"

"जी !" नीरा ने घूँट-सा भरकर मृदु स्वर में कहा।

उन्होंने इधर-उधर देखकर इशारे से माली को बुलाया, "अरे रामदीन ! इन्हें एक ताँगा तो बुला दो।"

हाथ का फुव्वारा वहीं क्यारी में रखकर वह तेज़ी से गेट की ओर बढ़ा।

"यहाँ आए आपको कितने दिन हुए हैं ?" वे उसकी ओर मुड़ीं।

"जी, एक महीना होनेवाला है।"

"यहाँ अच्छा लगता है ?" उन्होंने बड़ी आत्मीयता से पूछा।

नीरा को लगा, जैसे उन्होंने उसकी दुखती रग पर हाथ रख दिया है। क्षण के निमिष में पहाड़-से महीने के सूने-सूने, अकेले दिन उसकी आँखों के आगे झिलमिला गए। उदास चेहरे से रूमाल हिलाती हुई रीता और मिनी याद आईं। हाय ! ऐसी प्यारी-प्यारी सहेलियाँ हमेशा के लिए छूट गईं।

"जी !" उसने उधर को मुँह फिराकर अपनी भीगी आँखों पर रूमाल फिराया।

...घंटा बजा, तो उसकी आवाज़ से खंभे पर चहचहाती पाँच-छह चिड़िया फुर्र से उड़ गईं। क्लास से निकलकर दो लड़कियाँ इस तरफ़ आईं और उन्होंने मुसकराकर मिस कश्यप से नमस्ते की। धूप अब कुछ और तेज़ हो गई थी। हवा के झोंकों में तपन थी। मिस कश्यप ने ऊपर की ओर देखते हुए साड़ी का पल्लू हल्के-से सिर पर ले लिया। बोलीं, "मिसेज़ सोम से मेरी नमस्ते कह दीजिएगा।"

गेट पर थमते हुए नीरा ने हामी भरी। फिर झिझकते हुए कह दिया, "आपका

बहुत-बहुत धन्यवाद !"

वे विनोदपूर्ण दृष्टि से उसे देखते हुए बोलीं, "अच्छा ?"

अक्टूबर

"...शाम को थके-थकाए शॉपिंग से लौटे, तो डॉक्टर चड्ढा अपनी पूरी फैमिली के साथ रिटर्न-विज़िट पर आ गए। मुझे बड़ी कोफ़्त हुई, आख़िर ये भी मिलने का कोई तरीका है ! बिलीव मी, वी पीपुल डोंट नो द वेल्यू ऑव एंगेजमेंट्स...आप नहीं जानतीं, डाक्टर चड्ढा कितने जमकर बैठने वाले हैं !...रमी खेला, पूरे हॉस्पिटल-स्टाफ़ को क्रिटिसाइज़ किया।...बड़ी मुश्किल से रात के नौ बजे टले। बिलीव मी, हम लोग अभी डाइनिंग-टेबिल से उठे भी न थे कि दयाल साहब आ धमके।...मिस्टर सोम के पुराने क्लाइंट हैं। नाइट-शो टिकिट्स लाए थे। मूड तो बिलकुल नहीं था, लेकिन उनके इसरार पर मजबूरन जाना पड़ा। फ़िल्म देखी, तो हेडेऽऽक हो गया। बिलीव मी, दीज़ ब्लडी हिंदी फ़िल्म्स आर नथिंग बट ट्रैश।" मिसेज़ सोम ने चाय को धीरे-से सिप् किया, फिर ज़रा रुककर, इधर-उधर देखते हुए कहा, "मिसेज़ माथुर ! नीरू डियर दिखाई नहीं दे रही...।"

मिसेज माथुर मुसकरा दीं, "नीरू तो शाम को घर में टिकती ही नहीं। पाँच बजते ही एकाध किताब उठाकर अपनी मिस कश्यप के पास चल देती है। कभी मैं कहूँ कि नीरू, आज ज़रा मेरे पास बैठो, तुम्हारे डैडी बाहर गए हुए हैं, अकेले मेरा जी घबराता है, तो कहेगी, "मम्मी, रियली आ' एम वेरी सॉरी, लेकिन मेरा जाना बहुत ज़रूरी है।"

मिसेज़ सोम काफ़ी खुलकर हँसीं। उनकी थुलथुल काया में हलका कंपन हुआ और फूले-फूले गालों के ऊपर छोटी-छोटी आँखें चमक उठीं, "अच्छा ?"

"जी...आजकल तो बस इन्हीं के गुण गाती रहती है, मिस कश्यप ऐसी हैं, मिस कश्यप वैसी हैं।" मिसेज़ माथुर ने अपनी साड़ी का पल्ला सँभाला, फिर कुछ धीमी आवाज़ में कहा, "नीरू का उनसे मेलजोल बहुत बढ़ गया है, इसलिए मैं कुछ दिनों से आपसे पूछना चाहती थी।...ये टीचर ठीक हैं न ? नीरू अब बड़ी हो गई है, आख़िर कंपनी का कुछ..."

"अरे, यह आप क्या कह रही हैं ?" मिसेज़ सोम चौंककर बोलीं, "डोंट वरी, आई से ऽ ऽ...डोंट वरी...रेखा बहुत शरीफ़ लड़की है... बिलीव मी, शी इज़ ए नाइस गर्ल !" कुछ रुककर कहा, "मैं जब-जब उसे देखती हूँ, मुझे रोना आ जाता है। लव-एफ़ैक्शन क्या होता है, वह शायद जानती ही नहीं। छोटी उम्र में ही माँ गुज़र गई थी, चार साल पहले फ़ादर की डेथ हुई, तो स्टेप-मदर ने एक बुड्ढे से शादी कर देना चाहा। रेखा के ख़बर देने पर उसके मामा ने आकर बड़ा फ़साद खड़ा किया। ब्रेव ओल्ड मैन ! और उसे उसके दो छोटे भाइयों के साथ अपने घर आगरे ले आया। वहीं

से एम. ए. का अपना फ़ाइनल ईयर कंपलीट करके रेखा यहाँ सर्विस के लिए आ गई उसका मामा बेचारा पुअर है, ही इज़ ओनली ए क्लर्क...इसके अलावा रेखा अपने भाइयों को बहुत अच्छी एज्यूकेशन दिलाना चाहती है..." उनकी आवाज़ कुछ भीग गई, "अकेली इनएक्सपीरियेन्स्ड लड़की...यहाँ किसी अच्छी लोकेलिटी में रहना चाहती थी...प्रिंसिपल मिसेज़ दास को लेकर आई, तो मैंने अपने 'सन-बीम' के लिए फ़ौरन हामी भर दी...बाद में मिस्टर सोम मुझ पर बिगड़ने लगे, बोले कि कोर्ट-इंस्पेक्टर इस बँगले के लिए मुँह-माँगा रेट देने को तैयार है, बट आइ सैड, मिस्टर सोम, मनी इज समथिंग, बट बिलीव मी, इट इज़िंट एव्रीथिंग !"

मिसेज़ माथुर की आँखों में भी करुणा की छाया झलक आई। वे ख़ामोश निगाहों से उनकी ओर देखने लगीं।

"सरकमस्टांसेज़ ने उसे बहुत सैड और इंट्रोवर्ट बना दिया है।...घर से कम ही निकलती है, पास-पड़ोस में भी कहीं आना-जाना नहीं !...पुअर गर्ल !" मिसेज़ सोम ने एक ठंडी साँस ली, "मिसेज़ दास बतला रही थीं कि वह कॉलेज पॉलिटिक्स से भी अलग-थलग रहती है। वे उसकी बहुत तारीफ़ करती हैं, एंड बिलीव मी, शी इज़ वर्दी ऑव इट !"

मिसेज़ माथुर ने उनके लिए एक कप चाय और बनाई। बरामदे में अँधेरा घिरने लगा था। मकान में गहरा सन्नाटा। मिसेज़ माथुर ने उठकर लाइट जलाई, तो मिसेज़ सोम हँसकर बोलीं, "मुझे आपसे बहुत रश्क़ होता है मिसेज़ माथुर कि आपके एक ही लड़की है। आपके घर का कितना पीसफुल एटमॉसफ़ियर है।"

मिसेज़ माथुर मुसकरा दीं।

"...और मेरे मकान का शोरगुल आपको वहाँ तक परेशान करता होगा...जैसे मकान न हो, फ़िश-मार्कीट हो।" उन्होंने चाय को धीरे से सिप् किया, "बिलीव मी, स्टिल वी पीपुल डोंट नो द वेल्यू ऑव फ़ैमिली-प्लैनिंग !"

जनवरी

कार से उतरकर चेस्टर की जेबों में हाथ डाले हुए नीरू 'सन-बीम' की ओर बढ़ी। गेट खोलकर अंदर दाख़िल होने से पहले ही उसने ड्राइंगरूम के नीले परदों से छन-छनकर आता परिचित प्रकाश देख लिया। उसके होंठों पर एक मधुर मुसकान बिखर गई। पूरे आठ दिन बाद उन्हें देखेगी ! छोटा-सा बाग़ पार कर वह निःशब्द बरामदे में पहुँची वहाँ की लाइट बुझी हुई थी। भिड़ा हुआ दरवाज़ा हाथ रखते ही खुल गया। उसने परदे में से अंदर झाँका, मिस कश्यप सामने के सोफ़े पर पैर टेबिल पर रखे, हाथ सीने पर बाँधे, दोनों आँखें बंद किए क्लांत भाव से लेटी थीं। पैरों पर पड़े शॉल का एक कोना कारपेट तक सरक गया था। नीरू को नीली रोशनी में उनका गोरा रंग गुलाबी-सा लगा। वह आगे बढ़ी, तो दरवाज़े में घुसते ही उसकी छाया दाईं

दीवार पर तेज़ी से चक्कर काटती हुई मिस कश्यप के मुँह पर फैल गई। उन्होंने चौंककर आँखें खोलीं...चेहरे पर एकदम एक मुसकान उभर आई।

"ओह, डार्लिंग...!" मखमली चप्पलों में पैर डालकर वे जल्दी से उठीं और उसे अपनी बाँहों में भरकर चूम लिया। नीरू ने हँसते हुए उनके कंधे पर सिर रखकर उनकी नाजुक-सी कमर अपने हाथों के घेरे में ले ली। उनकी नर्म, रेशमी देह का स्पर्श उसे बहुत भला लगा। उनके बालों की कुछ लटें उसके गाल पर बिखर गई थीं और वह अभी भी अपने माथे पर उनके मृदु चुंबन की कँपकँपाहट महसूस कर रही थी, जैसे कोई रेशमी रूमाल का सुगंधित कोना धीरे-धीरे उसके माथे से छुआ रहा हो...

"शादी ठीक से हो गई ?"

"हाँ ।" मिस कश्यप उसे बाँह में लिये-लिये दरवाज़े की तरफ़ बढ़ीं, "तुम आ गई हो, तो अब खाना ही खा लें। मैं आधे घंटे से सोच रही थी कि अब उठूँ, अब उठूँ..."

"दोपहर को आ गई थीं आप ?"

"न, शाम को आई हूँ, चार बजे...ट्रेन लेट थी।"

मिस कश्यप ने अंदर के बरामदे की लाइट जलाई। खाने की बड़ी-सी मेज़ पर प्लेट से ढका पानी-भरा जग और गिलास रखे थे। मेज़पोश के एक कोने में, रंगीन धागों की चिड़िया पर कुछ बूँदें छलक गई थीं।

"तुम बैठो, मैं झटपट खाना लगाती हूँ।"

नीरू जल्दी से बोली, "आप थकी हुई हैं, मैं ही..."

"अजी, आप बैठिए तो !" उन्होंने हँसकर उसके कंधों पर हाथ रखते हुए उसे कुरसी पर बिठा दिया।

नीरू चुपचाप हथेली पर मुँह टिकाकर बैठ गई। मिस कश्यप ने दीवार से सटी छोटी-सी आलमारी खोली और प्लेटें निकालने लगीं। नीरू को यह छोटा-सा घर बहुत पसंद था। यहाँ सारे परदे, मेज़पोश, बेड-कवर, सीट-कवर, चादरें, गिलाफ़, यहाँ तक कि बल्ब भी हल्के नीले रंग के थे...मिस कश्यप का फ़ेवरिट रंग...बाग़ के बाद आगे बरामदा था, फिर ड्राइंगरूम और बेडरूम, यह पिछला बरामदा, सटा हुआ किचिन, ज़रा-सा आँगन और बाईं तरफ़, थोड़ा हटकर बाथरूम। बाग़ में, गेट की ओर ऊँची-ऊँची मेहंदी, दाएँ-बाएँ, क्यारियों से थोड़ा हटकर रखे एक ही साइज़ के छोटे-छोटे खूबसूरत गमले...किसी में नन्हे-से अंकुर फूट रहे थे, किसी में लहलहाते फूल। जब कभी शाम-ढले वे बरामदे में, बेल-चढ़े खंभों के निकट, बेंत की कुरसियों पर बैठतीं, तो रात की रानी की भीनी-भीनी खुशबू आती...कभी गुलाब की झाड़ी में कोई बड़ा-सा सुर्ख गुलाब खिल उठता, तो मिस कश्यप तोड़कर उसे हलके-से उसके बालों में लगा देतीं। वह झेंपकर कुछ भी न बोल पाती, तो वे हँसकर कहतीं, "अजी, थैंक्स तो दीजिए न..."

नीरू ने कसमसाकर पहलू बदला। मिस कश्यप साड़ी का छोर कमर में खोंसे, हाथ में प्लेटें लिये किचिन से मेज़ तक आ-जा रही थीं। कभी प्लेट से लगकर उनकी चूड़ियाँ खनखना उठतीं या चप्पलों की हलकी सप्-सप् सुनाई दे जाती। सामने दीवार पर लगे कैलेंडर में सत्रह तारीख़ के इर्द-गिर्द एक लाल घेरा बना हुआ था। सत्रह को क्या है, उसने सोचा। ठंडी हवा लहराती हुई आई, तो कैलेंडर के पन्ने फड़फड़ा उठे। सर्दी बढ़ती जा रही थी। मिस कश्यप आँगन की ओर का मोटा परदा गिराकर बैठ गईं। नीरू पूर्ववत् खोई-खोई-सी सामने देखे जा रही थी। उन्होंने प्लेट पर चम्मच खनकाकर मुसकराते हुए कहा, "अजी, कहाँ खो गई हैं आप ?..."

नीरू ने उनकी ओर देखा, धीरे से हँस दी, बोली, "शुरू करूँ ?" और एक हाथ गिलास की ओर बढ़ाया। उसे कुछ अजीब-सा लगने लगा था, सूना-सूना, उदास...उदास...

सिर झुकाए मिस कश्यप पर नज़र पड़ी, तो उसे लगा कि इस बीच वह कुछ दुबली हो गई हैं। उनकी दाईं कलाई की दोनों चूड़ियाँ काफ़ी पीछे खिसक आई थीं और खूबसूरत चेहरा कमज़ोर-सा लग रहा था। उसने उनकी ममेरी बहन की शादी की बाबत पूछना चाहा, लेकिन शब्द उसके होंठों पर आकर जम गए। वे अनमनी दिख रही थीं, सुस्त, थकी-सी। उसे उन्हें टोकना अच्छा नहीं लगा...उसे पता है, उन्हें इस तरह नौकरी करना पसंद नहीं, इस तरह अकेले रहना पसंद नहीं, लेकिन मजबूरन सब सह रही हैं। घुट-घुटकर। इस कम उम्र में...यह सूनी-सूनी, अकेली राह, जहाँ सिर्फ़ अपनी बोझिल परछाईं है, किसी हमदर्द बाँह का सहारा नहीं। हर तरफ़ गहरी ख़ामोशी थी। नीरू को अपने गले में कुछ अटकने-सा लगा, पलकों में गीलापन झलक आया। मिस कश्यप की निगाह बचाकर, दुपट्टे से नम आँखें पोंछते हुए उसने सोचा, क्या वह कभी बतला सकेगी कि उसके दिल में उनके लिए कितनी जगह है ?

खाना खाने के बाद, आँगन में हाथ धोते हुए, ठंडी हवा का एक झोंका एकदम जो मुँह पर आकर लगा, तो नीरू के दाँत बज उठे। बग़ल में खड़ी मिस कश्यप फ़ौरन मुड़कर बोलीं, "सर्दी लग रही है ? मैं पाँच मिनिट में बिलकुल गरमागरम कॉफ़ी तैयार करती हूँ।"

"न, रहने दीजिए। आप बेकार परेशान होंगी... ।" उसने झिझकते हुए रुककर कहा। वे उसे बाँह में लिये-लिये किचिन की ओर बढ़ती, मुसकराकर बोलीं, "अजी, आप तो बहुत शरमाती हैं।"

मार्च

इम्तहान !

...अगर नीरू इस कॉलेज में न आई होती, तो हर साल की तरह इस समय साल-भर की उपेक्षित किताबें अपना भीषण प्रतिशोध लेतीं...चेहरा मुरझा जाता,

आँखों में हमेशा लाल डोरे उभरे रहते, अधूरी नींद से बोझिल पलकें उठाए न उठतीं, होंठ सूख-से जाते और कैलेंडर पर निगाह पड़ते ही मन इस तरह छटपटा उठता, जैसे किसी मुजरिम की तारीख़े-फाँसी पास आती जा रही हो...लेकिन इस साल मिस कश्यप की वज़ह से, साल-भर की रेगुलर-स्टडी के कारण, वह बिलकुल निश्चिंत थी। यह मार्च का दूसरा हफ़्ता था, वह दूसरी बार अपना कोर्स रिवाइज़ कर रही थी और इम्तिहान को अभी पूरे उन्नीस दिन बाक़ी थे। और नर्वस तो वह बिलकुल नहीं थी, चाहे मिस कश्यप लाख अपनी हथेलियों में उसका मुँह ऊपर उठाकर करुण स्वर में कहें, "सच, यह इम्तहान बड़े ज़ालिम होते हैं। देखो तो, तुम्हारी प्यारी-सी सूरत कैसी कुम्हला गई है।" मिस कश्यप को अटल विश्वास था कि कॉलेज में विथ-इन-थ्री तो उसकी पोज़ीशन आएगी ही, और कोई ताज्जुब नहीं, अगर वह टॉप कर जाए। मेज़ पर बैठी, होंठों में पेंसिल दबाए मन-ही-मन मुसकराकर नीरू ने सोचा कि अगर वह टॉप कर गई तो ईमानदारी से इसका कितने परसेंट श्रेय उन्हें देगी।

वर्षों के हार के इस सत्रहवें फूल में उसे बहुत ताज़गी, बहुत खुशबू महसूस हो रही थी...इस साल के ये महीने, महीने के ये दिन, सफ़ेद कबूतरों के दूध-से दमकते परों की तरह तेज़ी से लपकते-झपकते उड़े जा रहे थे...नई-नई जगह का फैला-फैला अजनबीपन मिस कश्यप की आत्मीयता में सिमट आया था।...शुरू-शुरू में उसने मिस कश्यप को ही उनकी सारी उदासी, सारे अवसाद के लिए जिम्मेदार ठहराया था। उसका ख़याल था, मित्रों और परिचितों की बातचीत, हँसी-ठहाके स्याही-सोख़्ते की तरह देखते-देखते उनका अकेलापन सोख सकते हैं, लेकिन जब उसने निकट से उनके स्वभाव और परिस्थितियों को देखा, तो उसे लगा कि उसने कहीं ग़लती की है। मिस कश्यप युवा थीं, बहुत सुंदर थीं और फिर इस पर अकेली। अफ़वाहों के, बदनामी के इनसे अच्छे साधन और क्या हो सकते थे ? जैसे वे काँटों-भरे रास्ते पर चल रही थीं, जहाँ कुछ क़िस्मत और कुछ अपनी सूझबूझ ही एकमात्र रक्षक थी। उनमें अभी युवती-सुलभ झिझक थी, उम्र में अपेक्षाकृत बड़ी टीचरों का साथ उन्हें उबा देता था और सम-वयस्कों के साथ उनके शांत, संकोची और कुछ उदास-से स्वभाव का मेल नहीं बैठता था। कभी किसी प्रकार के लांछन का अवसर ही न आए, इसीलिए शायद वे पुरुषों से दूर ही रहती थीं। नीरू को खुशी थी कि उसने उनके मन की व्यथा समझी है, अपने साथ-साथ उन्हें भी उनके अकेलेपन से भरसक मुक्ति दिलाई है। मिस कश्यप के लिए उसके मन में जो सहानुभूति थी, जो भावनाएँ थीं, उनको अगर उन्होंने पूरी तरह नहीं, तो आंशिक रूप में तो शायद समझ ही लिया था। अब उनकी शामें साथ-साथ बीतती थीं, मिस कश्यप के ही घर में, ऊँचे-ऊँचे पेड़ों से घिरी सड़क पर टहलते हुए, रेस्टोरेंट की कोनेवाली प्रिय टेबिल पर या किसी पिक्चर-हॉल के ईवनिंग शो में...

नीरू को उनका साथ बहुत भला लगता था। उसे विश्वास था कि मिस कश्यप

को भी उसकी कंपनी पसंद है। वे उसका बहुत ख़याल रखती हैं, उसका हर काम खुशी-खुशी करती हैं, उसे बड़े प्यार से संबोधित करती हैं, नीरू डार्लिंग, हेलो हॉनी, हेल्लो पर्ली-आइड...वह जानती है, उन्हें हर शाम उसका इंतज़ार रहता है, देखते ही उसे बाँहों में भर लेती हैं...

अप्रैल

दुकान में घुसने से पहले नीरू ने मिस कश्यप से कुछ पीछे रहकर अच्छी तरह आँखें पोंछ लीं और पूरी तरह स्वाभाविक रहने की कोशिश की। वह नहीं चाहती थी कि उन्हें उसके द्वंद्व का आभास हो। जो बात अभी तक वह कहना चाहकर भी नहीं कह सकी थी, वह आज तो उसे हर हालत में कहनी ही थी, लेकिन उनके पूछने पर नहीं, वरन् अपने-आप, ठीक से स्वयं को नियंत्रित करके...

...जब वे काउंटर के एक कोने पर खड़ी हो गईं, तो दुकानदार बड़ी नम्रता से तमाम लिपटे थान खटाखट खोलने लगा। दुकान जगमगा रही थी। आगे-पीछे, दाएँ-बाएँ काँच-जड़े पल्लोंवाले रैक कपड़े से लदे हुए थे, हर रंग के कपड़े...नीले-पीले, हरे, लाल...आगे की ओर बड़ी-सी खूबसूरत शो-विंडो में, बिलकुल सफ़ेद दपू-दपू करती साड़ी पहने, एक युवती की स्टेच्यू थी। सीलिंग फ़ैन से आती हवा की लहरें पीछे से उसके आँचल का निचला भाग हिला रही थीं। कितने पंखे थे, चार...पाँच...रॉड और बल्बों के दूधिया प्रतिबिंब दाईं ओर के लाइफ़-साइज़ शीशे में चमक रहे थे। बाईं ओर एक ऊँची कॉर्निस पर हाफ़ पैंट और काली-पीली-सफ़ेद धारियों की टी-शर्ट पहने एक गुड्डा, क्रिकेट की काउंटी लगाए, सैल्यूट की मुद्रा में खड़ा था, छोटी आँखें, मोटी नाक, खूब फूले-फूले गाल...

मिस कश्यप की सुरीली आवाज़ उसे सुनाई दी। वे बच्चों के कुछ रेडीमेड कपड़े दिखलाने को कह रही थीं। नीरू को लगा, जैसे उनकी आवाज़ कुछ भर्राई हुई है। शाम को भी उसने उनकी आँखें लाल देखी थीं, जैसे वे रो चुकी हों।...काउंटर पर कुहनी टेके, कपड़ा उलटती-पुलटती मिस कश्यप को देखकर वह विश्वास नहीं कर सकी कि इनसे मिले हुए उसे अभी एक साल भी पूरा नहीं हुआ ! वे उसे चिर-परिचित लग रही थीं, जैसे वह उन्हें हमेशा से देखती आई है, रेशमी साड़ी में लिपटी उनकी कोमल, गोरी देह, उनका सलोना चेहरा, उनकी आँखें, होंठ...

वह नहीं समझ पा रही थी कि उन्हें मामा-मामी के पास जाने का उत्साह है या नहीं ! मिस कश्यप ने रंगों की बाबत उसकी राय जानना चाही, तो वह हूँ-हाँ करके रह गई। कपड़ा ख़रीद लिया गया, नेकर-कमीज़ें, धोतियाँ, चादरें...और नीरू के बहुत ना-नुकर करने पर भी उन्होंने उसके लिए एक साड़ी और नायलॉन के दो बढ़िया दुपट्टे ले दिए। दस-बारह जोड़ी आँखों के बीच, जितने तरीक़ों से, जिस हद तक वह मना कर सकती थी, उसने किया, लेकिन उन्होंने उसकी कोई बात सुनी ही नहीं। उसे

उनकी यह फ़िज़ूलखर्ची बिलकुल अच्छी नहीं लगी।...उन्होंने पर्स खोलकर रुपये निकाले। दुकानदार ने कैश-मीमो काटा, फिर दोनों हाथ जोड़कर बड़ी नम्रता से नमस्ते की।

बाहर निकलते हुए मिस कश्यप से हँसकर विनोदपूर्ण स्वर में कहा, "अजी, आपने यह मुँह क्यों फुला रखा है ?"

वह कुछ नहीं बोली। बस, उनकी ओर रूठी निगाहों से देख-भर लिया।

दुकान के नौकर ने एक ताँगा बुलाकर अगली सीट पर सब बंडल रख दिए थे। वे बैठ गईं, तो तेरह-चौदह साल के सिख ताँगेवाले ने पीछे मुड़कर बड़े अदब से पूछा, "बेंड़ जी ! कित्थे जाँ ऽणाँ ऐं ?"

मिस कश्यप ने मुसकराते हुए, नीरू के गाल पर चुटकी काटकर, धीरे से कहा, "अजी, बोलो बाश्शाओ ?"

वह फीकी हँसी हँस दी।

...वही परिचित ड्राइंगरूम, जाने-पहचाने सोफ़े, परदे, तसवीरें...चंद रोज़ बाद जिनकी सिर्फ़ याद बाक़ी रहेगी, उसे भारी-भारी-सा लगने लगा...विदा के इन बोझिल क्षणों में...अपने कंधे से सटी बैठी, होंठों में स्ट्रा दबाए कुछ सोचती-सी, रुक-रुककर ज स्कवैश पीती मिस कश्यप को वह देख रही थी...अनकही बात ज़बान पर तेज़-तेज़ साँसें लेने लगी...

टेबिल पर शीशे के गुलदान में फूल मुरझा-से गए थे । परदे हलके-हलके सरसरा रहे थे। कमरे में ख़ामोशी थी, घड़ी की टिक्-टिक् के अलावा। सड़क पर पिछली तरफ़ एक कार बैक की गई, तो खिड़की का परदा ज़रा हट जाने पर हेड-लाइट्स में बरामदे का बेलों से लिपटा खंभा दिखाई दिया...वे गिलास रखने के लिए नीरू की तरफ़ टेबिल पर झुकीं...निमिष भर के लिए उनके होंठ उसकी गरदन पर छू गए...ठंडा, नर्म स्पर्श...हलकी खट् की आवाज़...गिलास की तह में बर्फ़ के छोटे-छोटे टुकड़े जल्दी-जल्दी घुले जा रहे थे...चुप्पी उसे काँटे की तरह चुभने लगी।

"आप परसों जाएँगी ?" उसने मिस कश्यप की ओर देखा।

"न...जब तुम चली जाओगी...तब..."

नीरू का जी धक्-से रह गया, "मैं ?" वह चौंककर बोली, "आपसे किसने कहा ?" उसकी आवाज़ धीमी थी। उसने ज़रा हँसने की कोशिश की, लेकिन हँसी गले में घुटकर रह गई।

वे उधर को हटकर, पैर पर पैर रखे एक उँगली दाँतों में दबाए बैठी थीं। उन्होंने कहा, "सुबह मिसेज़ सोम आई थीं, डुप्लीकेट की लेने...छुट्टियों में किचिन वग़ैरह की मरम्मत होना है न..." उनकी आवाज़ भरसक संयत थी, "उन्होंने बताया कि तुम्हारे डैडी का ट्रांसफ़र लखनऊ हो गया है।" कुछ गुनगुनाने की कोशिश की। इधर देखा, तो नीरू को अपनी ओर एकटक देखते हुए पाया। झट से मुँह फेर लिया। फिर सहज

भाव से हलकी-हलकी उँगलियों से बाल ठीक करने लगीं। फिर मुड़ीं, तो नीरू की निगाहें उन्हीं पर थीं। तब उसकी ओर देखकर न जाने कैसे मुसकराईं, ज़रा रुकीं, फिर बोलीं, ''लखनऊ बहुत अच्छी जगह है...'' कुछ अटकीं, ''वहाँ तुम्हारा मन फ़ौरन लग जाएगा।...मुझे जल्दी से भूल जाना...अच्छा ?''

नीरू को लगा, अगर वे कुछ और बोलीं, तो शायद वह फूट-फूटकर रो देगी। उसने कहना चाहा...मैं आपको कैसे बतलाऊँ...लेकिन उसके होंठ सिर्फ़ हिलकर रह गए। वह डरी कि कुछ बोलते ही उसके आँसुओं का बाँध एकदम टूट जाएगा। उसे अपने गले में कोई नुकीली चीज़ चुभती-सी महसूस हुई। उसका जी चाहा, वह कुछ देर अकेली रह जाए।...वह उनके सामने नहीं रोना चाहती थी...

उसने मिस कश्यप की ओर देखा। उनके होंठों पर फीकी-सी मुसकराहट थी, ''कन्वोकेशन में तुम्हें मेडिल मिलेगा,'' उन्होंने कहा, ''तो तुम्हारा मेडिल मैं ही रख लूँगी।...तुम नाराज़ तो नहीं होगी ?''

नीरू को उनकी आवाज़ कहीं दूर से आती महसूस हो रही थी...उसकी आँखों में आँसू भर आए...उसके सामने वे शामें उभर रही थीं, सूनी-सूनी उदास शामें, जब उन्हें अकेला रहना पड़ेगा, जब वे यहाँ, इसी सोफ़े पर खोई-खोई-सी बैठी होंगी...या अँधेरे बरामदे में, खंभे के सहारे टिकी गुमसुम, सड़क की टिमटिमाती बत्तियाँ देखेंगी...तब उन्हें शायद किसी नीरू की भी याद आएगी, जो उन्हें बहुत-बहुत प्यार करती थी।

वे साड़ी के छोर-दबी मुट्ठी पर मुँह टिकाए, उसकी तरफ़ कुछ ऐसे देख रही थीं, जैसे वह उन्हें धुँधली-धुँधली दिख रही हो, किसी झीनी परछाईं की तरह...उन्होंने कई बार जल्दी-जल्दी पलकें झपकाईं, उसे उनका निचला होंठ काँपता-सा लगा...उन्होंने आँखों पर आँचल दबा लिया, जैसे सहसा उन्हें चारों तरफ़ अँधेरा महसूस होने लगा हो, जहाँ परछाईं साथ नहीं देती।

नीरू को लगा, उनके बीच के रेशमी ताने-बाने टूटते जा रहे हैं जैसे वे हर क्षण उनसे दूर होती जा रही है और अब कभी...उसने घबराकर उनकी बाँह छुई और एकदम टूटकर बोली, ''आप मेरे ख़तों का जवाब तो देंगी न ?...आप मुझे भूलेगी तो नहीं ?''

उन्होंने रुँधी आवाज़ में, बड़ी मुश्किल से कहा, ''न...कभी नहीं...तुम जानती हो...'' आगे कुछ कहना असंभव था...

डबल बेड

घर को जाने वाले कच्चे रास्ते पर मुड़ते ही उसने देखा, गेट खुला हुआ था। लमहे-भर के लिए उसके माथे पर शिकन पड़ गई। लड़की को अब तक कम से कम हज़ार बार समझाया होगा कि अंदर घुसने पर या बाहर जाते हुए गेट हमेशा बंद कर दिया करे, लेकिन दो-तीन रोज़ में एकाध बार उससे भूल हो ही जाती है। पिछले ही इतवार को सूनी दोपहर में एक गाय अंदर घुस आई थी। उसने लॉन की समतल दूब रौंद डाली, किस-मी-क्विक के पौधे चबाए, दो गमले तोड़े और हमेशा की तरह उसे देखा और भगाया स्मिता ने ही।...वह नाम आया, तो उसने हलके से सिर झटका और गेट पर निगाह जमाए हुए अंदाज़ लगा लिया कि उतनी जगह में से कार निकल जाएगी। ज़मीन पर टायरों की करकराहट के साथ वह पोर्टिको तक पहुँचा, चाबी घुमाकर इंजिन ऑफ़ किया और उँगली में गुच्छे की ज़ंजीर लपेटता हुआ बाहर निकल आया। बरामदे की पहली सीढ़ी पर चढ़ते ही क़दम ठिठक गए, किनारे की तरफ़ मेहंदी की एक साथ गोल-गोल लिपटी, मसली हुई पत्तियाँ पड़ी थीं। उसने झुककर उन्हें उठा लिया, कहीं-कहीं किनारों पर पत्तियों के बारीक़ रेशे निकल आए थे और हथेली पर रखते ही गंध के साथ उनकी नमी महसूस हुई। उस नमी में मुट्ठी के ताजे दबाव की गरमाहट थी।...बरामदे से निकलते हुए हमेशा की तरह उसका लंबा-सा साया सामने की दीवार पर लहराया और तीसरे खंभे के नज़दीक आते-आते पीतल की नेम-प्लेट से धूप की एक तीखी 'कौंध' झिलमिला गई। बाएँ हाथ से ड्राइंगरूम का परदा एक ओर किए हुए उसने दाएँ हाथ की एक अभ्यस्त उँगली अपने नाम की ओर बढ़ाई और छोटे-से चौकोर टुकड़े ने खिसककर 'आउट' को ढँक और 'इन' को खोल दिया।...नीना खाने के कमरे में अपनी सिरेवाली कुरसी पर थी, स्कूल की सफेद-नीली ड्रेस में। कुहनियाँ मेज पर टिकी थीं और मुँह हथेलियों में थमा था। उसे लगा कि वह निकलने को थी, पर उसके चेहरे का भाव देखते ही रुक गई।

"गेट तुमने खुला छोड़ा था ?"

पल-भर के लिए उसे लगा कि वह झूठ बोल देगी और एकाएक एक अजीब-सी

व्यर्थता का बोझ मन पर छा गया...सब कुछ बेकार है, यह पढ़ाई-लिखाई...यह घर, ये बच्चे...हाथ पीछे बाँधे हुए वह दीवार-से सट गया। अगर वह झूठ बोली, तो उसे सुबूत देना होगा और उसके बाद जितनी शर्मिंदगी नीना को होगी, उतनी ही उसे। उसने बड़ी मजबूरी की निगाह से नीना की ओर देखा, जैसे उसके जवाब पर कोई बड़ा फैसला होना हो। नीना तौलती-सी नज़र से उसकी ओर देख रही थी और उसे अहसास हुआ कि लड़की ने समझ लिया है कि यह वक़्त "डैडी, आप भी बात का बतंगड़ बनाते हैं...रस्सी का साँप, राई का पहाड़..." कहते हुए उससे लिपट जाने का नहीं है।

"आय'म सॉरी।" नीना ने कुरसी पर सीधे होते हुए कहा और हाथ सीने पर बाँध लिये। उसकी आँखें नीचे झुकी थीं और चेहरा भावहीन हो आया था। उसने लक्ष्य किया था कि इस तरह किसी बात पर दुख प्रकट करते हुए वह 'डैडी' शब्द नहीं जोड़ती थी, मानो ऐसी बात उस सहज आत्मीय संबंध में नहीं कही जा सकती थी या इस तरह की बात कहते हुए कुछ क्षणों के लिए वह संबंध धुँधला हो जाता था।

वह सधे हुए क़दमों से खिड़की तक आया और नीना की निगाह बचाकर मसली हुई पत्तियाँ बाहर फेंक दीं। खिड़की का परदा पहले की तरह आ गिरने पर रोशनी का तीखापन कम हो गया। वह मुड़ा और चौड़ाई की तरफ़ की अपनी कुरसी पर बैठ गया। कमरे का मौन दाईं दीवार पर लगी घड़ी की अनवरत टिक्‌टिक् से टूट रहा था। छोटी सुई एक से आगे खिसक चुकी थी। उसने जग का निचला हिस्सा छूकर पानी के ठंडेपन का अंदाज़ लगाया, फिर जग धीरे-धीरे ऊपर उठाते हुए गिलास में पानी ढालने लगा, ताकि झाग बन सकें। उसे उम्मीद थी कि नीना शायद अपना गिलास उसकी ओर बढ़ाते हुए कहेगी, "डैडी ! हम भी एस्प्रेसो पानी लेंगे।" मगर उसने कुछ नहीं कहा, चुपचाप नीचे देखती रही।

वातावरण में तनाव था। उसे लगा कि पहल उसे ही करनी होगी। उसे अपने पर तरस-सा आया। वह खुद ही स्थिति बिगाड़ता है और फिर उसे बनाने की कोशिश करता है।

"स्कूल की क्या छुट्टी हो गई ?" उसने अपने स्वर को भरसक सहज बनाते हुए पूछा।

"नहीं...आंटी स्कूल आई थीं, इरा-इला के लिए कोई सर्टिफ़िकेट लेने। हम उनके साथ ही चले आए।...हम भी उन्हें छोड़ने स्टेशन जाएँगे।" वह सामने की ओर देखते हुए बोली।

उसने एक साँस ली, गहरी और ठंडी। फिर पानी का एक घूँट पिया। फिर दूसरा। फिर तीसरा।...उसका मन हुआ कि पास कोई आईना होता, तो वह देखता कि इस समय उसके चेहरे पर कैसा भाव है। उसकी आँखों के आगे प्लेटफ़ॉर्म की लंबाई उभरने लगी, जहाँ ट्रेन के नज़दीक वे सब खड़े थे। इर्द-गिर्द इंजिन की शण्टिंग,

लोगों के आने-जाने और भागने की आहटें, हॉकरों का शोरगुल। रमन उसे बतला रहा था कि उसकी छोड़ी हुई जगह इसी महीने विज्ञापित हो जाएगी। प्रोफ़ेसर इस पर जयपुर के एक आदमी को लेना चाहते हैं, जो वहाँ के प्रोफ़ेसर दत्त का कैंडीडेट है, हालाँकि उसका स्पेशलाइज़ेशन फ़ार्माकॉलॉजी में है, कॉगनॉसी में नहीं। लेकिन उसकी पी-एच. डी. कार्डियेकग्लाइकोसाइड्स पर है और अपने यहाँ उसने सी. एस. आइ. आर. के एक प्रोजेक्ट में हालेरिनाएंटीडिसेम्ट्रिका पर भी काम किया है, इसलिए उसे कॉगनॉसी में खींचा जा सकता है। प्रो. दत्त के अलावा चंडीगढ़ के डॉक्टर ढिल्लन और बंगलौर के डॉक्टर आयंगर एक्सपर्ट हैं। प्रोफ़ेसर की कोशिश यह है कि...वह बीच-बीच में हाँ-हूँ करता जा रहा था, पर रमन की आवाज़ बाहरी शोरगुल का ही एक हिस्सा बनकर रह गई थी। स्मिता ज़रा आगे उन दोनों की ओर पीठ किए, दोनों बच्चियों को कुछ बतला रही थी। वह बग़ल के खंभे से टिकी-सी खड़ी थी। नीचे लटका हुआ बायाँ हाथ लापरवाही से पर्स झुला रहा था। चोटी फिसलकर आगे आ गई थी और गोरी गरदन की जुंबिश पर नेकचेन के काले, रेशमी धागे का फुँदना भी हिल उठता था। कमर पर बीचोंबीच की पतली-सी नाली साड़ी के दायरे से निकलकर ऊपर चुस्त, कसी हुई चोली में गुम हो गई थी और वह कुछ उठाने के लिए नीचे झुकी, तो सुडौल नितंबों की मांसल रूपरेखा स्पष्ट हो उठी।...उसे अपने गले में कुछ चुभता-सा महसूस हुआ। उसने दोनों हाथ जेब में डाल लिये और थोड़ा-सा खिसककर निगाह सामने कर ली, जहाँ समानांतर पटरियों के कई जोड़े बिखरे हुए थे। कुली ने आकर रमन से सामान बुक कराने की बाबत कुछ कहा, तो उसकी आवाज़ का एकरस सिलसिला टूटा। रमन के हटते ही स्मिता मुड़ी। उसके होंठों पर उदास-सी मुसकान थी। उसे लगा कि शायद वह भी उसी तरह मुसकरा दिया है। वह कुछ ठिठकी और आगे बढ़ आई। अब वे आमने-सामने थे। आहटों और चहल-पहल और शोरगुल के बीच। किसी ने कुछ नहीं कहा, क्योंकि कुछ भी कहना निरर्थक था और दोनों ओर इस बात की जानकारी से कुछ क्षणों का यह एकांत और भी अर्थहीन हो गया था।...इस तरह निश्चल खड़े रहना शायद कुछ अटपटा लगे, इसलिए उसने जेब से धूप का चश्मा निकाला और शीशों पर हलके-हलके रूमाल फिराने लगा। इरा ने आकर कॉमिक खरीदने के लिए पैसे माँगे, तो स्मिता ने पर्स खोलकर एक नोट दे दिया। इला उसके पैरों से लिपट गई और ठुनकते हुए बोली, "अंकिल ! नीना को हमारे साथ भेज दीजिए न !"

"तुम आ गए।" ...उसे मालूम भी नहीं पड़ा कि कब रीना उसके सामने आकर खड़ी हो गई, "मैं स्मिता के यहाँ चली गई थी, पैकिंग में मदद करवाने।"

उसने सिर झुकाए पानी के कुछ घूँट भरे। उसे लगा कि रीना का पहला जुमला सादा नहीं है, मानी भरा है। उसने एक नामालूम-सी निगाह उस पर डाली, पर कुछ पकड़ नहीं सका। रीना ने फ्रिज से पानी की बोतल निकाली थी और ढक्कन खोलकर

गिलास भर रही थी। एक पैर पर सारा बोझ डाले, मेज़ से टिकी वह खड़ी थी, चेहरा नीचे झुका हुआ...बड़ी-बड़ी पलकें, लंबी सुतवाँ नाक, पतले होंठ...पिछले कुछ दिनों से उसे लगता रहा है कि रीना को शक हो गया है। जब वह लखनऊ से आई थी, तब शुरू-शुरू में तो उसे कुछ विश्वास-सा हो गया था कि वह सब कुछ जान गई है। कैसे ? इसका कोई अंदाज़ नहीं था। उसने पहले से ही अपनी तरफ़ से पूरी होशियारी बरती थी। स्मिता भी भरसक सजग रही थी। जब रमन या रीना या दोनों होते थे, तब वे लोग सहज होकर औपचारिक बातें कर लेते थे। बच्चों के सामने भी ऐसा कुछ नहीं हुआ था, जो उनका ध्यान खींचता और जिसे वे कभी या कहीं किसी तरह से कह पाते लेकिन ऐसी बातें शायद एक हद तक ही छुपाई जा सकती हैं। किसी को देखते ही आँखों का पल-भर के लिए चमक उठना, किसी को संबोधित करते हुए स्वर की क्षणिक स्निग्धता, किसी की बात छिड़ने पर असजग क्षण में चेहरे का कोई भाव—दरार कहीं से भी पड़ सकती है।...बहरहाल, अब तो सब ख़तम हो गया है। अगर रीना को शक है भी, तो उसे अपनी ओर से भरसक बात बिगड़ने नहीं देनी है।

"स्मिता के जाने से मुझे बहुत बुरा लग रहा है।" रीना ने दाईं कलाई की चूड़ियाँ एक-एक कर ऊपर चढ़ाईं और उसकी तरफ़ देखा।

फिर वह थोड़ा-सा चौंक गया। ऑन होते ही एकदम भन्ना गए पंखे की तरह जल्दी-जल्दी सोचने लगा। चुप रह जाना शायद ग़लत होगा। उससे दुराव-छिपाव की गंध आती है, पर 'हाँ' कहना शायद उससे भी ज़्यादा ग़लत हो। अगर रीना के मन में संदेह का कोई बीज है, तो ऐसे उत्तर से उस पर पानी के कुछ छींटे पड़ जाने की ही आशंका है। दोनों परिवारों के बीच जो घनिष्ठता है, उसे देखते हुए नाहीं करने का प्रश्न ही नहीं उठता। तो फिर क्या कहे ?...कुछ रुककर वह बोला, "ये लोग अच्छे पड़ोसी थे।"...उसने अपनी समझ में बहुत होशियारी से काम लिया था। शुरू के दो शब्दों के प्रयोग से स्मिता के साथ रमन को भी सम्मिलित कर लिया था, क्योंकि अकेली उसकी प्रशंसा अनुचित थी और प्रशंसा का कारण भी व्यक्तित्व के किसी विशेष अंतरंग पक्ष की जानकारी नहीं, वरन् उसका एक सामान्य व्यावहारिक रूप था।...उसने प्रतिक्रिया जानने के लिए रीना की ओर देखा, लेकिन वह कुछ ऐसी खोई-खोई-सी थी कि उसे लगा, जैसे उसने उसकी बात सुनी ही नहीं।...

उसने सरसरी नज़र से सामने देखा, मेज़ पर कई बॉल और रकाबियाँ थीं। अरहर की दाल, आलू-मटर की शोरबेदार और बैंगन की सूखी मसालेवाली सब्जी, खीर, सलाद की प्लेट में प्याज़, मूली, हरी मिर्च और नीबू के टुकड़े, आम और कटहल का अचार...उसे भूख बिलकुल महसूस नहीं हो रही थी, बल्कि कुछ ऐसा लग रहा था, जैसे वह अभी कुछ ही देर पहले खा चुका हो और अब दुबारा मेज़ पर आ बैठा हो।

उसने अभी कुछ खाया नहीं था, लेकिन हर चीज़ का स्वाद उसके मुँह में था।...ऐसा क्यों होता है ? क्या हर किचन का अपना अलग स्वाद होता है—औरों से भिन्न ? इस घर में बनी हुई कोई भी चीज़ उसे कहीं भी दी जाय, वह पहचान सकता है, यह खाना या चाय या शरबत या कॉफ़ी...उसने अपने हाथ के चम्मच को सामने रखी प्लेट पर बजाया। उसके घर में सारे चम्मच स्टेनलेस स्टील के थे, इसी रूप और आकार के। सफ़ेद बड़ी प्लेटें। सफ़ेद और गुलाबी क्वार्टर प्लेटें। सफ़ेद और पीली ज़मीन पर बेलबूटों और चौख़ाने वाले गिलास। एक पीला टी-सेट, एक सफ़ेद। सारी क्रॉकरी जानी-पहचानी थी। शायद इस वजह से भी खाना, पहले से ही, खाया हुआ-सा लगता था।...पहचान के इस दायरे में तो घर का सारा सामान आ जाता था। ड्राइंगरूम के सोफ़े, कुरसियाँ और छोटी-बड़ी मेज़े, कार्पेट, तसवीरें; स्टडी की आलमारियाँ और किताबें; बेडरूम के पलंग, वार्डरोब, ड्रेसिंग टेबिल, रेडियो और सिंगर मशीन; डाइनिंग-रूम की बड़ी मेज़ और कुरसियाँ, फ्रिज और क्रॉकरी...और फिर खुद यह मकान, जिसमें रहते हुए आठ साल पूरे हो रहे हैं। यहाँ रहते हुए—आते-जाते, उठते-बैठते, खाते-पीते उसने लाखों बार यह सब देखा होगा। ये कमरे, आँगन और बरामदा, दरवाज़े और खिड़कियाँ, खंभे और दीवारें...अब वह गहरे अँधेरे में बिना किसी चीज़ से टकराए सारे घर में घूम सकता है। आँखों पर पट्टी बाँधकर फ़्रिज से सॉस की बोतल निकालना, ड्राइंगरूम में आतिशदान रखे तमाम डेकोरेशन पीसेज़ में से छोटी-सी संगमरमरी मछली चुनना या बेडरूम में ड्रेसिंग टेबिल से नेलकटर उठाना—यह सब उसके लिए मुमकिन है। वह गुच्छा देखकर बतला सकता है कि कौन-सी चाबी किस आलमारी और किस ताले की है। एक भी ग़लत स्विच को छुए बिना सारे घर की बत्तियाँ जला सकता है या एक ही जगह खड़े-खड़े सेकंडों में बतला सकता है कि पूरे घर में कुल कितने स्विच हैं। उसे मालूम है कि बेडरूम के दरवाज़े की सिटकनी सख़्ती से बंद होती है, बाथरूम में फुहारे की टोंटी ढीली है और फ़्लश की ज़ंजीर कभी-कभी दो बार खींचनी पड़ती है। वह जानता है कि ड्राइंगरूम में सोफ़े के बड़े पीस के नीचे कार्पेट पर स्याही का दाग़ है, डाइनिंग टेबिल का प्लास्टिक कवर बाएँ कोने से कट चला है और स्टडी की रिवॉल्विंग चेयर अकसर पीछे की ओर नहीं घूमती। उसे पता है कि वार्डरोब का बायाँ किवाड़ पूरा नहीं खोलना चाहिए, क्योंकि ऐसा करने पर वह रेडियो से टकरा सकता है, किचन की खिड़की आहिस्ता से खोलनी या बंद करनी चाहिए, क्योंकि थोड़ा झटका लगने पर उसका एक चटखा हुआ शीशा टूट सकता है और बरामदे के पंखे का रेगुलेटर '3' से आगे नहीं करना चाहिए, क्योंकि इसके बाद उसमें खड़खड़ाहट होने लगती है। आँगन के फ़र्श की दीवार, लॉन के दाएँ कोने पर छोटा-सा गड्ढा और गैराज के पिछवाड़े चिपका चुनाव का कटा-फटा पोस्टर—कुछ भी तो उससे छुपा नहीं है।...यह सब जानने में उसे इतने साल लगे हैं और यह सब जानने के बाद इस घर में जानने के लिए और कुछ बाक़ी नहीं रहा।

जिस तरह हर किचन का अपना स्वाद होता है, उसी तरह हर घर की अपनी गंध होती है। दोनों की ही पहचान की प्रक्रिया लंबी और समय-साध्य है। महीने और वर्ष बीतते जाते हैं और जीभ पर किसी अदृश्य गुदने की तरह स्वाद अंकित होता चलता है। कैलेंडर फटते और बदलते रहते हैं और समय के अंतराल के साथ-साथ नथुनों में यह गंध समाने लगती है।

और पिछला सेशन शुरू होते-होते वह इन दोनों से ही ऊब चुका था। आने वाला कल बीते हुए कल-जैसा था, इसलिए आज की ज़िंदगी का कोई अर्थ नहीं रह गया था। वही बासी दस्तूर, वही घिसी-पिटी दिनचर्या। दूध या सब्ज़ी वाले की आवाज़ के साथ जागना। बिस्तर में एक कप चाय पी लेना। मुँह में पेस्ट की महक के साथ बरामदे की कुरसी पर अखबार की सुर्ख़ियाँ देखना। नेपथ्य में झाड़ू की सफ़ाई और फ़र्श की धुलाई। बरतनों की खनूखन्। रीना की पुकार और हिदायतें। नौकर के जवाब। नीना का शोरगुल—कभी अपने कमरे से, कभी गुसलख़ाने से, मेज़ पर नाश्ता लगने की आहटें। टोस्ट निगलते हुए कुछ रस्मी बातें। स्टडी में कोई किताब या नोट्स की फ़ाइल देखना, नहाना-धोना। तैयार होकर निकलना। लंच के लिए थोड़ी देर की वापसी। फिर चार के क़रीब आना। चाय और कुछ बातचीत। शाम को किसी के यहाँ मिलने जाना या किसी का मिलने आ जाना कोई फ़िल्म या शॉपिंग या यों ही कोई मैग़जीन देखते हुए वक़्त गुज़ार देना। रात काया खाना। कुछ देर टहलना या बाहर लॉन में बैठना। थोड़े देर कुछ पढ़ना। सो रहना।...पहली तारीख़ को तनख़्वाह का चेक। राशन, पंसारी या जर्नल मर्चेंट के यहाँ की लिस्टें। सबके बिलों का भुगतान।...टेलीफ़ोन का बिल। बीमे का प्रीमियम। कार की सर्विसिंग। रेडियो का लाइसेंस। नीना की प्रोग्रेस रिपोर्ट।...पेट्रोलपंप की एकाउंट-बुक। बैंक की पासबुक, चेकबुक।

घर में जितनी ऊब होती थी, उतनी ही डिपार्टमेंट में। क्लास में वही घिसे-पिटे टॉपिक, लैब में वही पुराने एक्सपेरीमेंट। सहयोगियों के साथ चाय पर डिपार्टमेंटल या यूनिवर्सिटी पॉलिटिक्स की चर्चा। कहीं कोई नई जगह निकलने पर नियुक्ति के बारे में अनुमान। महँगाई की वजह से डी. ए. बढ़ाए जाने की माँग।

उसकी दोस्ती के पहले दायरे में तीन लोग थे—कॉमर्स के आनन्द, डॉ. सिन्हा एंथ्रापॉलॉजी के और आर्केलॉजी के लाल। उसे तीनों की पत्नियों के पीरियड की तारीख़ें और उनके शारीरिक संबंधों की फ़्रीक्वेंसी पता थी। वह जानता था कि मिसेज़ सिन्हा दो बच्चों के बाद अपना ऑपरेशन करवा चुकी हैं और तीन के बाद आनन्द अपना। उसे मालूम था कि तीनों में से आनन्द का बैंकबैलेंस सबसे कम है और उसे बहन की शादी के लिए प्राविडेंट फंड से क़र्ज़ लेना पड़ा था। लाल की बीवी उसकी

एक रिसर्च की स्कॉलर की वजह से उससे झगड़ा करती है, सिन्हा की नई कार में ज़्यादा पैसा मिसेज़ सिन्हा के पिता का लगा है और आनन्द 'छद्म' नाम से बाज़ारू नोट्स लिखता है—इसकी जानकारी भी उसे थी।...लाल का स्पेशलाइज़ेशन न्यूमिस्पेटिक्स में था, लेकिन इधर यू. पी. में चल रहे एक एक्सकेवेशन में उसने क्वायंस के साथ-साथ कुछ टेराकॉटा फ़िगरायंस भी ले लिये थे और उनके बारे में काफ़ी बतलाता रहता था। सिन्हा इधर भिन्न-भिन्न सामाजिक वर्गों की प्रतिक्रिया जानने के लिए फ़ैमिली प्लानिंग पर एक क्वैश्चेनेयर तैयार कर रहे थे और अकसर उसकी चर्चा किया करते थे। आनन्द अपने सब्जेक्ट के बारे में कभी बात नहीं करता था, क्योंकि उसे इस बात का अफ़सोस था कि वह इस प्रोफ़ेशन में क्यों आ गया। बैंक-मैनेज़र की कुरसी के लिए उसके मन में बहुत इज़्ज़त थी और उसका ख़याल था कि एडमिनिस्ट्रेटिव जगह उसे सूट भी करती है। उसके यहाँ जाने पर बच्चे बाहर खेलते रहते और जितनी देर में उसकी पत्नी चाय बनाकर भिजवाती, वह घुमा-फिराकर बतलाता कि किस तरह उसकी ज़िंदगी चौपट हो गई है। हलके कत्थई टी-सेट में चाय आते ही वह—अगर रीना होती तो उससे अनुमति लेकर—सिगरेट सुलगाता और एक गहरा कश लेकर पूछता, "और सुनाओ यार, क्या हाल है ?"...यह वाक्य इस बात का सूचक था कि उसके पास अपनी ओर से कहने के लिए अब कुछ नहीं रहा—अपने बारे में ! फिर मौसम के हिसाब से सर्दी या गरमी की शिकायत होती या महँगाई का रोना रोया जाता। उसकी पत्नी को हमेशा यह जानने की उत्सुकता रहती थी कि आने वाली छुट्टियों में उसका क्या प्रोग्राम है। उनका अपना इरादा सदा कश्मीर जाने का रहता था और हर बार कोई न कोई मुश्किल आ जाती थी। बातचीत के दौरान उनकी उँगलियाँ किसी बुनाई या कढ़ाई में लगी रहतीं और उन्हें दो-तीन बार बाहर झगड़ते हुए अपने बच्चों को अलग-अलग करने के लिए उठना पड़ता।...लाल बच्चों पर पूरी निगरानी रखता था कि वे स्कूल में ठीक चल रहे हैं, होमवर्क अच्छी तरह करते हैं और गंदी आदतें तो नहीं सीख रहे। उसने बच्चों को शिष्टाचार और सामान्य ज्ञान की भी अच्छी ट्रेनिंग दी थी। उसके यहाँ जाने पर पिंटू, पिंकी और रोमी तपाक से 'नमस्ते अंकिल' या 'गुड ईवनिंग आंटी' करते थे और बिना पलक झपकाए बतला सकते थे कि संसार के सात आश्चर्य कौन हैं, दुनिया की सबसे बड़ी घड़ी या टॉवर कहाँ है, ताजमहल किसने बनवाया और ग्रांट ट्रंक रोड कहाँ से कहाँ तक जाती है। इस सारे प्रोग्राम के दौरान लाल मंद-मंद मुसकाते हुए मेहमान की ओर देखता रहता था और उसके ख़त्म होने पर बतलाता था कि शिक्षित, समझदार बच्चे किसी भी देश की प्रगति का आधार हैं। जिस तरह नींव कच्ची होने से मकान ज़्यादा वक़्त तक खड़ा नहीं रह सकता, उसी तरह अनपढ़ और बिगड़े बच्चों वाले देश की तरक़्क़ी कभी नहीं हो सकती और उनका सही ढंग से विकास करने की पूरी ज़िम्मेदारी माता-पिता की है। टॉल्सटॉय ने कहा था...

मिसेज़ सिन्हा साल में दो-तीन बार बेडरूम को स्टडी और ड्राइंगरूम को बेडरूम बनाती थीं। उनका कलर-सेंस अच्छा था, इसलिए कैम्पस में उनकी पूछ थी। अपने यहाँ किसी के आने पर दस-पंद्रह मिनिट बाद वे ड्राइंगरूम में आती थीं, पूरे मेकअप में। हर मुद्रा सधी, हर हरकत नपी-तुली। वे कई फ़ैशन पत्रिकाएँ लेती थीं और उनकी तरफ़ से बातचीत चोली के नए कट से शुरू होकर गुलदस्ता सजाने के नए ढंग पर ख़त्म हो जाती थी। डॉक्टर सिन्हा कॉफ़ी के छोटे-छोटे घूँटों के साथ उनकी हर बात पर हामी भरते जाते थे।

किसी के यहाँ से वापस आते समय कार में आम तौर से अब सन्नाटा रहता था, क्योंकि किसी की जितनी वजहों से जिस तरह नुक़्ताचीनी हो सकती थी, वह कर चुका था। 'आनन्द बोर है' या 'मिसेज़ सिन्हा बहुत पोज़ करती हैं' या 'डॉक्टर सिन्हा डोमीनेटिड हैं' जैसे वाक्य इन सबके व्यवहारों की तरह ही घिस-पिट गए थे और कभी-कभी कुछ सालों पहले की अपनी उस गर्मजोशी पर ताज्जुब होता था, जिसके साथ इन लोगों की चर्चा की जाती थी। ड्राइव के मौन को तोड़कर रीना कभी मिसेज़ मेज़बान की साड़ी के रंग या खाने की किसी डिश की तारीफ़ करती, तो वह 'हाँ', 'हूँ' में जवाब दे देता था।...मोड़ से ही अँधेरे में घर की धुँधली रूपरेखा दिखाई देने लगती थी। बरामदे की बत्ती जली होती और मेहंदी की बाड़ पर खंभों की छाया के आसपास प्रकाश का धूमिल-सा आभास होता। नीना सो चुकी होती और नौकर घर जाने की प्रतीक्षा में बैठा होता।...गैराज का फाटक बंद करते समय हलकी खड़खड़ाहट होती। चाँद निकला होता, तो धरती पर गुँथी हुई नीम की शाखों के अँधेरे के बीच हलका-सा उजलापन होता, वरना पेड़ के नीचे अँधेरा और भी घना हो आता। चारों ओर के सन्नाटे में अपने क़दमों की आहट गूँजती-सी लगती। सूने बरामदे में दरवाज़े के बगल में लगी अपनी नेमप्लेट उसे कभी-कभी बड़ी अकेली और निरीह-सी मालूम देती। 'आउट' को ढककर 'इन' को खोलते हुए वह कभी-कभी फुसफुसाकर पूछता, ''हेलो डॉक्टर, कैसे हो ? ज़िंदगी कैसी कट रही है ?''...कपड़े बदलकर वह बिस्तर में आ जाता। अब रात को कहीं बाहर से आने पर स्टडी में जाने को मन नहीं करता था। अजीब-सी ऊब महसूस होती। वह अपने पलंग पर पड़ा करवटें बदलता रहता। किचन की देखरेख के बाद रीना भी आ जाती। अगर वह शनिवार होता, तो वे साथ-साथ सोते। अगर इसके अलावा कोई दिन होता और रीना का जी चाहता, तो वह ज़ाहिर कर देती। उसकी ओर पीठ कर वार्डरोब के सामने खड़ी हो, साड़ी उतारकर तह करने लगती और ढीला किया गया पेटीकोट कमर से फिसलकर नितंबों के बीचोंबीच फँस जाता या ब्रा का एक के बाद दूसरा स्ट्रैप खोलते-खोलते सहसा मुड़, लचककर फ़र्श पर गिरा हेयर पिन उठाती और कप के हट जाने से कसा हुआ, नग्न उरोज हल्के-से थिरक उठता या...

...अपने किचन के खाने या घर के ब्यौरों के समान रीना को भी वह ख़ूब जान

चुका था। गेहुँए रंग का युवा, मांसल जिस्म, जिसकी लचक और हरारत उसने महसूस की थी; जिसके हर उभार, मोड़ और ढलान से उसका परिचय था; हर बिंदु, कोण और रेखा जानी-पहचानी थी। वह जानता था कि कितने और कैसे चुंबनों के बाद उसकी साँसें तेज़ होंगी, कब पीठ पर उसके नख चुभने लगेंगे और कब उसके दाँत हलके-से उसे काट लेंगे...कब उसका जिस्म थरथराने लगेगा और कब उसके होंठों से सीत्कार ध्वनि निकलेगी।...आलिंगन के दृढ़ कसाव में उसकी व्यग्र आकुलता, निकटता के चरम क्षणों में उसकी सम्मोहनी निश्चलता और तृप्ति के बाद की मदिर अलसता—सभी का उसे गहरा अनुभव था।...जब एक लंबे समय से हर क्रिया की प्रतिक्रिया पता हो, तो किसी भी प्रक्रिया में कितना कुछ शेष रह जाता है ?

वह ऐसी ही मनःस्थिति से गुज़र रहा था, जब एक दोपहर को सामने के ख़ाली क्वार्टर में रमन आ गया। रीना ने एक अच्छे पड़ोसी की भूमिका अदा करते हुए नौकर को अनपैकिंग के लिए भेज दिया, अपने काम से फुरसत पाकर खुद भी मदद करने के लिए पहुँच गई, शाम की चाय पर उन्हें बुला लिया और 'अब थकी-थकाई आप कहाँ परेशान होंगी' कहकर, उन लोगों की टालमटोल के बावजूद, रात के खाने का भी आमंत्रण दे दिया। वह शाम को डिपार्टमेंट से आया, तो देखा कि गेट खुला है और एक अजनबी, जल्दी-जल्दी पौधे चबाती हुई गाय को बाहर निकाल रही है। उसे देख सकुचाकर खड़ी हो गई।...रात को खाने की मेज़ पर रमन अपने पुराने डिपार्टमेंट के बारे में बतलाता रहा कि किस तरह प्रोफ़ेसर उसे किसी भी रिसर्च प्रोजेक्ट में शामिल नहीं करते थे और किसी भी रिसर्च स्कॉलर को उसके अंडर में नहीं आने देते थे, जिससे यह अनुभव पाने के बाद वह रीडरशिप के लिए एक कैंडीडेट न हो जाए। विस्कोंसिन से उसे एक रिसर्च-कम-टीचिंग एसाइनमेंट मिल रहा था और डॉ. लैक्स ने प्रोफ़ेसर से उसकी कार्यकुशलता जाननी चाही थी, लेकिन उन्होंने गोलमोल कुछ लिख दिया और अपने एक प्रिय छात्र और सहयोगी की सिफ़ारिश कर दी, जो उससे जूनियर है और जिसे उन्होंने उससे अधिक वेतन देकर नियुक्त किया था।...

एकाएक बारिश हो जाने से हवा सर्द हो गई थी। स्मिता ने खूब कलफ़ की हुई सूती साड़ी और ढीला-ढाला काला कार्डीगन पहन रखा था। रंग गोरा। अच्छे नक़्श। देह इकहरी से कुछ अधिक। बालों का बड़ा-सा सादा जूड़ा। गले में छोटे-छोटे, अनगढ़ पत्थरों की चैन, जिसके पेनडेंट को कभी-कभी सहलाने के ढंग से छू लिया जाता था। परिचय कराया जाने पर वह शाम की देखा-देखी का ज़िक्र करने को था, पर उसने पहले ही हलके-से मुसकराकर हाथ जोड़ लिये। उसे कुछ अटपटा-सा लगा, पर चुप रहा।...किसी को खाना खाते हुए देखना शायद अच्छा दृश्य नहीं होता, पर उसे देखना अच्छा लग रहा था। वह हल्के-से एक निवाला तोड़ती, चेहरा तनिक तिरछा

करके उसे मुँह में रखती, बिना किसी खनक या सुड़कने की आवाज़ के एक शोरबा लेती, छूते हुए भी न छूने के-से ढंग से ज़रा होंठ खोलकर प्याज़ का एक टुकड़ा मुँह में दबा लेती। इस पूरे ढंग में कुछ निर्दोष-सी नज़ाकत थी, पर बनावट नहीं।...रमन दोहरे बदन का था। क़द औसत। आँखों पर मोटे-से, काले फ़्रेम का चश्मा। सिर पर आगे की तरफ़ के बाल कुछ घुँघराले और सफ़ेद। पेशानी पर सीधी और होंठों के दोनों कोनों के ऊपर तिरछी, गहरी लकीरें।...उसने दोनों की साथ-साथ एक बिस्तर में कल्पना की पहले कपड़ों के साथ, फिर बिना कपड़ों के। रमन की आँखों से चश्मा हटा, तो उसने यों पलकें झपकाईं, जैसे पहचान नहीं पा रहा हो कि बिस्तर में उसके साथ कौन है। 'प्रक्रिया' की पूरी कल्पना के दौरान रमन के चेहरे पर कई भाव आए और गए, लेकिन स्मिता की आँखों में जो था, उसमें कोई विशेष परिवर्तन नहीं हुआ। वह क्या था, उसे ठीक-ठीक पकड़ नहीं पाया, लेकिन वह भाव निश्चय ही ऊष्म नहीं था। उसे लगा कि यह उसका पूर्वाग्रह है और जो कुछ उसने रीना के चेहरे पर देखा था, वह सब वहाँ देखना चाहा—गालों की तपन और होंठों का फड़कना, नथुनों का काँपना और साँसों की तेज़ी, पलकों का झपकना और आँखों की अलसता...आवाज़ का भर्राना और गले का रुँधना...लेकिन लगा कि यह सब नक़ली है। असली वही भाव है, जो उसकी आँखों में है।

रात को वह शॉल ओढ़े, बिस्तर पर लेटा अख़बार पढ़ रहा था। सर्दी कुछ बढ़ गई थी, जिससे उसने खिड़की बंद कर दी थी। कुछ देर पहले बराबर के अपने पलंग से रीना ने पूछा था कि नए पड़ोसी कैसे लगे ? वह कहने को हुआ कि अच्छे लगे, पर न जाने क्यों रुक गया और कुछ ठहरकर बोला कि अभी से कोई राय बनाना जल्दबाज़ी होगी। रीना ने हाथ बढ़ाकर ड्रेसिंग टेबिल से 'नीविया' की चपटी डिब्बी उठाई, खोली और क्रीम की छोटी-छोटी बिंदियाँ चेहरे पर लगाईं, फिर हल्के-हल्के उन्हें मलते हुए कहा, कुछ अपने में डूबे हुए, "मुझे तो अच्छे लगे। रमन भले हैं और हँसमुख। स्मिता भी स्वीट है। कुछ कम बोलती है, पर उसके साथ अच्छा लगता है...और लड़कियाँ तो बहुत प्यारी हैं। देखने में कितनी अच्छी हैं, बिलकुल माँ पर गई हैं।"

उसने भी लड़कियों के अच्छे होने की ताईद की।

"कल रमन कुकिंग गैस के सिलेंडर के लिए दुकान पर जाएँगे। तुम साथ चले जाना, तो जल्दी मिल जाएगा...वरना उसके बिना ये लोग काफ़ी परेशान होंगे।"

"अच्छा।" उसने जमुहाई ली और अख़बार का पन्ना पलटा।

"इन लोगों का ज़्यादातर सामान लग गया है। अपने सामने वाला कमरा बेडरूम है।" फिर कुछ रुककर जोड़ा, "उसमें डबल बेड है।"

रेल दुर्घटना पर से उसका ध्यान हट गया। कुछ क्षण रुककर सोचा कि रीना

का अंतिम वाक्य सादा है या उसमें किसी आरोप की ध्वनि है—और लगा कि हाँ, है। कुछ समय पहले तक उनके सोने के कमरे में भी डबल बेड था, लेकिन जब से उसका मन उखड़ा था नींद भी कुछ अजीब तरह से कच्ची हो गई थी। रीना के हिलने-डुलने से, हाथ की जुंबिश पर चूड़ियों की हलकी खनक से या करवट बदलने पर कपड़ों की महीन सरसराहट से भी वह जाग उठता था और फिर देर तक नींद नहीं आती थी—कभी-कभी तो घंटों नहीं। अकसर रात ढलते-ढलते सोता और सुबह जल्दी ही उठ जाना पड़ता। दिन-भर आँखों में कड़वाहट भरी रहती और जमुहाइयाँ पर जमुहाइयाँ आतीं। वह कई दिनों तक सोचता रहा। फिर जब लगा कि और नहीं सह पाएगा, तो रीना से कहा। उसने हलका-सा प्रतिवाद किया, फिर मान गई।...जिस दिन पहली बार वह अलग, अकेले पलंग पर लेटा, कुछ अजीब-सा खुलापन महसूस हुआ, जैसे अब तक किसी पिंजरे में सोता आ रहा हो, जहाँ अच्छी तरह हाथ-पैर फैलाने की भी सुविधा न हो। शादी के बाद के लंबे अरसे में अपने घर में इस तरह का यह पहला अवसर था। रीना ने इस परिवर्तन को कहीं अपने अपमान से जोड़ लिया। ऊपर से कुछ नहीं कहा, लेकिन बहुत दिनों तक उखड़ी-सी और चुप-चुप रही। उसके बुरा मानने का यही ढंग था। घर का सारा काम सहज रूप से चलता रहता था, कुछ पूछो तो उसका नपा-तुला उत्तर मिल जाता था। बस, वह अपनी ओर से कुछ नहीं कहती थी।...शनिवार की रात जब वह बग़ल की नाइट टेबिल पर पानी का जग रखकर अपने पलंग की तरफ़ बढ़ने लगी, तो उसने लेटे-लेटे हाथ पकड़कर उसे अपनी ओर खींचा और बाँहों में भर लिया। उसने जिस्म की मांसलता महसूस करते हुए अपने होंठ उसके होंठों पर रख दिए और कसाव बढ़ाता गया। कुछ पल बीते। उसे लगा कि रीना उत्तर देने के बिंदु तक आ रही है, पर एकाएक वह झटके से अलग हुई और "मेरी तबियत ठीक नहीं है" कहकर पल्लू सँभालते हुए अपने पलंग की ओर बढ़ गई।...तब उसने जाना कि रीना ने उस बात को कितनी गंभीरता से लिया है। थोड़े ही समय में उसने कैम्पस के डबल बेड वाले घरों के आँकड़े जमा कर लिए, जो अकेले पलंगवाले घरों से काफ़ी कम थे। पर रीना का विचार था कि अलग-अलग सोनेवालों की बजाय एक बिस्तर पर सोने वालों का वैवाहिक जीवन अपेक्षाकृत अधिक सुखी होता है। डबल बेड उसके लिए पति-पत्नी के बीच की गहरी अंडरस्टैंडिंग, साहचर्य और प्रेम का पर्याय था।...

कुछ देर सन्नाटा रहा। फिर रीना की आवाज़ सुनाई दी, "ये लोग सुखी हैं ?"

वह हल्के से मुसकराया। किसी दम्पति से नई पहचान होने पर यह प्रश्न अकसर रीना को परेशान करता था। एक बार उसने रीना से कहा भी था कि यह बात जानना आसान नहीं है। अगर उन पति-पत्नी से ही पूछा जाय, तो वे भी शायद इसका बिलकुल दो टूक उत्तर न दे सकें। नए-नए विवाहों की बात दूसरी है, तब भावनाओं का आवेग रहता है। अपना स्वयं का एक घर बनने का अहसास होता है, अकेलापन

मिटता है और चौबीस घंटे के साहचर्य के ताने-बाने जुड़ते हैं। फिर शारीरिक स्तर के अनुभव अलग...लेकिन छह-सात साल बाद जब जीवन एक नियमित ढर्रे पर आ जाए, घर में बच्चे आ चुके हों और छोटी-बड़ी परेशानियों से भरी गृहस्थी के उत्तरदायित्व का बोझ ऊपर हो, तब शायद एकरसता ही जीवन का स्थायी भाव बन जाती है। कभी-कभी सुख के क्षण भी आते हैं, उसी तरह, जैसे दुख के दिन आ जाते हैं...लेकिन इससे पहले कि वह अपनी बात पूरी करता, रीना ने बीच में ही हँसते हुए टोक दिया था कि आपको तो अब फ़िलॉसफ़ी डिपार्टमेंट में पहुँच जाना चाहिए। बाद में उसे लगा था कि बात काटकर रीना ने ठीक ही किया, क्योंकि जो वह कहने जा रहा था, वह उसे अच्छा नहीं लगता...उसकी आँखों के सामने अख़बार पर ट्रेन के टूटे-अधटूटे डिब्बों के बीच से एक बड़े-से पलंग की सफ़ेद सतह उभरने लगी, जहाँ सिरहाने दो-दो तकिये थे। स्मिता मुड़ी हुई कुहनी पर सिर रखे, थकी हुई लेटी थी। रमन पास बैठा सिगरेट पी रहा था। बीच-बीच में गोद में रखी डायरी में कुछ लिखता जाता था। 'सफ़र में कुल मिलाकर दो सौ अस्सी रुपये ख़र्च हुए हैं।' एक कश लेकर उसने कहा। स्मिता की ओर से कोई जवाब नहीं मिला। वह उसके कंधे पर हाथ रख, झुकते हुए धीरे से बोला, "थक गई हो ?"

"स्मिता ने सायास आँखें खोलीं, कुनमुनाकर कहा, "हूँ..." और करवट लेकर सीधी हो गई।

"नए पड़ोसी कैसे लगे ?" रमन ने एक कश लेकर, रुक-रुककर धुआँ निकाला। फिर टुकड़े को फ़र्श पर रगड़कर छोड़ दिया।

"भले लगे। हेल्पिंग हैं। मिसेज़ से तो शायद मेरी अच्छी दोस्ती हो जाए। उनके हज़्बेंड..."

रोशनी बुझाने के बाद, नींद में डूबने से पहले तक, वह सिर्फ़ यही सोचता रहा कि स्मिता ने उसके बारे में क्या कहा होगा।

अगले रोज़ डिपार्टमेंट जाने के लिए तैयार होते हुए वह देर तक ड्रेसिंग टेबिल के सामने रहा। टेरीकॉट के हलके चॉकलेटी रंग के सूट और उसी से मैच करती टाई में उसने हर तरह से घूम-घूमकर आईना देखा। वह आकर्षक था। गोरा और स्वस्थ। चेहरे पर हालाँकि उम्र के निशान थे, लेकिन नाक और होंठों की गढ़न का सलोनापन अपनी जगह मौजूद था। आँखों में ज़रूर वह पहले-जैसी चमक नहीं रह गई थी, उसकी बजाय कुछ अजीब-सा ठहरावपन आ गया था, जैसे किसी के लिए भी अब उनमें कोई उत्सुकता नहीं रह गई हो। लेकिन शायद यह उसका महज़ ख़याल हो, क्योंकि उसके दोस्तों का कहना यही था कि उन सबमें सबसे कम परिवर्तन उसी में हुआ है। डॉक्टर सिन्हा के सारे बाल झड़ गए थे, लाल के गालों की हड्डियाँ उभर आई थीं और आनन्द

के बदन पर चर्बी चढ़ गई थी। दो साल पहले उसने भी महसूस किया था कि उसकी सभी पतलूनें कमर पर कसने लगी हैं—उसे साफ़-साफ़ यह कहते हुए बुरा लगता था कि उसके तोंद निकल रही है। लेकिन तभी से उसने रोज़ सुबह थोड़ी-सी वर्जिश करने की आदत डाल ली।...उस दिन उसे कई बार स्मिता का ख़याल आया। कभी रोलकॉल लेते हुए रजिस्टर के ख़ानों में उसकी उँगलियाँ हलके से पेंडेंट को छू गईं, कभी बोर्ड पर चॉक की इबारत के बीच उसने धीरे से प्याज़ का एक टुकड़ा कुतर लिया, कभी लैब में बैक्टीरियल स्लाइड के नीचे से कप का एक घूँट भरा। उसे लगा कि वह मन-ही-मन इस बात का इंतज़ार कर रहा है कि कब शाम हो, वह घर पहुँचे और किसी न किसी बहाने उसे देखे।

कुछ दिनों में उसने पाया कि वह उसे संबोधित करने से बचता है—उसके साथ 'मिसेज़' जोड़ना उसे अच्छा नहीं लगता, ज़बान कुछ अकड़-सी जाती है। उसे यह भी महसूस हुआ कि दूसरों की मौजूदगी में तो वह उससे कुछ बात कर लेता है, लेकिन अकेले होने पर उनके बीच कुछ ऐसी ख़ामोशी छा जाती है, जिससे दोनों को ही अपने-अपने ढंग की परेशानी होती है। वह एक बार उसकी तरफ़ देखता है, एक बार दाएँ बाएँ किसी और चीज़ की तरफ़ और कोई रस्मी बात करना चाहता है, जैसे इरा के दाँत का दर्द कैसा है, दूध ठीक आ रहा है या नहीं, या शाम को हम लोग बाज़ार जाएँगे, कुछ मँगवाना हो, तो बतला दें—लेकिन कहने से पहले ही लगने लगता कि यह बात मौन के ठहरे जल में कंकड़ की तरह गिराई जा रही है और दूसरे पक्ष को भी इसकी व्यर्थता का आभास है। अगर वह कुछ कहता भी है, तो उसके बोलना शुरू करते ही स्मिता पल-भर को इस तरह चौंकती है, जैसे कुछ अनहोनी होने जा रही हो। फिर पलकें झपकाकर नीचे देखने लगती है, पल्लू कंधों पर कस लेती है और सोफ़े के कोनों में सिमट जाती है। यह न बोलना केवल उसी के साथ है, अन्यथा सिन्हा, आनन्द या लाल से उसकी खूब बातचीत होती है और अगर इस बीच वह आ भी जाए, तो उसकी उपस्थिति के प्रति वह एकदम सचेत हो जाती है।...एक बार जब रमन के न होने पर वह और रीना स्मिता के यहाँ चाय पी रहे थे, तो बातों के बीच रीना ने बतलाया कि डॉक्टर सिन्हा कह रहे थे कि मिसेज़ रमन बहुत विटी हैं। वह अख़बार उठाकर एक कुरसी की ओर बढ़ता हुआ रीना के पीछे था। यह सुनकर वहीं ठिठक गया और उसने कुछ चौंककर स्मिता की ओर देखा, जो एक चम्मच लेने के लिए दाएँ दरवाज़े से अंदर जा रही थी और परदा थामे हुए वहीं रुक गई थी। उसके जी में आया कि कहे अच्छा, ये बोलती भी हैं !...और बरबस होंठों पर एक मुसकराहट आ गई। उसकी ओर देखते-देखते सहसा स्मिता भी मुसकराई और परदे के पीछे ओझल हो गई। उसका मन एक अनजानी पुलक से भर उठा, जैसे वे किसी मधुर रहस्य के साझेदार हो गए हों। अपनी कुरसी की ओर बढ़ते हुए उसने एक खोजभरी निगाह रीना पर डाली, लेकिन दायाँ दरवाज़ा उसके पीछे था—वह कुछ देख

नहीं सकी। गंभीर चेहरा लिये वह अख़बार का पहला पन्ना देखने लगा और एक गहरी साँस ली।

"क्या हुआ ?" रीना ने पूछा और एक घूँट लेकर कप मेज़ पर रख दिया।

"हड़ताल और अकाल...आख़िर हिंदुस्तान का होना क्या है ?"

धीरे-धीरे दोनों परिवार निकट आते गए। अब एक-दूसरे के घर पर मिलने-जुलने के अलावा सिनेमा, बाज़ार और पिकनिक का प्रोग्राम भी साथ-साथ बनने लगा। उसके और रमन के बीच अच्छी मित्रता हो गई, लेकिन रीना व स्मिता की आत्मीयता अपेक्षाकृत अधिक थी। बच्चे भी समझ गए कि वह वाले अंकिल और आंटी दूसरों से अलग हैं। निकटता की एक और रेखा उसके और स्मिता के बीच थी। अब वह उससे बोलने लगी थी, कभी-कभी अपने-आप ही पहल करती कि आज डिपार्टमेंट में कोई विशेष बात हुई या कोई नई फ़िल्म आई है क्या या आजकल में बाज़ार चलिए, हमें कई चीज़ें लेनी हैं। अब कभी उनकी नज़र मिलती, तो वह हलके से मुसकरा देती और कई बार यहाँ-वहाँ से अचानक निगाह घुमाने पर उसने जाना कि वह एकटक उसकी ओर देखे जा रही है। पहले वह चाय का कप या पानी का गिलास लेते हुए सतर्क रहता था कि कहीं उँगलियाँ न छू जाएँ, पर बाद में उसने जान-बूझकर लापरवाही बरतनी शुरू कर दी। अब वह कहीं कार से उतरकर अपनी तरफ़ का दरवाज़ा लॉक करने को हैंडिल पकड़ती, तो वह "मैं किए देता हूँ" कहकर उसके हाथ पर हाथ रख देता, अँधेरे हॉल में बैठी हुई स्मिता के घुटनों से घुटने रगड़ते हुए आता या जाता और अगर कोई देखनेवाला न हो, तो घर या बाहर कहीं भी उससे सटकर निकलने की कोशिश करता है। उसके शरीर के स्पर्श से उसे रोमांच हो आता था। कभी-कभी नसें ऐसे तनने लगतीं, जैसे उसने नारी-देह कभी छुई ही न हो। अपनी ऐसी प्रतिक्रिया पर उसे स्वयं ही आश्चर्य होता था। उसने अपने को सँभालने का भी प्रयत्न किया। लगा कि यह क्या पागलपन है ! वह एक ज़िम्मेदार व्यक्ति है, वर्षों का विवाहित, एक बच्ची का पिता—उसे क्या यह छिछोरापन शोभा देता है ? मान लो, स्मिता कहीं रमन से कह दे, तो...? उसकी इस तरह की प्रवृत्ति तो कभी नहीं थी, लेकिन यह सोचते-सोचते उसे कुछ पुरानी बातें याद आ गईं और दाँतों-तले जीभ दबा लेनी पड़ी। एम. एस-सी. के अंतिम वर्ष में उसका एक अफ़ेयर हुआ था, फिर दूसरा रिसर्च अंतिम वर्ष में हुआ और जहाँ तक वह अपने को समझ पाता है, दोनों ही बार वह लड़कियों की अपेक्षा कम उलझा था। यथासमय दोनों का विवाह हो गया और मन पर किसी तरह कोई बोझ नहीं रहा। रीना के घर में आ जाने के बाद उसके क़दम नहीं डगमगाए—केवल एक बार हलकी-सी चूक हुई थी, हालाँकि उसके लिए भी वह अपने को पूरी तरह उत्तरदायी नहीं मानता। बच्ची के जन्म से पहले रीना लगातार दो महीने

अपने घर रही थी। थ्योरी क्लास में वह प्रयत्न करता था कि किसी लड़की की ओर न देखे, क्योंकि जैसे ही दृष्टि किसी के अंग विशेष पर ठहरती, मस्तिष्क में, फ़्लोरल फ़ार्मूले धुँधले होने लगते थे और ज़बान लड़खड़ा जाती। लैब में यहाँ से वहाँ टहलते हुए वह एकाएक किसी लड़की के निकट रुक जाता और उसके हिलते-डुलते, चलते-झुकते जिस्म को आँखों से निर्वसन करने लगता। उथल-पुथल के यही दिन थे, जब उसने एक बार कूल-रूम में एक लड़की को बाँहों में भींचकर चूम लिया। वह स्वयं भी नहीं जानता कि उसने क्या सोचकर ऐसा किया था और इसके बाद क्या चाहता था। विभा कुछ क्षणों के लिए एकदम स्तब्ध रह गई, फिर उसे धक्का दे तमतमाया चेहरा लिये तेज़ी से बाहर निकल गई। उसे काटो तो खून नहीं। प्रोफ़ेसर की निगाह में ऐसी दुर्बलता अक्षम्य थी। लेकिन विभा ने शिकायत नहीं की। बस, उससे बात करना, उसकी ओर देखना भी छोड़ दिया, वह जैसे उसके अस्तित्व को ही भूल गई थी। उसके मन में कई बार आया कि उससे माफ़ी माँग ले, पर उसके ऐसे रुख़ को देखकर हिम्मत नहीं पड़ी।...

उसने हर तरह से अपने मन को पक्का किया, सारे ऊँच-नीच सोचे और स्मिता से वैसा ही व्यवहार करने लगा, जैसा मिसेज़ सिन्हा से करता था या आनन्द की पत्नी से या वसुधा लाल से। कुछ दिन बीत गए—सूने-पूने। उसे कुछ भी अच्छा नहीं लगता था। हर दिन के दायरे में से मशीनी ढंग से गुज़र जाना—कोई चीज़ मन को नहीं छूती थी। हर सुबह फीकी-सी, हर शाम उदास। उसे किसी में दिलचस्पी नहीं रह गई थी। रीना खाने के लिए पूछती, तो वह कहता कि कुछ भी बना लो। वह किसी चीज़ का नाम लेती, वह चुपचाप सिर हिला देता। वह कहीं चलने के लिए कहती, वह तैयार होने लगता। वह जो पिक्चर देखना चाहती, वह हामी भर देता। बस, वह यही चाहता था कि उसे ज़्यादा बोलना न पड़े। जब वे चारों होते, तो बातचीत रमन और रीना के सहारे चलती थी। कभी नीना उसकी गोद में आ बैठती और वह एकाध बार झुककर बॉब्ड बालों के नीचे उसकी गरदन पर होंठ रख देता। वह अपने हाथों की पत्तियाँ गिनते और उँगली में लपटते हुए कहती कि डैडी, काटना मत। जब उसे लगता कि उसकी ख़ामोशी खिंचने को है और दूसरों का ध्यान चला जाएगा, तो वह लाइनमैन की हैसियत से किसी चर्चा की बॉल मैदान में फेंक देता और दूसरे किक लगाने लगते। उसने महसूस किया था कि स्मिता भी गुमसुम रहती है। घर या लॉन में कहीं आते-जाते सामना हो जाता, तो वह निगाहें झुकाए हुए एक तरफ़ हटकर चुपचाप रास्ता दे देता। शुरू-शुरू में कुछेक बार वह मुसकराई थी, फिर सिमटते-सिमटते मुसकान ग़ायब हो गई। अब वह कोने वाले सोफ़े पर घुटने पर घुटने रखे बैठी रहती, बीच-बीच में चेन का पेंडेंट छूते हुए। कभी नीना या इला काग़ज़ लिये भागकर आतीं,

तो चुपचाप हवाई जहाज़ या बैलून बना देती। कभी इला सोफ़े के हत्थे पर बैठ उसके जूड़े या ईयररिंग से खेलने लगती, तो धीरे से उसका हाथ हटा देती कि बाहर जाकर खेलो, हमें तंग मत करो।

वह नींद की वजह से फिर परेशान रहने लगा था। कभी लेटे हुए उसे घंटों हो जाते थे और नींद नहीं आती थी। कभी लेटते ही सो जाता, लेकिन कुछ समय बाद नींद यकायक टूट जाती थी। पता नहीं, कैसी-कैसी बातें मन में आने लगती थीं और चाहते हुए भी यह सिलसिला रुकने नहीं पाता था। सारे समय स्मिता का चेहरा आँखों के आगे घूमता रहता। धीरे-धीरे रात ढलते जाने का अहसास गाढ़ा होता जाता, हवा में हलकी-सी नमी महसूस होने लगती, कीड़ों की झंकार और गहरी हो जाती, चाँदनी पीछे से हटकर सामने की खिड़की के शीशों पर बिखरने लगती—वह करवटें बदलता रहता। ऐसे में घड़ी देखने का भी साहस नहीं होता था, क्योंकि नींद टूटे रहने के लंबे समय की जानकारी जागने में ही मदद पहुँचाती थी, न कि नींद लाने में। निकट ही रीना की समतल साँसें सुनाई देती रहतीं। कभी वह करवट बदलती या पानी पीने या बाथरूम जाने को उठती, तो वह साँस रोके स्थिर हो जाता—जैसे यह जागना कोई अपराध हो। कभी वह निःशब्द उठकर सामने की खिड़की पर खड़ा हो जाता और स्मिता के घर की ओर देखता रहता। नीम के पेड़ की छाया बरामदे, खंभों और दीवारों पर अँधेरे को और गहरा कर देती। उसकी निगाह घूम-फिरकर बेडरूम की खिड़की पर आ जाती—कभी वह बंद होती, कभी खुली और कभी पतला परदा लहराता रहता। वह कल्पना करता कि वह किस तरह सोयी होगी—उसने कौन-सी करवट ली होगी और चेहरे पर कैसा भाव होगा। उसके बाल तकिये पर फैले होंगे और साँसों के उतार-चढ़ाव के साथ वक्ष में कंपन हो रहा होगा।...

ऐसी ही एक रात को खिड़की के चौकोर अँधेरे में यकायक रोशनी जल उठी। उसने मेज़ से अपनी घड़ी उठाकर देखी, दो बजने को थे। सलाख़ों पर उसके हाथों की पकड़ सख़्त हो गई।...उसे लगा कि उसने आलमारी के बंद होने की हल्की-सी आहट सुनी है। फिर उस ओर से आकर स्मिता बिस्तर के निकट रुकी और तिरछी-सी खड़ी हो गई...चौखट के ऊपर ब्लाउज़ के जितनी गोरी, अनावृत पीठ; दाएँ कंधे से घूमकर बाल आगे की ओर फैले और एक हाथ टेढ़ा-सा इस तरह नीचे झुका हुआ, जैसे साड़ी या पेटीकोट को फ़र्श पर छहरने से बचाए हो। उसने दूसरे हाथ की कोई चीज़ बिस्तर पर फेंक दी। फिर सहसा पलटकर इस ओर देखा। तभी दो हाथ ऊपर उठे, उसे घेरा और हल्के-से नीचे गिरा लिया। कुछ क्षणों बाद खिड़की में फिर चौकोर अँधेरा भर उठा।...उसने एक घूँट-सा लिया और उसे अपने हाथ पसीजते से महसूस हुए। वह मुड़ा और औंधे मुँह बिस्तर पर आ गिरा।...

अगले दिन सुबह नाश्ते से पहले उसे याद आया कि कल इंजिन में कोई आवाज़ सुनाई दे रही थी वह चाबी लेकर गैराज तक पहुँचा और थोड़ा-सा बायाँ फाटक खोलकर अंदर आ गया। उतने में ही 'चूँ-चूँ' की आवाज़ हुई। वह क़ब्ज़ों में तेल डलवाने की बात कई बार सोच चुका था, लेकिन नौकर से कहना भूल जाता था। अभी जाते ही उसे बतला देना है, उसने मन-ही-मन कहा। फिर खट् की आवाज़ के साथ बोनट खोलकर लोहे की छड़ पर टिकाया। पेट्रोल की तीखी गंध महसूस करते हुए वह इंज़िन पर झुक गया। ऑयल क्लीनर का ढक्कन, प्लग और उसके डिस्ट्रीब्यूटर देखे। कहीं कुछ भी ढीला नहीं था। उसने सोचा कि कहीं वह आवाज़ टैपिड की न हो। अभी इंज़िन स्टार्ट करके देखता हूँ, वह होंठों में बुदबुदाया। तभी कपड़ों की हलकी सरसराहट से उसका ध्यान टूटा। निगाह हटाई, तो सामने स्मिता खड़ी थी। नई धुली, खूब कलफ़-लगी सूती साड़ी और चोली। चेहरे पर सुबह की और जल्दी नहा लेने की ताज़गी। बाल गीले और ढीले-ढाले ढंग से लपेटे हुए। चोली पर गरदन के इर्द-गिर्द बूँदों का भीगापन।...उसने एक घूँट-सा भरा और सीधा हो गया। हलकी दो तालियाँ-सी बजाकर हथेलियों की धूल झाड़ी। दरवाज़े के बीच की कुछ इंच की दरार से धूप की एक मोटी-सी लकीर बाईं दीवार पर गिरी पड़ी थी।

"कल रात को आप..." निगाहें मिलीं तो वह बोलते-बोलते रुक गई...एकटक उसकी ओर देखे जा रही थी, लंबी-लंबी साँसें लेते हुए, जैसे बहुत दूर से चलकर आ रही हो। आँखें और होंठ अधखुले। उसे अपने गले में कुछ अटकता-सा महसूस हुआ। मन भर आया...सहसा वे एक-दूसरे की बाँहों में थे और वह बेसुध उसे चूमे जा रहा था—उसके माथे, आँखों और होंठों को...एक बार, दो बार...बार-बार...

फिर वे अकसर गैराज में ही मिलने लगे। जिस शाम कहीं बाहर जाने का प्रोग्राम नहीं होता, रात के सात से आठ बजे के बीच रीना नौकर के साथ किचन में व्यस्त होती। नीना भी तब तक खेलकर वापस आ जाती और अपने कमरे में होमवर्क में जुटी होती। वह बिस्तर पर लेटा कोई मैगज़ीन पढ़ता रहता या ड्राइंगरूम में अख़बार देखता होता और अवसर देखकर बाहर आ जाता। वहाँ सन्नाटा होता। कभी कोई इक्का-दुक्का आदमी इधर-उधर से निकल जाता। अगर दाईं ओर के पहले कमरे में—जो रमन की स्टडी थी—रोशनी होती, तो वह मुट्ठियाँ बाँधता-खोलता बेचैनी से लॉन में टहलता रहता। अगर वहाँ अँधेरा छाया होता, जिसका मतलब था कि वह कहीं बाहर है या बग़ल में उसके ड्राइंगरूम से बातों और हँसी-ठहाकों की आवाज़ें आ रही होतीं, तो वहाँ पानी या चाय भिजवा चुकने के बाद स्मिता की आकृति बार-बार दाईं ओर से दूसरी किचन की खिड़की पर मँडराती रहती। वह चाबी मुट्ठी में भींचे दबे पाँव गैराज तक पहुँचता और एक फाटक थोड़ा-सा खुला छोड़कर अंदर बाएँ कोने में दम साधे खड़ा

रहता। कुछ क्षणों बाद साड़ी की हलकी सरसराहट और चप्पलों की धीमी आहट के साथ स्मिता आ पहुँचती। कुछ मिनिट उन्मत्त चुंबनों में डूब जाते। कुछ चुपचाप एक-दूसरे की बाँहों में। कुछ धीमी फुसफुसाहट में।...वे वहाँ अधिक नहीं रुक पाते थे। वह ठीक भी नहीं था। वह बाहर झाँककर देख लेता कि रास्ता साफ़ है या नहीं। स्मिता सिर झुकाए जल्दी-जल्दी अपने घर के पिछले दरवाज़े की ओर निकल जाती। वह तनिक रुककर आहट लेता। फिर बरामदे में पहुँचकर गुनगुनाते हुए अन्दर घुस जाता।...किसी-किसी शाम रमन अपनी स्टडी में ही लिखता-पढ़ता रहता। उसकी टेबिल खिड़की के बराबर थी, जिसका परदा एक ओर हटा होता। इस खिड़की के बिलकुल ठीक सामने गैराज का फाटक था। वह बरामदे की रोशनी बुझाए बेचैनी से अँधेरे लॉन में टहलता रहता—इस प्रतीक्षा में कि रमन किसी के यहाँ मिलने चला जाए या कोई उसके यहाँ आ जाय। अगर एक बार स्टडी में उजाला हो जाता, तो अकसर ऐसा नहीं ही होता था। पर उसकी आस नहीं टूटती थी। वह इस क्यारी से उस क्यारी तक चक्कर लगाते-लगाते थक जाता, तो ड्राइंगरूम में आकर बैठ जाता। अख़बार के पन्ने पलटता, एकाध सिगरेट सुलगाता, पानी मँगाकर पीता। रह-रहकर जेब में गैराज की चाबी टटोल लेता और थोड़ी-थोड़ी देर में बाहर निकलकर देखता कि सामने स्टडी की रोशनी बुझी या नहीं। कुछेक बार ऐसा भी हुआ कि जैसे ही वह बाहर निकलने को उठा, रमन स्वयं वहाँ आ पहुँचा। उसने मन ही मन दाँत पीस लिये, लेकिन ऊपर से मुसकराकर कहा, "आओ यार ! सुनाओ, क्या हाल है ?"...जब शाम इस तरह बीतती, तो मन में बहुत खीझ भर उठती थी। सलाद में नमक की अधिकता, सब्ज़ी का थोड़ा ठंडा हो जाना या रोटी का तनिक जल जाना नौकर पर बरस पड़ने के लिए पर्याप्त था और बैठते समय फ़र्श पर कुरसी के पायों की कुछ तीखी रगड़ नीना पर डाँट पड़वा सकती थी। वहीं भरसक चुप रहने का प्रयत्न करता, क्योंकि जानता था कि बचपना कर रहा है, लेकिन कभी-कभी निराशा इतनी गहरी होती थी कि संयम छूट जाता था। बाद में उसे आश्चर्य भी होता था और खेद भी। जी चाहता कि जिससे दुर्व्यवहार किया है, उससे क्षमा माँग ले, पर वह भी नहीं हो पाता था। ऐसे में सारा क्रोध स्मिता पर उतरता, यह सब इसी के कारण है। और आवेश के इन क्षणों में वह निर्णय करता कि अब उससे नहीं मिलेगा। यह सम्बन्ध टूटना ही चाहिए। उसके भाग में दुख और लज्जा ही आएगी और कुछ नहीं। मगर अगली बार स्मिता जिस तरह उसकी बाँहों में सिमटती...चेहरे पर आवेग का तनाव, आँखें बन्द, होंठों में कंपन...तप्त साँसों में गुँथी 'ओह'...तो उसके मन में कहीं कुछ पिघलने लगता था। यों महसूस होता, जैसे दिन-भर में केवल ये ही कुछ क्षण थे जो सही मानों में जिए गए। शेष तो बस ढोना था, एक निरर्थक बोझ...

फ़रवरी का आख़िर था, पर सरदी कम नहीं हुई थी। इस पर तेज़ हवा। अँधेरा होत ही ऐसा सन्नाटा छा जाता, जैसे रात आधी बीत चुकी हो। बीच-बीच में बेमौसमी बारिश भी हो जाती, कभी हलकी-सी, कभी कुछ ज़ोर की।...एक शाम तीनों लड़कियाँ अपने एक सहपाठी की वर्षगाँठ की पार्टी में गई थीं। बाद में रमन उन्हें अपने साथ लिवा लाया और उसके यहाँ आ पहुँचा। वे दोनों गैराज में थे। उन क्षणों की तन्मयता में उसे बाहर की कोई आहट नहीं मिली। रीना बरामदे में निकल आई और वे लोग कुछ मिनिट बातें करते रहे। फिर गेट की ओर बढ़े। तभी उसने फाटक थोड़ा-सा खोला और बाहर झाँककर देखा। तत्क्षण उसके कानों में बातचीत की भनक पड़ी। वह समझ गया कि चूक हो गई है, लेकिन इससे पहले कि वह सिर अन्दर करके काँपते हाथों से फाटक बन्द कर लेता–इरा की निगाह उस पर पड़ गई। "डैडी, वहाँ कोई है...वहाँ कोई है..." उसने रमन का हाथ झकझोरा और गैराज की ओर संकेत किया। वह एकदम सुन्न पड़ गया। स्मिता स्तब्ध खड़ी थी, निश्चल। चेहरा ऐसा, जैसे सारा खून निचोड़ लिया गया हो। तेज़-तेज़ धड़कन और माथे पर पसीने की बूँदों के साथ उसका दिमाग़ जल्दी-जल्दी चल रहा था।..."कहाँ ?" रमन का स्वर सुनाई पड़ा और कुंडा खुलने की आहट के साथ अँधेरे में टार्च का गोलाकार प्रकाश धुँधला-सा चमक उठा। "हैलो !" उसने बाहर निकलकर मुसकराते हुए कहा।

रीना 'आप ?' नीना 'डैडी !' और इरा इला 'अंकिल !' एक साथ बोल उठीं।

"पर्स नहीं मिल रहा है। सोचा, कहीं कार की सीट पर तो नहीं रह गया।" कहते हुए उसने भड़ाक् से फाटक बंद कर दिया।

"मिला कि नहीं ?" रीना ने पूछा।

उसने चीं-चीं की आवाज़ के साथ सिटकिनी लगाई, "नहीं", और ताला जड़ दिया। "तुम्हारा डांस कैसा रहा इला ?" उसने मुड़कर हँसते हुए पूछा, "वन्स मोर हुई थी कि नहीं ?"

"हुई थी अंकिल, हुई थी," इरा बोली, "उसे दो बार नाचना पड़ा।"

"हमें तो कभी नहीं दिखलाती हो ?" रीना ने शिकायत की।

"क्यों, यह क्या शरारत है ?" रमन ने इला की पीठ पर एक हलका-सा घूँसा रसीद किया, "हर कहीं नाचती फिरती हो और आंटी को अभी तक नहीं दिखलाया ?"

वे गेट तक पहुँच चुके थे। इससे पहले कि रमन विदा लेता, उसने काफ़ी का आमंत्रण दे दिया। सब ड्राइंगरूम में पहुँचे, तो वह बोला कि यहाँ सर्दी कुछ अधिक है। डाइनिंग-रूम में बैठेंगे, वह गरम होगा। वह भरसक शांत रहने का प्रयत्न कर रहा था, मगर देह में सनसनाहट महसूस हो रही थी और लगता था कि माथे पर रह-रहकर कोई नस फड़क जाती है। वह जल्दी-जल्दी सोचे जा रहा था। आठ-दस मिनिट बीत गए। रीना अन्दर किचन में थी और तीनों बच्चे रमन को घेरे उससे अँगरेज़ी अख़बार का रंगीन कार्टून समझ रहे थे। किसी का ध्यान उसकी ओर नहीं था। वह वहाँ से

निकलकर बेडरूम में पहुँचा और दरवाज़ा अंदर से बंद कर वार्डरोब खोला, हैंगर से लटकती पैंट की जेब से पर्स निकाला और बेंत का संदूक खोलकर ऊपर रखी मैली पैंट की जेब में रख दिया। फिर वहाँ से निकला और अंदर के बरामदे से होकर टायलेट के सामने पहुँचा, वहाँ की रोशनी जला दी और दरवाज़ा बाहर से सख़्ती से भेड़ दिया। फिर आँगन की सीढ़ियाँ उतरकर दबे पाँव पिछला दरवाज़ा खोला और लंबे-लंबे क़दम रखता हुआ सामने गेट पर आ गया। बरामदे में पहुँचकर बिना किसी आहट के ड्राइंगरूम का दरवाज़ा बाहर से बंद कर सिटकनी लगा दी कि कहीं कोई बाहर ही न निकल आए। फिर फ़ौरन पलटा और गैराज का ताला खोला—दिल ज़ोर-ज़ोर से धड़क रहा था और सर्दी के बावजूद बनियान में पसीने की हलकी-सी नमी थी। अन्दर घुसते ही अँधेरे कोने में डरी हुई हिरनी-सी स्मिता दिखाई दी। "घबराओ मत ! सब ठीक है।...चुपचाप निकल जाओ।" वह जल्दी-जल्दी सोच रहा था कि अभी उसे क्या-क्या करना है—स्मिता के जाते ही गैराज बन्द कर ड्राइंगरूम का दरवाज़ा खोलना है, फिर पिछवाड़े का दरवाज़ा बंद करके टॉयलेट में पहुँचकर फ़्लश चला देना है और बाथरूम में हाथ धोकर ड्राइंगरूम में पहुँच जाना है—गुनगुनाते हुए।...स्मिता की आँखों का संत्रास डूब गया और चेहरे का उड़ा हुआ रंग बदलने लगा। वह फाटक की ओर बढ़ी। उसने एक ओर हटकर रास्ता दे दिया। बाहर निकलते-निकलते सहसा वह मुड़ी...और अगले क्षण वे एक-दूसरे की बाँहों में थे। उसके अंदर कहीं कोई बहुत कोमल तन्तु कँपकँपा उठा। ऐसा लगा, जैसे किसी भीषण, विनाशकारी जल-प्लावन के बाद वे जीवित बच गए हों। जहाँ तक दृष्टि जाती हो, पानी ही पानी हो, इस छोर से उस छोर तक...और उसके बीच कहीं थोड़ी-सी सूखी धरती पर एक-दूसरे की बाँहों में बँधे वे खड़े हों—एकाकी, अविभाज्य।...

मार्च की शुरुआत थी। एक सुबह लखनऊ से ट्रंककाल आ गया कि रीना के पापा को दौरा पड़ गया है और स्थिति चिन्ताजनक है। वह उसी दोपहर को नीना के साथ चली गई। उसकी सारी कैजुअल और अर्न लीव ख़त्म हो चुकी थीं। तय हुआ कि अगर उसकी ज़रूरत महसूस की गई, तो रीना खबर कर देगी। अगले दिन चंडीगढ़ से रीडरशिप के लिए रमन का इंटरव्यू लेटर आ गया। उसी डाक से वहाँ के प्रोफ़ेसर गिल का पत्र भी मिला, जिसमें जयपुर जाकर एक एक्सपर्ट से मिल लेने के लिए कहा गया था। इस इंटरव्यू की चर्चा रमन दो महीने से कर रहा था। जनवरी में दो जगह विज्ञापित हुई थीं। प्रोफ़ेसर गिल ने खुद लिखा था कि वह एप्लाई करे। वह चण्डीगढ़ जाकर उनसे मिल भी आया था। वहाँ की एक जगह फ़ार्मास्युटिकल कैमिस्ट्री में थी, जिसके लिए एक क्वालिफ़ाइड सिख कैण्डीडेट डिपार्टमेंट में था। वी. सी. भी उसमें इंटरेस्टेड थे। दूसरी जगह कॉगनॉसी में थी, जिस पर प्रोफ़ेसर गिल उसे लेना चाहते

थे। वे उसके पी-एच.डी. के परीक्षक थे और उसके काम से प्रभावित हुए थे। वह बनारस में अपने सुपरवाइज़र की व्यक्तिगत शोध से संबंधित काम पूरी रुचि से किया करता था और प्रोफ़ेसर गिल को इस बात की जानकारी थी। रमन ने बतलाया कि चंडीगढ़ में ऐसी बेगार उसे बहुत करनी पड़ेगी, फिर हँसकर यह भी जोड़ा कि 'गिव एंड टेक' तो दुनिया में चलता ही है।

वह अगले ही दिन जयपुर चला गया। वह स्वयं उसे स्टेशन छोड़ने गया था और वापसी में सारे समय उसके मन में यही बात घूमती रही कि अब न रीना है न रमन, न रीना है न रमन।...

उस रात सामने के किचन में रोशनी हुई ही नहीं। शायद स्मिता ने दोपहर को ही रात के लिए भी कुछ बना लिया था। बेडरूम की खिड़की भी बंद थी। इरा या इला भी बाहर खेलती दिखाई नहीं दीं। उसने खुद जाने की बात सोची, पर पड़ोस के लोग अपने बरामदे में बैठे थे, इसलिए टालना पड़ा। अगली शाम उसे होली मिलने के लिए प्रोफ़ेसर और दूसरे कई लोगों के यहाँ जाना पड़ा। उससे अगली शाम कैम्पस की औरतों का एक झुंड स्मिता के ड्राइंगरूम में शोर करता रहा। अगली रात स्मिता के किचन में उजाला था। वह देर तक लॉन में टहलता रहा, लेकिन वह एक बार भी खिड़की पर नहीं आई। उसने गैराज खोला और फाटक तीन-चार बार भड़काया, पर कोई परिणाम नहीं निकला। उस रात वह देर तक बिस्तर में करवटें बदलता रहा। मन में बहुत खीझ भर गई थी। जी चाहा कि दीवार फाँदकर उस घर में कूद जाए और स्मिता को झकझोर कर जवाब माँगे। लेकिन साथ ही मन में यह बात भी साफ़ होने लगी थी कि उसने शायद कोई फ़ैसला कर लिया है--उस रातवाली घटना के बाद।

अगली शाम अपने बरामदे से उसने मिसेज़ सिन्हा को स्मिता के यहाँ जाते हुए देखा। कुछ देर बाद दोनों बाहर निकलीं। स्मिता ने ताला लगाया और वे चली गईं। वह अपने कमरे में आ गया और एक उपन्यास पढ़ता रहा। नौकर ने खाना बनाकर रख दिया और चला गया। दस बजने को होंगे, जब वह उठा। अनमने भाव से खाना खाया और सिगरेट सुलगायी ही थी कि लांग-डिस्टेंट कॉल की घंटी बज उठी। वह चौंक गया और दरवाज़े से निकलकर ड्राइंगरूम में आते-आते यह आशंका मन में कौंध गई कि कहीं रीना के पापा की तबीयत तो ज़्यादा ख़राब नहीं हो गई...या वे चल तो नहीं बसे ? क्षण-भर में ही एक पूरी प्रक्रिया उसकी आँखों के आगे नाच गई...जल्दी-जल्दी पैकिंग करना, प्रोफ़ेसर को सूचना देना, स्टेशन पहुँचना, सफ़र...रीना का उतरा हुआ चेहरा, आँसू-भरी आँखें। उसका दिलासा देना। दो-तीन दिन की उदासी, अनिद्रा।...वापसी।...रिसीवर कान से लगाते-लगाते उसने महसूस किया कि वह रीना की सिसकियाँ सुनने के लिए तैयार हो गया है। पर ऑपरेटर ने कहा कि

ट्रंककॉल फ़ार मिसेज़ स्मिता रमन फ़्रॉम चंडीगढ़...तनिक रुकने को कहकर उसने क्रेडिल के बग़ल में रिसीवर रखा और जल्दी से सामने के घर में पहुँचा। स्मिता ड्राइंगरूम में सोफ़े पर अधलेटी एक मैगज़ीन पढ़ रही थी। उसे देखते ही चौंककर सीधी हो गई। क्षण-भर में ही उसके चेहरे पर कई भाव आए और गए।

"रमन का ट्रंककाल है।" उसने दरवाज़े से ही कहा।

वह चप्पलों में पैर डालकर जल्दी से बाहर के लिए मुड़ी। उसने एक ओर हटकर रास्ता दे दिया और वह फुरती से बरामदे की सीढ़ियाँ उतर गई।...उसने अंदर जाकर देखा, किचन और डाइनिंगरूम के दरवाज़े बाहर से बंद थे। दोनों बच्चियाँ अपने कमरे में सो रही थीं। कॉर्निस पर रखा ताला उठाकर उसने ड्राइंगरूम का ट्यूब ऑफ़ किया। फिर बाहर आकर दरवाज़ा बंद कर ताला लगाया और बरामदे की बत्ती बुझा दी।...चारों ओर अँधेरा था। बहुत फीकी चाँदनी में दाईं तरफ़ की सड़क सुनसान दिखाई दे रही थी। सामने उसके ड्राइंगरूम की खिड़की में चौखट और परदे के बीच कहीं-कहीं प्रकाश की मोटी रेखाएँ थीं। वह अपने घर तक आया और गेट बंद किया। फिर बरामदे की रोशनी बुझाई। सामने रमन का घर अँधेरे में डूबा था। उससे कुछ हटकर बाईं ओर के घर में आँगन की रोशनी जली और किसी के बोलने की आवाज़ सुनाई दी। फिर सन्नाटा छा गया। सड़क पर एक कार तेज़ी से निकल गई।...वह अन्दर आया और धीरे से दरवाज़ा बंद किया। बिना किसी आहट के सिटकनी भी लगा दी। दाईं ओर ड्राइंगरूम से रुक-रुक कर स्मिता की आवाज़ सुनाई दे रही थी। तीन मिनिट होनेवाले होंगे, उसने सोचा। कुछ क्षण रुककर अपने को संयत किया, फिर ड्राइंगरूम में आ गया। वह उस ओर मुँह किए, सोफ़े के सहारे झुकी-सी खड़ी थी। 'अच्छा ?', 'हाँ-हाँ' 'फिर ?' जैसे टुकड़ों के बीच उसने मेज़ पर से लेकर एक सिगरेट सुलगाई और पीछे हट, दीवार से टिककर खड़ा हो गया। उसे लगा कि उँगलियों में हलकी-सी कँपकँपाहट है। उसने सिगरेट मुँह में दबाये हुए हाथ घुमा-फिराकर देखा, जैसे वहाँ कहीं उत्तेजना का कारण छुपा हो। फिर दो-तीन गहरे कश लिये। उसे अपने कानों में सनसनाहट महसूस हो रही थी, जैसे दोनों ओर से उन्हें छूते हुए तेज़ हवा निकल रही हो। धड़कन की रफ़्तार बढ़ गई थी। उसे लगा कि उसके माथे पर पसीने की बूँदें हैं। उसने जेब में हाथ डाला, लेकिन रूमाल नहीं था। उसने आस्तीन से ही माथा पोंछ लिया। फिर कपड़े पर उस हिस्से को छूकर देखा कि भीगापन है या नहीं।...रिसीवर रखकर स्मिता सीधी हुई। फिर छोटे-छोटे क़दमों से उसके सामने आ, सोफ़े के सहारे खड़ी हो गई। अब कमरे में सन्नाटा था। पर उसे याद आया कि फ़ोन की बातों की ओर भी उसका ध्यान नहीं था। उसने स्मिता की ओर देखा और पूछना चाहा कि क्या बात है ?

वह गरदन झुकाए गुमसुम खड़ी थी, अपने-आप में डूबी हुई। कुछ क्षणों बाद धीरे-धीरे बोली, "उनका एप्वाइंटमेंट हो गया है। हफ़्ते-भर बाद ज्वायन करना

चाहते हैं।''

उनकी निगाहें मिलीं।...उसने एक ठंडी साँस ली। फिर घूँट-सा भरा। फिर नीचे देखने लगा। वहाँ दाईं ओर की दीवार तक स्मिता की छाया फैली थी। उँगलियों में हलकी-सी जलन महसूस हुई, तो सिगरेट का ध्यान आया। झुककर टुकड़े को खिड़की की चौखट पर मसल दिया। उसे गला सूखता-सा लग रहा था। मन हुआ कि फ्रिज से पानी की एक पूरी बोतल निकालकर पी जाए।...उसने स्मिता की ओर आँखें उठाईं। वह एकटक उसकी ओर देखे जा रही थी, जैसे मुद्दत के बाद मिली हो और पहचानने की कोशिश कर रही हो। वह हलके-से मुसकराया, एक उदास मुसकान...लेकिन स्मिता के चेहरे पर कुछ डूबने-जैसा भाव था। उसने बाँहें उठाईं। वह हिलककर उनमें समा गई। उसके सिर पर गाल टिकाए हुए, वह उसके रूखे बालों में उँगलियाँ घुमाता रहा। मन में बार-बार यही बात आ रही थी कि वह चली जाएगी। गेट से निकलने पर अब बरामदे में उसकी एक झलक दिखाई नहीं देगी, घर में आते या जाते हुए कभी सामना नहीं होगा, शाम के झुटपुटे में अब कभी मिलना नहीं होगा। सहसा स्मिता ने एक हलकी-सी सुबकी ली और उसकी देह थरथरा उठी। उसने दोनों हथेलियों में थमा उसका चेहरा ऊपर उठाया और होंठ बारी-बारी से फड़फड़ाती पलकों पर रखे, तो बरौनियों के भीगेपन का अहसास हुआ। वह अपना पूरा बोझ उस पर डाले थी। उसने दोनों हाथों में उसकी कमर घेर ली और झुककर होंठ उसके होंठों पर रख दिए। स्मिता की आँखें बंद थीं और कुछ ही क्षणों में साँसें तेज़-तेज़ चलने लगीं। तीन-चार लंबे चुंबनों के बाद उसने उसका निचला होंठ अपने दोनों होंठों के बीच दबा लिया। स्मिता के जिस्म का ऊपरी हिस्सा हलके से थरथराया और उसके नाखून उसे अपनी पीठ पर चुभते महसूस हुए। उसका पल्लू कंधे से खिसक गया था और बालों की कुछ लटें माथे और कानों पर बिखर आई थीं। उसने साँस लेने को मुँह अलग किया, तब भी स्मिता की आँखें बंद थीं और चेहरे पर उत्तेजना का तनाव था। उसने स्विच की ओर एक हाथ बढ़ाया और रोशनी बुझा दी। स्मिता चौंकी। ''यह ग़लत है...'' उसने भर्राई आवाज़ में कहा और उससे अलग होने की कोशिश करने लगी। लेकिन उसने गिरफ़्त ढीली नहीं की, बल्कि उसे और भी कस लिया और उसे लिये-लिये दरवाज़े की ओर बढ़ा।...

अगली शाम रीना आ गई और उससे अगली सुबह रमन। वह अपनी ओर से भरसक सहज व्यवहार कर रहा था, जैसे उन दोनों के जाने और आने के बीच कहीं कुछ भी नहीं बदला हो, सब कुछ वहीं और वैसा ही हो, जैसा पहले था। लेकिन स्मिता कुछ कच्ची पड़ गई थी। रीना आई तो वह हमेशा की तरह उससे मिलने नहीं पहुँची। रीना ने बुलवाया, तो सिरदर्द की वजह से बिस्तर में होने का बहाना बना दिया। बस, इतनी

ही ग़नीमत हुई कि जब रीना उसके यहाँ पहुँची, तो वह सचमुच बिस्तर में मिली। रीना पद्रंह-बीस मिनिट में ही वापस आ गई और खाने के बीच उसने कहा कि स्मिता बड़ी सुस्त और गुमसुम है। उसे लगा कि अगर वह चुप रहा, तो शायद यह सुस्ती उसके साथ भी जुड़ जाएगी, इसलिए तनिक हँसकर कह दिया कि रमन को मिस कर रही होंगी। रीना कुछ बोली नहीं, सिर झुकाए चुपचाप निवाले निगलती रही।...उसने कल्पना में वह कमरा देखा, जहाँ शाम के झुटपुटे में हलका अँधेरा छाया था। दोनों खिड़कियाँ खुली थीं। कभी-कभी हवा में परदे लहरा जाते थे। घर में सन्नाटा था। अपने कमरे में दोनों बच्चियाँ बिना शोर किये कोई खेल खेल रही थीं। वह चादर ओढ़े, बिस्तर पर चुपचाप लेटी थी। आँखें बंद। बाल तकिए पर फैले। सिरहाने नाइट टेबिल पर खाली किया हुआ कप रखा था। कभी वह गहरी साँस लेकर करवट बदल लेती। फिर वही सन्नाटा। सूनापन।...जिस दिन रमन आया, उस दिन शाम को उसने बाहर निकलते ही उसे बुला लिया। वह जाना नहीं चाहता था, मगर उसे आवाज़ देकर रमन वहीं बरामदे में खड़ा हुआ अख़बार देखता रहा। मजबूरन उसे जाना ही पड़ा। स्मिता ने अंदर से ही रमन की पुकार से जान लिया कि वह आया है। उसने इरा के हाथ चाय की ट्रे भिजवा दी, खुद नहीं आई। यह बात कुछ ऐसी थी, जो आमतौर से नहीं होती। रमन ने आवाज़ भी लगाई कि भई, दो मिनिट के लिए यहाँ भी आ जाओ। पर इस बार इला आकर कह गई कि ममी अपने कपड़े लगा रही हैं। "अच्छा, तैयारी भी शुरू कर दी।" रमन ने हँसकर कहा। फिर सूचना दी कि वाइस चांसलर उसे फ़ौरन रिलीव करने के लिए तैयार हो गए हैं। उसकी ख़ाली जगह इसी महीने विज्ञापित हो जाएगी। इसके बाद वह इंटरव्यू की बाबत बतलाने लगा कि किस तरह दोनों एक्सपर्ट अपने-अपने कैंडीडेट के लिए अड़े थे। प्रोफ़ेसर गिल दोनों का लिहाज़ करते हैं, क्योंकि एम. एस-सी. में एक के स्टूडेंट रह चुके हैं और डॉक्टरेट दूसरे के अंडर में की है। देर तक बहस होती रही फिर दोनों हठ कर दस मिनिट के लिए बाहर गए, लेकिन कोई झुकने को तैयार न था। तब प्रोफ़ेसर गिल ने समझौते के उम्मीदवार के रूप में उसका नाम रखा। वी. सी. ने भी कहा कि डिपार्टमेंटल हार्मनी के लिए किसी क्लीन कैंडीडेट का आना ही बेहतर है। आख़िर उसी का नाम रिकॅमेंड कर दिया गया। अगले ही दिन एग्ज़ीक्यूटिव काउन्सिल की मीटिंग थी। पॉलिटिक्स की वजह से फ़ार्मास्युटिकल कैमिस्ट्री की जगह पर डिपार्टमेंट के कैंडीडेट की बजाय बी. एच. यू. से एक व्यक्ति लिया गया है, इसलिए प्रोफ़ेसर गिल ने उसे सलाह दी कि वह उससे पहले ज्वायन कर ले, ताकि आगे चलकर सीनियरटी का झगड़ा न खड़ा हो। यूनिवर्सिटी के सेक्टर में क्वार्टर भी ख़ाली है, जाते ही मिल जाएगा। फिर हँसकर पूछा, "तो बोलो, इन छुट्टियों में वहाँ कब आ रहे हो ?"

वह व्यथा से मुसकरा दिया। गुड़ी हुई हथेलियाँ सिर के नीचे लगाए, ईज़ीचेयर पर लेटा सोचता रहा कि अब यह घर ख़ाली हो जाएगा। जब भी इस पर निगाह

पड़ेगी—पता नहीं, दिन में कितनी बार पड़ेगी—स्मिता की याद आएगी। शहर की वे दुकानें और सिनेमा-हॉल बार-बार उसे आँखों के आगे ले जाएँगे, जहाँ वे सब जाया करते थे। अपने ड्राइंगरूम में दाएँ सिरे का सोफ़ा, उसके द्वारा लाया गया बरामदे का छोटा-सा पीतल का गमला, लॉन में सफ़ेद गुलाब के पौधे...गैराज का अँधेरा कोना और रीना के लिए काढ़े गए मेज़पोश...यहाँ की कितनी जगहों और कितनी वस्तुओं से उसके आसंग हैं, जबकि वहाँ उसका जीवन एक साफ़-सुथरी स्लेट की तरह शुरू होगा। जो पीछे छूट जाता है, शायद उसी के साथ स्मृतियों का अधिकतर अंश—और दंश—रहता है।...हो सकता है, कभी किसी प्रैक्टीकल इम्तिहान के लिए वह चंडीगढ़ जाए। मिठाई का डिब्बा लेकर वह मिलने जाएगा। 'इरा मोटी हो गई है' या 'इला दुबली हो गई है' के साथ चाय होगी। रमन अपने डिपार्टमेंट के बारे में जानकारी देगा और वहाँ क़ी ख़बरें पूछेगा। वह बतलाएगा कि किस डिपार्टमेंट में किन दो लोगों की आपसी बोलचाल बंद है, किसको प्रोफ़ेसरशिप से रिवर्ट कर दिया गया है और किसने वी. सी. के ख़िलाफ़ गुमनाम परचे छपवाए हैं, कौन बाहर जा रहा है और कौन बाहर से आ गया है। स्मिता अधिकतर चुप रहेगी। वे दोनों एक-दूसरे की ओर देखने से कतराएँगे। उससे एकाध बात होगी भी, तो इस तरह की कि रीनाजी कैसी हैं और नीना की पढ़ाई ठीक चल रही है या नहीं। अगर कुछ एकांत मिला, तो दोनों एक-दूसरे की ओर देखेंगे, फिर हलके-से मुसकराएँगे—एक उदास मुसकान। "कैसी हो ?" वह धीमे स्वर में पूछेगा। "ठीक हूँ।" वह कहेगी और एक गहरी साँस लेगी। निगाहें तिरछी। होंठ अधखुले। दो उँगलियाँ हलके-से पेंडेंट को छूती हुई। वह उसे बाँहों में भींच लेने के लिए तड़प उठेगा। तभी बाथरूम का दरवाज़ा बंद होने के साथ रमन के जूतों की आहट सुनाई देगी। स्मिता सिर झुकाए उँगली की अँगूठी निकालने-पहनने लगेगी। वह अख़बार उठाकर उसके पन्नों में मुँह छुपा लेगा।...

उसे लगा कि बातचीत के बीच रमन ने दो-तीन बार ध्यान से उसकी ओर देखा है। वह सोचने लगा कि अगर उसने यकायक पूछ लिया कि स्मिता उसके सामने क्यों नहीं आ रही, तो वह क्या उत्तर देगा। उसे कुछ घबराहट-सी महसूस होने लगी। उसने एक सिगरेट जलाई और लंबे कश लेने लगा। रमन बतला रहा था कि स्मिता बहुत अनमनी है। यहाँ रीनाजी आदि से बहुत अटैच्ड हो गई है। ऐसे स्नेही लोग वहाँ कहाँ मिलेंगे। उसका मन भी बहुत उचाट हो रहा है। लेकिन क्या किया जाये...विवशता है। वह सोचता रहा कि अगर वह अभी रमन से कहे कि स्मिता के एक उरोज के नीचे काला तिल है या उसकी दाईं जाँघ पर किसी पुराने घाव का छोटा-सा चिह्न है, तो उसकी क्या प्रतिक्रिया होगी ?

रीना चुपचाप और गंभीर थी। पापा के बारे में बतला दिया था कि हालत में अब

सुधार है। छुट्टियों में उसे बुलाया है। कहा है, देखना चाहते हैं। दिन में एकाध ज़रूरत की बात हो जाती थी...और बस चुप्पी। वह समझ नहीं पा रहा था कि कारण क्या है। बार-बार मन में यही बात आती कि रीना को कहीं संदेह तो नहीं हो गया। कौन ऐसा सूत्र छूट गया है, जिससे बात खुल सकती है ? उसने रात से सुबह तक के सारे ब्योरे दुहराये। जब वह ट्रंककाल की सूचना देने गया था, तब अपने घर से निकलते हुए और उस घर में घुसते हुए उसे किसी ने नहीं देखा। अँधेरा था और रात के दस बज चुके थे। आसपास के घरों में इतनी देर तक कौन बाहर रहता है। बच्चियाँ गहरी नींद में थीं। स्मिता के अपने यहाँ चले जाने के बाद उसने रोशनियाँ बुझा दी थीं और ताला बंद कर दिया था और फिर अपने बरामदे में आकर भी एहतियातन चौकसी कर ली थी—बाहर कहीं कोई नहीं था। अपना दरवाज़ा उसने तुरंत ही बंद कर लिया था और वह सुबह चार बजे के लगभग ही खुला था—जब स्मिता अपने घर गई थी। तब भी उसने सावधानी बरतते हुए बरामदे से इधर-उधर देख लिया था। अँधेरा घना था और हर कहीं निस्तब्धता थी। आसमान में एक कोने पर कुछ फीके-से तारे बिखरे थे। हवा में कुछ नमी आ जाने से हलकी-सी सर्दी हो आई थी। आसपास के घरों की रूपरेखा धुँधली और अस्पष्ट थी। स्मिता ने पल्लू सिर पर ले लिया था और उसका चेहरा आधा छुपा था। एक छोटे-से कोमल चुंबन के बाद वह सीढ़ियाँ उतरकर अपने घर चली गई थी। अगर रात को कोई उस ओर से निकला भी होगा, तो अँधेरा देखकर उसने यही समझा होगा कि सब सो रहे हैं—जो कि समझना भी चाहिए। बाहर से निकलते हुए दरवाज़ा सामने नहीं, बग़ल में पड़ता है इसलिए ताला दिखाई देने की भी संभावना नहीं है। क्या यह हो सकता है कि कोई अंदर बरामदे तक गया हो और उसने टटोलकर ताला देखा हो ? किसी पड़ोसी से रमन की ऐसी घनिष्ठता नहीं है कि कोई रात को दस बजे के बाद उससे मिलने आए। फिर आसपास सभी को पता है कि वह बाहर गया है। स्मिता की आत्मीयता भी केवल रीना से ही है, इसलिए उसके पास भी किसी के आने का प्रश्न नहीं उठता—और फिर इतनी रात को। यह सही है कि अगर कोई भी पड़ोसी ताला देखेगा, तो सबसे पहली यही समझेगा कि स्मिता उसके यहाँ है, लेकिन अगर ऐसा होता, तो बात उस तक भी आनी चाहिए, केवल रीना तक आकर कैसे रुक सकती है ?...तो फिर क्या उसके अपने घर में कोई सूत्र छूटा है—चूड़ी का टुकड़ा या माथे की बिंदी ? उसे याद है, वह सुबह देर से सोकर उठा था और फिर खिड़की के निकट खड़ा हो, टकटकी लगाए बिस्तर की ओर देखता रहा था। रात वहाँ जो कुछ हुआ था, उसकी जुगाली से शरीर की नसें तनने लगी थीं। उसने एक सिगरेट सुलगाई और लम्बे-लम्बे कश लेते हुए कमरे के कई चक्कर लगाए। फिर पलंग के पास आ खड़ा हुआ। ऊपर वाले तकिये पर चार-पाँच टूटे हुए बाल थे। उसने सावधानी से उन्हें चुना, फिर उँगली में गोल-गोल लपेटते हुए छल्ले बनाकर खिड़की के बाहर फेंक दिया। झुककर बिस्तर सूँघा, तो गिलाफ़ से स्मिता के

मनपसन्द सेंट की खुशबू आई और महसूस हुआ कि चादर में उसकी देह की गंध है। उसने दो-तीन लंबी-लंबी साँसें लीं। फिर गिलाफ़ और चादर निकाल ली, उन्हें लपेटा और बेंत के संदूक़ में मैले कपड़ों में डाल दिया। पर फिर सोचा कि इन्हें धोबी को देगी तो रीना ही, और हो सकता है, तब तक वह महक इनमें रहे, इसलिए कपड़े फिर निकाल लिये। बाथरूम में जाकर बाल्टी में थोड़ा-सा सर्फ़ घोला और कपड़े उसमें अच्छी तरह मल-मलकर धो लिये। फिर सूँघा, तो साबुन और भीगे हुए कपड़े की ही गंध आई। तब निचोड़कर कपड़े सूखने के लिए आँगन में तार पर फैला दिए। सोचा, सूखने पर फिर संदूक में डाल देगा। कमरे में जाकर ट्रंक खोला और धुले हुए गिलाफ़ और चादर निकाल ली। दरी और गद्दा अच्छी तरह फटकारकर चादर बिछाई और तकियों पर गिलाफ़ चढ़ा लिये। इसके बाद कमरे की निगरानी करने लगा कि कहीं कुछ ऐसा तो नहीं छूटा है, जिसका संबंध स्मिता से हो। पर फिर लगा कि वह बेकार ही परेशान हो रहा है। स्मिता इस घर में चार कपड़ों के साथ आई थी—पेटीकोट, साड़ी, ब्रा और चोली, और जब गई थी, तब चारों उसकी देह पर थे। जाते समय अपनी चप्पलें भी उसके पैरों में थीं। उन्मत्त क्षणों के बीच उसके नग्न वक्ष पर झूलती चेन उसने अवश्य उतार ली थी, पर उसे अच्छी तरह याद है कि बाहर की ओर निकलते-निकलते स्मिता ने सिरहाने से उठाकर उसे अपनी मुट्ठी में दबा लिया था। जहाँ तक उसे याद आता है, वह शायद दो-दो, तीन-तीन चूड़ियाँ पहने थी और वे जाते समय उसकी कलाइयों में होंगी ही। किसी उत्तेजित दबाव से चूड़ी के टूटने की जानकारी उसे नहीं है, लेकिन फिर भी बिस्तर की झाड़-पोंछ के बाद उसने पलंग के नीचे झुककर भी देख लिया था कि कहीं कोई टुकड़ा तो नहीं पड़ा है...नहीं, कमरे में ऐसा कुछ नहीं छूटा था, जिससे रीना को संदेह होता।...और तभी यकायक एक बात उसके मन में कौंधी। नई नहीं थी, इसके पहले भी मन में आ चुकी थी। शायद कुछ लड़कियाँ अपने पति के शरीर से पराई नारी-गंध महसूस कर लेती हैं। यह बात उसे लगातार कचोट रही थी, जब रीना आई। वह मन-ही-मन आतंकित हो गया था। रात बीते अभी कुछ ही घंटे हुए थे और वह रोमांचक आह्लादकारी अनुभव जैसे नस-नस में तैर रहा था, आँखों में भरा था, साँसों में समाया था। प्रारंभिक कुछ क्षणों में उसे इस तरह सिहरन हुई, मानो उसने नारी-देह अभी छुई ही न हो। उँगलियाँ काँपीं, बदन थरथराया, गला रुँध गया। वह समझ नहीं सका कि इसका कारण क्या है...क्या केवल यही कि नौ वर्षों के दीर्घ अंतराल के बाद उसकी बाँहों में एक अपरिचित जिस्म है—बिलकुल अनजाना...निर्वसन; जिसके उभार, मोड़ और ढलाव उसने देखे नहीं, छुए नहीं, चूमे नहीं। वह रात क्या इसीलिए अविस्मरणीय है कि हर आनेवाला क्षण उत्सुकता-भरा बंद लिफ़ाफ़ा था—जब पता नहीं था कि वह जिस्म लाज से कैसे सिमटता है, उत्तेजना में किस तरह काँपता है, आवेश में कैसे लिपटता है, तप्त उन्माद में किस तरह पिघलता है और चरम निकटता के थरथराते पलों में किस प्रकार

जड़, स्तब्ध हो आता है...मान लो, स्मिता उसकी पत्नी होती और रीना स्मिता की जगह, तो क्या स्मिता के साथ शारीरिक संबंध ऐसे ही घिसे और बासी हो गए होते, और रीना के साथ वह इसी तरह का उत्तेजक नयापन महसूस करता ? सिगरेट मुँह में दबाए, ईज़ीचेयर पर अधलेटा वह देर तक सोचता रहा और लगा कि हाँ, यही सच है। लेकिन जो कुछ भी हो, यह रात ऐसी तृप्ति दे गई थी कि तन-मन भरा-भरा-सा लगता था। यह भी एक कारण था, जो उसने रीना की वापसी पर रात को उसे अपने बिस्तर पर नहीं खींचा। यह उसने सोचा था कि ऐसा न होने पर रीना को शायद कुछ अटपटा लगे, जो कि ठीक नहीं होगा, लेकिन फिर यह बात भी सामने आई कि तन-मन में तनिक भी चाह न होने पर अगर वह कामातुर, देहासक्त पति का अभिनय भलीभाँति न कर सका या उस 'प्रक्रिया' के पहले या उसके बीच ही रीना ने उसकी आँखों में तृप्ति की परछाईं देख ली—जो एक अनुभवी पत्नी के लिए बहुत कठिन नहीं है, तो शायद स्थिति पहली संभावना की अपेक्षा अधिक जटिल हो जाएगी। लेकिन ऐसी सावधानी के बावजूद भी सहजता नहीं रही। तो क्या एक संदेह न होने देने के प्रयत्न में ही उसने अनजाने में दूसरे का बीज डाल दिया ?...सिगरेट होंठों में लगाए वह टेबिल के निकट आ गया। उस पर हलकी-सी धूल थी। उसने दो उँगलियाँ एक किनारे पर टिकाईं, फिर हटा लीं। दोनों के छोटे-छोटे चिह्न बन गए। एक पखवारे से वह यहाँ नहीं बैठा था—परीक्षा की तैयारी की छुट्टियाँ हो चुकी थीं। उसने एक पेपरवेट हटाया, तो गर्द की पतली-सी तह के बीच छोटा-सा साफ़, गोल दायरा झलकने लगा। दूसरे पेपरवेट के नीचे चार-पाँच चिट्ठियाँ दबी थीं, जिनका जवाब नहीं दिया गया था। उसने उन्हें उलटा-पलटा, फिर वापस रख दिया। एक दराज़ खोली, उसमें क़रीने से पोस्टकार्ड और लिफ़ाफ़े लगे थे, डाकटिकट रखे थे। एक डायरी थी, कुछेक नत्थी किए हुए बिल थे। दराज़ बंद करके वह आलमारी की ओर मुड़ गया, जहाँ किताबें लगी थीं। छोटी, बड़ी, पतली, मोटी। कई आकारों और तमाम रंगों की। एक गहरा कश लेकर वह चुपचाप उनकी ओर देखता रहा। कुछ उसने एम. एस-सी. में ली थीं, कुछ रिसर्च के दौरान और अधिकतर सर्विस में आ जाने के बाद। तब शुरू-शुरू में काम करने का बड़ा उत्साह था। उसने फंजाई में पक्सीनिया ग्रैमेनिस और टेरीडो-फाइड्स में फर्न्स पर रिसर्च का प्रोग्राम बना लिया था। दूसरी आलमारी में कहीं प्रारंभिक रूपरेखा की फ़ाइलें पड़ी होंगी। जर्नलों में दो-तीन पेपर भी छपे। फिर धीरे-धीरे सारी स्फूर्ति छनती गई। सब बेकार लगने लगा। सोचा कि फ़िजूल की मेहनत में क्या रखा है। आगे बढ़ने के जो रास्ते हैं, उनका काम से बहुत कम संबंध है। किसी तरह रीडर हो ही गया है। समय आने पर यहीं प्रोफ़ेसरशिप भी मिल ही जाएगी। बेकार खून जलाने से क्या फ़ायदा ! उसका अपना घर है, अपने बीवी-बच्चे—इन्हीं में मन लगाना है, अब ये ही सब कुछ हैं।...उसने राख ऐश-ट्रे में झाड़ी, फिर खिड़की में आ खड़ा हुआ। एकाएक एक बात मन में आई, रीना की इस चुप्पी और गंभीरता के पीछे कहीं

उसका रोष तो नहीं कि उसकी चाह और संकेतों के बावजूद उसकी ओर से पहल क्यों नहीं की गई ? उसके स्वभाव को देखते हुए ऐसा असंगत नहीं लगता। वह पुरानी घटना याद आई, जिसके लिए उसे अभी तक क्षमा नहीं किया गया है।...सलाखों से माथा टेकते हुए, आँखें बंद करके कहा, अस्फुट स्वर में, कि ऐसा ही हो।...

स्टेशन से लौटकर उसने रीना व नीना को घर के गेट पर उतारा और तुरंत सिन्हा के यहाँ चला गया। लगा कि अभी इसी समय घर में नहीं बैठ पाएगा। वैसे वह इतनी जल्दी लौटना भी नहीं चाहता था। रीना से कहा था कि क्यों न हम लोग शाम के शो में कोई फ़िल्म देखें। लेकिन रीना बोली कि उसके सिर में दर्द है। तीन घंटे बैठने की हिम्मत बिलकुल नहीं है। वह जाते ही थोड़ी देर लेटना चाहती है। जो लोग गए थे, उनकी चर्चा को शायद दोनों ओर जान-बूझकर टाला जा रहा था। न रीना ने उससे पूछा कि घर लौटने की बजाय एकाएक उसका फ़िल्म का मूड कैसे बन गया, न उसने रीना से जानना चाहा कि इस तरह एकाएक उसके सिर में दर्द कैसे हो गया। दोनों ने ही अप्रत्याशित बातें कही थीं। न वह सामान्य रूप से इस तरह फ़िल्म देखने का प्रस्ताव रखता है और न वह यों बहाने से फ़िल्म देखने की अनिच्छा प्रकट करती है। दोनों ही समझ रहे थे कि लीक से हटकर बातें होने का क्या कारण है, पर कोई उसे स्वर नहीं देना चाहता था। इससे शायद दोनों ही ओर अपने-अपने मन में कुछ अजीब-सी झिझक होने लगी। वह ह्वील पर हाथ रखे सामने सड़क पर निगाह जमाए रहा। रीना खिड़की से उस ओर देखती रही। नीना भी भाँप गई थी कि आज का दिन कुछ अलग है, इसलिए स्टोर के आगे से निकलने पर उसने हमेशा की तरह चॉकलेट की माँग नहीं की।...

संयोग से मिसेज़ सिन्हा नहीं थीं, इसलिए अधिक औपचारिकता निबाहने की आवश्यकता नहीं रही। वे लोग कुरसियाँ निकलवाकर बाहर ही बैठे। पड़ोस से फ़िलॉसफ़ी के डॉक्टर पाल और साइकोलॉजी के शंकरन भी आ गए। चाय बनी और देर तक बातचीत का सिलसिला जमा रहा। वह मुँह में सिगरेट दबाए रिलैक्सिंग चेयर पर था। कानों में बातचीत की भनक थी, पर आँखों के आगे बार-बार प्लेटफ़ॉर्म की सतह उभर आती थी। 'उस' रात के बाद स्मिता को आज पहली बार देखा। इन दिनों वह जान-बूझकर घर तभी आती थी, जब वह बाहर हो। आज भी अकेले होने का अवसर नहीं मिला। अधिकतर समय वह रमन के साथ सामान बुक कराने में व्यस्त रहा। फिर स्टेशन पर ही अपने एक मित्र के पास गया, जिससे बर्थें पाने में सहायता लेनी थी, क्योंकि रिज़र्वेशन नहीं हो पाया था। वह प्लेटफ़ॉर्म पर तभी पहुँचा, जब ट्रेन आ चुकी थी।...रमन अपने विभाग के कुछ सहयोगियों के साथ बात कर रहा था। निकट ही स्मिता नीना के दोनों हाथ अपने हाथों में लिये, उसे अपने से सटाए खड़ी

थी। उसने एक भरपूर निगाह उस पर डाली, वह सादे प्रिंट की साड़ी पहने थी और उसी से मैच करती चोली। बड़े-बड़े सफ़ेद मोतियों की चेन, जिसकी गले में दुहरी लपेट थी। स्मिता ने नज़र नहीं मिलाई। एक मृदु घूँट-सा भरकर आँखें नीची कर लीं।...

उसने सिर झटककर एक नई सिगरेट सुलगाई। एकाएक अजीब-सी बेचैनी महसूस होने लगी थी। उसे आशंका हुई, कहीं ऐसा न हो कि उसे रात को ठीक से नींद ही न आए। वह दम साधे बिस्तर पर चुपचाप पड़ा रहेगा। बार-बार करवटें भी नहीं बदल सकेगा, इस डर से कि कहीं रीना न जान जाए। वह सुबह लाल-लाल आँखें लिये उठेगा। नाश्ते की मेज़ पर रीना सामने चाय बना रही होगी और उसकी आँखों के आगे लिपटे हुए क़ालीन की तरह प्लेटफ़ॉर्म की सतह खुलती जाएगी, सादे प्रिंट की साड़ी का पल्लू सरसराएगा और दो उभारों के नीचे चेन का पेंडेंट झूलेगा। फिर दूसरा दिन...तीसरा दिन...चौथा दिन...उसका जी चाहा कि जल्दी-जल्दी कुछ दिन बीत जाए और स्मिताहीन दिनचर्या अपने एक नियमित ढर्रे पर आ जाए। वह वर्तमान का एक भाग न रहे, अतीत का एक अंश बन जाए। संबंधों के ताने-बाने अभी-अभी टूटे हैं...कटी हुई शिराओं पर लहू की जीवंत बूँदों की उष्णता है। यह रक्त जम जाए, सूखकर बदरंग पपड़ी हो, तभी तो यह कचोट कम होगी। फिर धीर-धीरे स्मिता भी सैकड़ों में से एक स्मृति बन जाएगी—जैसे विभा है—और किसी फ़िल्म के दृश्य से या किसी के पूछने पर या कभी चंडीगढ़ की चर्चा होने पर सहसा याद आएगा कि...अच्छा हाँ, वोऽऽऽ स्मिता...और आतिशबाज़ी के अनारों की तरह साथ के क्षणों की उसकी कितनी ही छवियाँ मन में फूट निकलेंगी।...

वह धीरे-धीरे घर की ओर बढ़ा। अँधेरा गहरा हुए देर हो चुकी थी। उसने कलाई घुमाई, लेकिन घड़ी वहाँ नहीं थी। बाँधना भूल गया होऊँगा, उसने मन-ही-मन सोचा। रात अँधेरी थी। आसमान बिलकुल काला—कहीं किसी तारे का चिह्न नहीं था। उसे थकान महसूस हो रही थी और कंधों में हलका-सा दर्द था। लगभग महीने-भर के बाद आज यह दर्द फिर उभर आया था। यों यह शिकायत उसे लगभग एक साल से थी, लेकिन लापरवाही में टालता आ रहा था। इसमें कंधों के भीतर मांस के बीच चींटियाँ-सी रेंगती महसूस होती थीं और ऐसा लगता था, जैसे ऊपरी त्वचा को कोई धीरे-धीरे आरे से खरोंच रहा हो। मालिश या कुछ और भी करने से अधिक लाभ नहीं होता था। कुछ घंटों के बाद दर्द अपने आप ही ठीक हो जाता था। डॉक्टर के पास न जाने का एक कारण बचपन से मन में बैठा डर था—इंजेक्शनों के लिए। उसके एक सहयोगी ने बतलाया था कि पिछली सर्दी में उनके कंधों में भी दर्द उठा था और कई इंजेक्शनों का एक कोर्स लेने पर ही ठीक हुआ था। इसलिए उसने पूरी तरह यह बात रीना को भी नहीं बतलाई थी कि जान जाने पर वह डॉक्टर के पास जाने की ज़िद करेगी या ख़ुद फ़ोन करके बुला लेगी।...लेकिन आज उसे लगा कि अब और टालना ठीक नहीं होगा। साल-भर होने को आ रहा था। शारीरिक व्याधियों

के बारे में उसकी धारणा कुछ ऐसी बन गई थी कि जब तक कोई रोग एक वर्ष न ले ले, तब तक उसके लिए चिन्ता नहीं करनी चाहिए।...तो इस तरह शरीर की मशीनरी बिगड़नी शुरू होती है, अपने घर की ओर मुड़ते हुए उसने एक उदास मुसकान के साथ सोचा। बरामदे का बल्ब जल रहा था और डाइनिंग रूम की खिड़की में भी रोशनी थी। सामने स्मिता का घर अँधेरे में डूबा था...ट्रेन की उस खिड़की के बाहर भी ऐसा ही घना अँधेरा फैला होगा, जिसके निकट चादर ओढ़े दीवार की ओर मुँह किए स्मिता गुमसुम लेटी होगी—आँखें बंद, सिर और तकिए के नीचे मुड़ा हुआ हाथ। खिड़की से आते हवा के झोंकों से माथे पर कुछ लटें बिखर गई होंगी। नियमित साँसों से वक्ष में स्पंदन हो रहा होगा। कानों में पहियों की अनवरत खट्खट् और बीच-बीच में इंजिन की सीटी। इरा या इला ने कॉमिक में से किसी शब्द का अर्थ पूछने के लिए हलके-से कंधे पर हाथ रख उसे पुकारा होगा, लेकिन शायद कोई उत्तर न मिला हो।...

उसने कार गैराज में रखी और फाटक बंद कर ताला लगा दिया। फिर गेट के अंदर आ उसका कुंडा चढ़ाया और क्यारियों के बीच चौड़े-से रास्ते पर मुड़ा। हवा में तमाम फूलों की मिली-जुली महक थी। बरामदे की सीढ़ियाँ चढ़ते हुए प्लेटों की खनक सुनाई दी। खाना लग रहा है, उसने मन ही मन सोचा और आँखों के आगे क्रॉकरी पर बने रंगबिरंगी लकीरों के फूल उलझते गए। दरवाज़े के सामने आने पर रोशनी की एक किरन से नेम-प्लेट झिलमिलाई। उसने बल्ब बुझा दिया और 'आउट' को ढककर 'इन' खोला, तो अँधेरे में अपने नाम के अक्षर प्रश्नचिह्नों-से मालूम हुए। उसे लगा कि उसने अपनी ही फुसफुसाहट सुनी है, "हेलो डॉक्टर, कैसे हो ?..."

काउंटर

पहलू बदलकर घड़ी की तरफ़ देखता हूँ, नौ बज चुके हैं...और धीर अभी तक नहीं आए। उन्हें अभी से बहुत पहले आ जाना चाहिए था, अपने नियम के अनुसार। दोपहर का खाना वह ज़रूर देर से खाते हैं—दो बजे के लगभग, लेकिन रात को अगर खाने के लिए मना नहीं करते, तो सात-साढ़े सात तक आ जाते हैं...और आज उन्होंने मना नहीं किया। मुझे अकसर ताज्जुब होता है कि दोपहर और रात के खाने के बीच वह केवल पाँच घंटों का अंतर रखते हैं। लंचटाइम प्रायः उन्हीं पर खत्म होता है और डिनरटाइम उन्हीं से शुरू, जैसे वह बीच की वह कड़ी हैं, जो यहाँ की दो लंबी ज़ंजीरों को जोड़ती है...।

"एक छोटा पॉट चाय, दो वेजीटेबिल कटलेट, दो हाफ़्फ़्राई एग।" वेटर निःशब्द आकर बाईं ओर खड़ा हो गया है। पंखे की हलकी हवा में फड़फड़ाते कार्बन को ठीक से दबाता हूँ और बिल बनाने लगता हूँ। काली रेशमी डोर मेरी हथेली में लिपट गई है। उसका एक छोर पेंसिल के ऊपरी सिरे से जुड़ा है और दूसरा बिल-बुक से। बिल में ऊपर की तरफ़ बड़े अक्षरों में रेस्तराँ का नाम छपा है, उससे छोटे अक्षरों में पता और दाएँ कोने पर लाल स्याही में जैसे एक ललकार अंकित है—'टर्म्स कैश', मानो ये दो लाल शब्द नहीं, लाल आँखें हों—प्रोप्राइटर की ! सुर्ख़ चेहरा और आँखों पर चढ़ा काला चश्मा सामने तैर जाता है...।

वेटर ने छोटी आलमारी पर से सौंफ और दाँत साफ़ करने की पतली-पतली सींकों से भरी प्लेट उठा ली है। काउंटर से बिल लेकर प्लेट में रखा है और तेज़ क़दमों से टेबिल नंबर सात की ओर बढ़ गया है।

एक जमुहाई लेकर इधर-उधर देखता हूँ...केबिन भरा है, बड़ी टेबिल भरी है, छोटी टेबलों में बस एक ख़ाली है। नहीं, एक टेबिल नहीं, चार कुरसियाँ ख़ाली हैं, क्योंकि कुरसियों के भरने पर ही टेबिल भरती है...। योगेश का कहा हुआ कुछ याद आता है।

एक बड़ा-सा कमरा, जिसकी दीवारों का निचला डेढ़ फुट का हिस्सा काली वार्निश

से रंगा है, दीवार के शेष भाग पर हलका आसमानी रंग है और जहाँ ये दोनों हिस्से मिलते हैं, वहाँ एक छह इंच चौड़ी लाल पट्टी लहरा रही है। बाएँ कोने पर काउंटर है। काउंटर के आगे शीशे के स्प्रिंगदार किवाड़ और बग़ल में प्रोप्राइटर के कमरे का छोटा-सा दरवाज़ा जिस पर काला परदा पड़ा है। काउंटर के नज़दीक जालीदार, छोटी आलमारी है और पीछे की ज़रा-सी ख़ाली जगह में तख़्तनुमा पटरे पर कुछ नियमित ग्राहकों के घी के डिब्बे रखे हैं—एलमोनियम और डालडा के छोटे-बड़े डिब्बे। एकाध के अलावा सबमें छोटे-छोटे ताले लगे हैं। उन्हीं के पास सॉस और शरबत की कुछ ख़ाली बोतलें रखी हैं। एक कोने में टोस्ट-कटर है। सामने एक के बाद एक दो टेबिलें हैं और फिर केबिन। दरवाज़े की ऊँचाई के बराबर लकड़ी का फ़्रेम है, जिसके तीनों हिस्सों को छूता हुआ परदा लहरा रहा है। केबिन के बाईं ओर सामने की दीवार पर चौकोर आईने के साथ-साथ वाश-वेसिन है और उससे काफ़ी ऊपर बड़ी-सी गोल घड़ी लगी है। घंटे और मिनिट की सुइयों की गति के क्षण पकड़ में नहीं आते, लेकिन सेकिंड की लंबी सुई लगातार घूमती हुई दिखाई दे रही है। घड़ी में पेंडुलम नहीं है, चलने की भी कोई आवाज़ नहीं होती। बस, देखते-देखते सुइयाँ ख़ामोशी से सरक जाती हैं।

"गुड ईवनिंग !" शीशे का दरवाज़ा खुलने के साथ-साथ सुनाई देता है और पंखे की हवा में उड़ते बाल सँभालते हुए योगेश दिखाई देते हैं—मुँह में सिगरेट और मुसकराहट साथ-साथ।

"गुड ईवनिंग !" उनकी मुसकान मेरे चेहरे पर भी प्रतिबिंबित होती है। हर नियमित ग्राहक के साथ हमारे संबंध अच्छे होने चाहिए, यह प्रोप्राइटर की नीति है, लेकिन ऐसे ग्राहक दो-तीन ही हैं, जो न केवल ठीक से बात करते हैं, वरन् अकसर दुआसलाम में पहल भी कर लेते हैं।

योगेश खंभों के दूसरी ओर चले गए है... । ये दो खंभे काउंटर से गज़-भर हटकर हैं—गोल, दीवारों की तरह तीन रंगों में रँगे हुए। सामनेवाली दीवार पर छोटा-सा दरवाज़ा है—किचन में जाने के लिए, जिसमें बीचोंबीच स्प्रिंगदार तख़्ते लगे हैं। जब भी कोई वेटर अंदर से बाहर या बाहर से अंदर जाता है, 'खट्' की हलकी आवाज़ होती है। इस दरवाज़े के दोनों ओर शीशे के पल्लोंवाली दो बड़ी-बड़ी अलमारियाँ हैं, जिनमें क्रॉकरी, नैपकिन, शरबत, विमटो, लेमन, सॉस आदि की भरी बोतलें लगी हैं। बीच में छह कुरसियोंवाली लंबी टेबिल है और बाक़ी कोनों में चार छोटी टेबिलें। सब मिलाकर आठ टेबिलें और छत्तीस कुरसियाँ। यहाँ एक साथ छत्तीस आदमी बैठ सकते हैं।...36 ! इस संख्या के संबंध में मैं अकसर सोचता हूँ।

"मैनेजर सा'ब, चाबी दीजिए।"

मेरी बाईं ओर वेटर खड़ा है। नज़र उठाने की ज़रूरत नहीं। सफ़ेद जूतों से शेख को पहचान रहा हूँ। उस अवज्ञामयी मुसकान को भी देख रहा हूँ, जो उसके वक्र होंठों पर खेल रही होगी। काउंटर के सिरे पर उसकी खुली हथेली फैली है—चौड़ी, सख़्त हथेली,

जो अकसर नन्हे के गाल पर बज उठती है। बीच की उँगली में चाँदी का मोटा, बड़ा-सा छल्ला है...।

"केबिन में मेम सा'ब नैपकिन माँगती हैं। सॉस की बोतल भी खलास है।"

जहाँ देख रहा हूँ, वहीं देखते हुए दाएँ हाथ से ड्राअर खोलता हूँ, चाबियों का गुच्छा उठाता हूँ और ड्राअर बंद करते हुए बाएँ हाथ से गुच्छा काउंटर पर फिसला देता हूँ। शीशे पर हलकी खनक होती है।

टेबिल नंबर दो पर भी खनक हो रही है, लेकिन इससे कुछ दूसरी क़िस्म की। जब वहाँ कप सॉसर पर टिकाया जाता है, तब खनक कुछ चिकनी-सी होती है—नर्म और नाजुक। अगर इसे रूपायित किया जा सके, तो यह बँधी मुट्ठी की दरारों के बीच से, नन्ही तड़पती मछली की तरह फिसल-फिसल जाएगी। जब कटलेट को काटते हुए छुरी-काँटे सहसा प्लेट से टकरा जाते हैं, तो यह खनक कुछ चौंकी और चकित-सी होती है...कि अरे, मैं कैसे हो गई ! और जब पानी-भरा जग गिलास से टकरा जाता है, तो यह खनक कुछ तीखी और अक्खड़-सी होती है, जैसे कह रही हो...

"यह पान..." नीमू ने कहा है...या कह रहा है, समझ में नहीं आता। कोई बात शुरू करने से पहले उसके होंठ हिलने लगते हैं और बात ख़त्म होने के बाद भी कुछ-कुछ हिलते ही रहते हैं, मानो गला सूख गया हो, या बात कहते-कहते वह सहसा भूल गया हो कि क्या कह रहा था।

उसने सिगरेट के पैकेट की चमकती पन्नी में लिपटा पान काउंटर पर खिसका दिया है। उसकी बूढ़ी, काँपती उँगलियाँ मुझे कुछ टेढ़ी-सी लगती हैं। वह कुछ ठिठका है कि शायद मैं कुछ कहूँ, लेकिन मैं कुछ नहीं कहता। कहूँ भी तो क्या ? मैं कह ही क्या सकता हूँ !

"बैऽऽऽऽ रऽऽऽ रऽऽऽ"—टेबिल नम्बर छह पर पुकार लगती है।

चौंककर ड्राअर के बग़ल में लगे बटन पर उँगली रखता हूँ। अंदर किचन में घण्टी की आवाज़ सुनाई देती है। इस टेबिल पर सब यूनिवर्सिटी के लड़के हैं—मुक्त और निर्द्वंद्व। घंटे-भर से सिगरेट, कॉफ़ी और क़हक़हों का दौर चल रहा है। अभी कोई बिगड़ उठे, तो मुसीबत हो जाये।...अनचाहे ही साल-भर पहले की घटना याद आ जाती है, जब आधी क्रॉकरी चौपट हो गई थी।

"देखो, अमीन से बोलो कि नंबर छह पर ठीक से सर्व करे,"—सामने से निकलते नन्हे को रोककर कहता हूँ। पहलू बदलकर काउंटर पर कुहनियाँ टिकाते हुए निगाह पेपरवेट के बग़ल में पड़े पैकेट पर पड़ती है। इसमें एक सिगरेट बची है। मुझे याद आता है। सोचता हूँ, पी लूँ ?...हाँ ऽऽ, पी ली जाये...। लेकिन अभी या कुछ देर बाद ? ...अच्छा, टेबिल नंबर छह के ख़ाली होने पर पिऊँगा, मन ही मन कहता हूँ।...अपने आपसे इस तरह की शर्तें हमेशा लगती हैं—सिगरेट पीने के लिए, पान खाने के लिए, चाय पीने के लिए...फलाँ टेबिल ख़ाली हो, फ़लाँ कस्टमर पानी का गिलास ख़त्म कर

ले, वेसिन पर झुके-झुके कोई आईने में अपना मुँह देख ले... ।

शर्त पूरी हो जाती है, तो पन्नी की गोली बनाकर बास्केट में फेंकते हुए पान मुँह में रखता हूँ, सिगरेट होंठों में दबाता हूँ, फिर सामने ही देखते हुए ड्राअर से स्टाम्प-पैड पर रखी माचिस निकालता हूँ... । इन पाँचों ड्राअरों में मेरी उँगलियाँ देख लेती हैं।

दो हाथ लंबा और एक हाथ चौड़ा, हलकी गोलाई लिये यह काउंटर...शीशम की चिकनी लकड़ी, ऊपर काला मोटा काँच, जिसमें पंखे का गोल आकार तेज़ी से घूम रहा है। सुबह से दोपहर तक, दोपहर से शाम तक, शाम से रात तक...ज़िंदगी का कितना बड़ा हिस्सा यहाँ बैठे-बैठे गुज़ार दिया है—बिल बनाते हुए, हिसाब-किताब करते हुए, लोगों को खाते-पीते देखते हुए। पैर सुन्न हो जाते हैं, पीठ अकड़ जाती है, कुहनियाँ दर्द करने लगती हैं... । बचपन में घंटे-भर बेंच पर खड़ा कर दिया जाना दिन-भर रुलाने के लिए काफ़ी था, लेकिन अब लगता है कि बैठा दिया जाना भी छोटी सज़ा नहीं है।

बिल-बुक में दबे कार्बन का एक कोना हवा में सरसरा रहा है।

पेंसिल की लाल, रेशमी डोर भी सिहर उठी है—किसी मधुर पुलक में। जब यह डोर नहीं थी, तो पेंसिल को बिल-बुक में दबाने की बजाय कभी चिकने काउंटर पर बीचोंबीच रख देता था, एक तरफ़ बिल-बुक, दूसरी ओर ऐश-ट्रे और बीच में पेंसिल हवा की लहरों पर फिसला करती थी—यहाँ से वहाँ, वहाँ से यहाँ, मगर एक बार सहसा दूसरी ओर मुड़ी, गिरी और लम्बी नोंक टूट गई।

शेख अपनी मूँछें उमेठता हुआ आया और चाबियों का गुच्छा प्लेट पर रख गया। इस तरह मूँछें ऐंठना उसकी आदत है, या सिर्फ़ मेरे ही सामने ऐसा करता है... ? इस सवाल के जवाब से बचता हूँ—ऐसे ही और भी कई सवालों की तरह। प्लेट से नोट और रेज़गारी उठाकर गिनने लगता हूँ और मन ही मन बिल के अनुपात में शेख को मिली टिप का अंदाज़ लगाता हूँ... । उसने दाईं ओर खड़े होकर बड़े अदब से केबिन का परदा खिसकाया है। साड़ी का सरकता पल्लू सँभालते हुए पहले गोरी युवती निकलती है, पीछे उसका पति... । शेख खंभे के निकट खड़े अमीन को आँख मारता है।

कुछ ऐसी ही युवती थी वह भी—गोरी, लम्बी-सी...शॉर्ट चेस्टर पहने थी। दिसम्बर के उस हफ़्ते में कन्वोकेशन की वजह से बेहद रश था। नीमू सुबह ही मेरे पास आया था—चेहरे की झुर्रियों में दर्द की कँपकँपाहट लिये। उसका तपता हाथ मैंने खुद छुआ था, लेकिन बुख़ार कितना ही तेज़ क्यों न हो, छुट्टी नहीं दी जा सकती थी। प्रोप्राइटर का आदेश था। और नीमू ने दिन-भर सर्व किया था—डगमगाते पैरों से, जैसे एड़ियों में बँधी लोहे की वज़नी ज़ंजीर पीछे-पीछे घिसट रही हो, लेकिन पैरों की कँपकँपाहट जब हाथों में भी आ गई, तो केबिन का परदा हटाकर भरी ट्रे टेबिल पर रखता हुआ वह लड़खड़ाया...ट्रे में जलतरंग-जैसी ध्वनियाँ उभरी थीं...चिकेन-करी और कोफ़्ते का गर्म शोरबा, गर्म फ़्राई आलू-मटर, एगकरी, सलाद और चटनी, पिघला हुआ मक्खन... । युवती रिक्शे में घर भेज दी गई थी, लेकिन काउंटर पर घूँसा मारता हुआ

पति रुक गया था...और प्रोप्राइटर के आने पर...

नीमू की बारह साल की सर्विस थी, इसलिए निकाला नहीं गया। लेकिन केबिन छिन गया...सबसे छिन गया, जहाँ सबसे ज़्यादा टिप मिलती थी...। पहले हर हफ़्ते टेबिलें बदलती थीं, लेकिन अब फ़िक्स हो गईं। शेख के लिए केबिन और टेबिल नंबर दो, नीमू के लिए तीन और चार, पाँच और छह अमीन को और सात-आठ केवल के लिए। अमीन को शेख ने पटा लिया था, लेकिन नीमू और केवल के सामने ख़ामोशी के अलावा और कोई चारा नहीं था। केबिन की महीने-भर की टिप तनख़्वाह से दुगुनी थी और नीमू-केवल की ज़िम्मेदारियाँ शेख से दुगुनी। तनख़्वाह बढ़ाने का कोई सवाल ही पैदा नहीं होता था...। तब मैंने एक डिब्बा लाकर अपने बग़ल की अलमारी पर रख दिया था—दस इंच ऊँचा, छोटा-सा गोल डिब्बा, सफ़ेद रंग का, ऊपर लकीर-जैसा छेद था और ढक्कन क्लिक ताले से बंद। चारों वेटरों को बुलाकर कह दिया था—"आज से तुम लोग अपनी-अपनी टिप के पैसे इसी डिब्बे में डालना। रात को तुम सबके सामने ही डिब्बा खुलेगा और पैसे बराबर-बराबर बाँट दिए जाएँगे।"

लेकिन शेख से सूचना पाने पर रात को प्रोप्राइटर बिगड़ उठे थे—"लाहौलबिलाकूवत...! आप यहाँ मालिक हैं, या मुलाज़िम... ? यह इख़्तियारे-तक़सीम आपको किसने दिया ? गोया कि यह डिब्बा..."

केवल ने जालीदार अलमारी झटके से खोली है, तो डिब्बा कुछ हिल उठा है। ड्राअर से सिगरेट का पैकेट निकालते हुए उधर नज़र डालता हूँ। निचले ख़ाने में दो बड़े मर्तबान हैं। एक में पेस्ट्री, बिस्किट, केक वग़ैरह, दूसरे में दालमोठ, नमकीन दाल। ऊपरी ख़ाने के एक कोने में कटी स्लाइसें हैं, बड़े पानी-भरे जग में मक्खन की टिकिया, एक कोने में अण्डे, लूज़ टी का बड़ा-सा लिफ़ाफ़ा। केवल दो अण्डे निकालकर अलमारी बंद करता है, तो डिब्बा फिर हिल उठा है—हलके-से।

नीमू अब बुड्ढा हो गया है। ज़्यादा अच्छी तरह काम नहीं कर सकता। प्रोप्राइटर चाहते हैं, कि वह निकल जाए, लेकिन खुद निकालकर तोहमत मोल लेना नहीं चाहते, इसलिए धीरे-धीरे उसके सामने उलझनों के जाल डालते जा रहे हैं...। वह नंबर चार के पास बेकार खड़ा है, पहले की तरह। टेबिल का काँच साफ़ है, फिर भी दो बार पोंछ चुका है। ऐश-ट्रे किनारे पर थी, उसे बीचोंबीच खिसका दिया है। नमक और काली मिर्च की शीशियों के छेददार ढक्कन बंद कर दिए हैं। चारों कुरसियाँ क़रीने से लगा दी हैं—इस तरह कि टेबिल के दो पायों के बीच कुरसी के अगले दो पाये घुसे रहें और हाथ सीने पर बाँधे, दीवार का सहारा लिये चुपचाप खड़ा है।

टेबिल नंबर तीन बिलकुल सामने पड़ती है। दरवाज़ा खुलते ही गरमियों में हवा का गरम और सर्दियों में सर्द झोंका मुँह पर आकर लगता है। फिर आने-जानेवालों से डिस्टर्ब भी होता रहता है। शायद इसीलिए यह टेबिल कम भरती है। योगेश के अनुसार इस पर बैठना ऐसा ही है, जैसे पिक्चर में सबसे आगे बैठना और ड्रामे में सबसे पीछे।

नंबर चार बिलकुल कोने में पड़ती है, फिर खंभे और आलमारी के पीछे छिप-सी गई है, इसलिए कस्टमर घुसते ही दाईं ओर की दूसरी टेबिलों की ओर बढ़ जाते हैं।

और नीमू बेकार खड़ा है...। कभी वह जब पेमेण्ट से बचे पैसे लेकर जाता है, तो रेज़गारी में छोटे सिक्कों की जगह चवन्नी और अठन्नी रख देता हूँ। कभी उसे टिप ज़्यादा मिल जाती है, कभी कस्टमर छोटे सिक्कों के लिए वापस भेज देते हैं, कभी अपनी जेब से निकालकर दे देते हैं और कभी जब वे बचे सिक्के जेब के हवाले कर, थोड़ी-सी सौंफ फाँकते हुए लापरवाही से उठ खड़े होते हैं, तो मैं अपने को अपराधी महसूस करता हूँ, मानो वह ग़लती मुझसे हुई हो, जिसकी वजह से उसे पैसे नहीं मिले...। जब वह काँपते हाथों से ख़ाली प्लेट काउंटर पर रखता है, तो एकाएक एकाउंट-बुक में व्यस्त हो जाता हूँ। वह कुछ क्षण ठिठकता है कि मैं शायद कुछ कहूँ, लेकिन मैं कुछ नहीं कहता...। कहूँ भी तो क्या... ? मैं कह ही क्या सकता हूँ !

"मैनेजर सा'ब !"

"क्या है ?"

"आज शेख ने मुझे फिर धप मारी है, सा'ब ! कहता है—स्साले, टेंटुआ मसक दूँगा !"

"अच्छा, मैं डाँट दूँगा उसे। तुम काम करो अपना। घबराओ मत !" नन्हे को दिलासा देता हूँ, लेकिन गोरे चेहरे पर घबराहट पसीने की बूँदें बनकर उभर रही है, बड़ी-बड़ी आँखों की तरलता में तैर रही है। वह जब भी शिकायत करता है, यही कह देता हूँ...और कुछ नहीं करता। वह भी यह जानता है, मैं भी यह जानता हूँ और इसके बावजूद हम दोनों वही कह देते हैं, जो इसके पहले भी कई बार दुहरा चुके हैं...। एक हाथ में चम्मच सहित घी की कटोरी और दूसरे में चाबी लिये वह टेबिल नंबर दो की ओर बढ़ा है...। चाबी टेबिल पर रखकर कटोरी उसने नियमित ग्राहक को दिखाई है।

"ठीक है। इसे प्याज़ डालकर गरम करवाना।"

स्वीकृति में सिर हिलाते हुए नन्हे ने खंभे के निकट खड़े शेख की ओर देखा है—सहमी हुई निगाह। आज शेख को फिर रूखी रोटी खानी पड़ेगी और नन्हे को चपत ! नन्हे क्या इतना भी नहीं कर सकता कि दिन में दो बार घी ज़्यादा निकाल ले और कटोरी कस्टमर को दिखाए बिना सीधे किचन में ले जाए... ! स्साला... ! मेरे सामने से गुज़रते हुए नन्हे ठिठका है—किसी ठोस आश्वासन की आशा में, लेकिन मेरे पास ठोस कुछ भी नहीं है। जो कुछ था, सब खोखला साबित हुआ है। जो है, उसे साबित करने की भी ज़रूरत नहीं। उसकी निस्सारता दिन की रोशनी की तरह साफ़ है—बेपर्द और चमकदार।

शेख यह जानता है। तभी वह बेझिझक मेरे सामने कह सकता है—"हाँ, मैंने इसे झापड़ मारा ! इस बदज़ात लौंडे ने मुझे माँ की गाली दी थी !"

और मेरे सामने नन्हे की माँ की आकृति आ जाती है...। पहली तारीख़ को

यहीं, काउंटर के सामने खड़ी थी। मैले-कुचैले, छेदोंवाले बुर्क़े का ऊपरी हिस्सा दिखाई दे रहा था। गोरे चेहरे पर नक़ाब उठा था, लेकिन आँखों पर गिरा हुआ मालूम होता था। बेटे की तनख़्वाह लेकर बड़ी हिम्मत करके कहा था, धागे-जैसी महीन आवाज़ में—"वो अभी नादान है, हुजूर ! नेको-बद का कोई गुमान नहीं... ! आप हमारे ख़ैरख़्वाह हैं। आप पर खुदा का रहमो-करम हो... ! उसका ख़याल रखेंगे, तो मैं बेवा, बेसहारा..." और सिसकियों के बीच आवाज़ टूटने लगी थी।

"कहिए, जनाब ! क्या हाल हैं ?" योगेश ने दरवाज़े के हैण्डिल पर हाथ रख कर कहा है।

"मेहरबानी !" उनकी ओर देखते हुए विनम्र हँसी हँसता हूँ।

वह मुसकराते हुए क़दम बाहर बढ़ाते हैं—"ओक्के, गुडनाइट !"

"गुडनाइट !"

ड्राअर से नियमित ग्राहकों का रजिस्टर निकालता हूँ। खोलता हूँ और योगेश के नाम के आगे, आज की तारीख़ के नीचे सही का निशान लगा देता हूँ। इन्हीं के नाम के नीचे धीर का नाम है...। धीर ! मेरी निगाह सामने घड़ी पर चली जाती है। अभी तक नहीं आए, तो अब शायद आएँ भी नहीं। दोपहर का खाना दो बजे खाया था...। उस दिन शायद और भी देर हो चुकी थी। हफ़्ता-भर हुआ होगा, जब सनसनाती लू में लाल चेहरा लिये, थके हाथों से दरवाज़ा ठेलकर अंदर घुसे थे। शेख बड़ी टेबिल पर बैठे सरदार जी के सामने लस्सी का गिलास रखकर अंदर खानसामा से गप्पें लड़ाने लगा था। बाक़ी तीनों वेटर खाना खा रहे थे। मैंने घंटी के बटन पर उँगली रखी, तो मिनट भर तख़्तों की कोई 'खट' नहीं हुई। फिर दबे गुस्से की तिलमिलाहट आँखों में लिये शेख आया था।

"शोरबेदार सब्ज़ी खत्म है...सूखी सब्ज़ी खत्म है !" धीर को देख उसने बेरुखी से कहा था।

"दाल तो है ?" मैंने पूछा था।

"जी हाँ !"

"बस, थोड़े आलू फ्राइ करवा लो। जल्दी।" फिर धीर की ओर घूमते हुए बोला था, "माफ़ कीजिएगा, देर हो चुकी है, इसलिए..."

उन्हें ऐसी आशा नहीं थी। जिस कस्टमर ने तीन महीने से पेमेंट न किया हो, उसके प्रति ऐसा सौजन्य ! वह एकाएक तरल हो आए थे। रुक-रुककर, धीमी आवाज़ में बतलाया था कि वह आजकल बड़ी मुसीबत में हैं। ढाई सौ की एक अस्थायी जगह थी। उसी में अपना काम चलाते थे, घर भेजते थे। परमानेंट हो जाने की उम्मीद थी, लेकिन नहीं हुए। दिसंबर में जवाब मिल गया था। तब से...। कुछ देर ख़ामोशी रही थी। वह काउंटर पर कुहनियाँ टेके, झुके-से खड़े थे। मैं पंखे की एकरस घररघर्र सुनता हुआ, काले काँच में उसका गोल आकार देख रहा था।

"घर में कौन-कौन हैं ?"

"माँ हैं, बहन है, छोटा भाई..." फिर कुछ चौंककर कहा था, "मेरा एकाउंट तो काफ़ी हुआ होगा !"

स्वर समतल था—प्रश्न के उतार-चढ़ाव से एकदम रहित, इसलिए समझ नहीं सका कि उनका मतलब क्या है।

"मैं कोशिश करूँगा कि जल्दी ही..." उन्होंने फीकी हँसी का परदा अपने चेहरे पर लटकाया था।

और जैसे उन्हें इस तनाव से उबारने के लिए मैं एकदम कह उठा था, "ठीक है...ठीक है, दैट्स ऑल राइट... !"

लेकिन प्रोप्राइटर ने उसी हफ़्ते एकाउंट-बुक देखी थी। फिर आदेश दिया था—"इनसे कहिए, तीन दिन में पूरा पेमेंट करें, वरना छोड़ दें ! लाहौल विला..."

वह जानते हैं, साल-दो साल में एकाध रेगुलर कस्टमर ऐसा भी मिलता है। शुरू में बराबर एडवांस देता है, फिर एडवांस नहीं देता, फिर एकाउंट चलाने लगता है और होते-होते आखिर उसे जवाब दे दिया जाता है। क़ानूनी कार्रवाई के झंझट में कौन पड़े ! सही सौ-डेढ़ सौ की एक चपत !

उन्होंने तीन दिन के लिए कहा था। तीन दिन हुए, चार और पाँच और छह...एकाउंट-बुक में दबा हुआ धीर का बिल निकालता हूँ, एक सौ सत्ताइस रुपये, ग्यारह आने...आज तक का बैलेन्स...आज बिल दे दूँगा और कल से धीर नहीं आएँगे। रजिस्टर में उनका नाम अपने ऊपर एक लाल लकीर का कफ़न ओढ़ लेगा।

लंबी साँस लेता हूँ और सामने देखता हूँ...टेबिलों पर छनक और खनखनाहट...बातचीत की बारीक, भौंरों-सी भनभनाहट, जैसे तेज़ कोलाहल को छान दिया गया हो...। तख़्तों की 'खट्-खट्', कुरसियों के पीछे खिसकाने की आहट, बेसिन पर पानी की हलकी कलकल...सुबह से दोपहर तक, दोपहर से शाम तक, शाम से रात तक...बस, यही कुछ आवाज़ें और चलते हुए मुँह...चाहता हूँ कि हर होटल और रेस्तराँ में बाहर बड़े रंगबिरंगे बोर्ड पर बस, आदमी का एक खुला मुँह हो...मुँह, जो जब चलता है, तो माथे के दोनों ओर कुछ नसें उभरती हैं, गालों की खाल के नीचे दाँतों की क़तारें चलती हैं और चबाया हुआ कौर गले के उभरे हिस्से को ऊपर-नीचे करता हुआ ग़ायब हो जाता है। दिन-भर यही देखता हूँ—एक नाटक, जिसके प्रारंभ में चरम सीमा होती है और अंत में शैथिल्य। बुख़ार का टेम्परेचर नीचे से ऊपर जाता है, लेकिन भूख का टेम्परेचर ऊपर से नीचे आता है। मैं लोगों को उनकी वेशभूषा और व्यक्तित्व से नहीं जानता, पद और प्रतिभा से नहीं जानता, खुराक और खाने के ढंग से जानता हूँ। मेरी नज़रें अख़बार में छपी किसी की तसवीर का बंद मुँह खोल देती हैं और माथे के दोनों ओर नसें व गालों की खाल के नीचे बत्तीसी चलते हुए देखती हैं...। रात को घर पर खाना खाने बैठता हूँ, तो आँखों के सामने सैकड़ों चलते हुए

मुँह आ जाते हैं, बड़े-बड़े भगौने और देगचियाँ, बाँस की टोकरी में चपातियों का ढेर...प्लेटों की लंबी क़तार, जो भरती है, फिर ख़ाली होती है, फिर भरती है, फिर ख़ाली होती है। ...और लगता है कि मैं तो खा चुका हूँ, मेरा पेट बुरी तरह भरा है।

घर की याद से वहाँ का नक़्शा सामने आ जाता है...। बिल फाड़कर वेटर की ओर बढ़ाते हुए सोचता हूँ, इस बारे में आज ही बात कर लेनी है। इतने दिनों से टाले जा रहा हूँ। कहूँगा—"सर, जिस तनख़्वाह पर आठ साल पहले यहाँ ज्वायन किया था, अब उसमें काम चलना बहुत मुश्किल हो गया है। अगर इनक्रीमेंट मिल सके, तो बड़ी मेहरबानी हो।"

नंबर आठ पर प्लेट रखकर वेटर पानी लाने चला गया है। नीली कमीज़ पहने जिस लड़के ने ऑर्डर दिया था, वह अपना हाथ टेबिल के नीचे कर लेता है और बाक़ी दोनों लड़कों के हाथ नीचे-नीचे ही उससे मिलते हैं। नीली कमीज़वाला लड़का इधर-उधर देखता है, फिर प्लेट में बिल के ऊपर एक-एक के तीन नोट रख देता है...। यह सब अकसर देखता हूँ। एक दोस्त पर्स खोलकर चेंज गिनता है, दूसरा जेब में हाथ डाल लेता है। एक-डेढ़ मिनिट तक न रेज़गारी की गिनती हो पाती है, न रुपये ढूँढ़े मिलते हैं। आख़िर एक की शर्म बिल पर रुपये रखती है, तो दूसरा चौंककर कहता है—"रुको...रुको, आय'म गिविंग !"

वेटर ने प्लेट काउंटर पर खिसकायी है। नोट उठाकर ड्राअर में रखता हूँ। तभी शीशे का दरवाज़ा खुलता है और धीर अंदर आते हैं। उनके साथ दो व्यक्ति और हैं एक पैण्ट-बुश्शर्ट पहने है, दूसरा पायजामा-कुरता। धीर 'हेलो' कहते हुए टेबिल नंबर छह की ओर बढ़ जाते हैं। उन्होंने वेटर से तीनों के लिए खाना लगाने को कहा है...। कौन हो सकते हैं ये ? इन्हें पहले धीर के साथ कभी नहीं देखा। बाईं ओर ज़रा गरदन झुकाता हूँ। धीर कोने की कुरसी पर, सामने की ओर मुँह किए बैठे हैं। उन्होंने एक पुरानी ख़ाकी कमीज़ पहन रखी है, दाढ़ी कुछ बढ़ी हुई और बाल बिखरे ढंग से सँवारे हुए। टेबिल पर कुहनियाँ टेके हथेली पर मुँह झुकाए वह चुप हैं—अनमने भाव से नमक की शीशी इधर-उधर घुमाते हुए।

पहलू बदलते हुए सामने घड़ी की ओर देखता हूँ। धीर आदत के अनुसार शायद काफ़ी देर तक बैठेंगे। दोपहर के खाने के समय उन्हें बहुत जल्दी रहती है। अमूमन सभी को जल्दी रहती है। धीर तो ठीक से खाना लगने का भी इंतज़ार नहीं करते। खाना लगता जाता है और खाते जाते हैं। एक आँख टेबिल पर होती है, एक घड़ी पर। लेकिन रात को बहुत इतमीनान से खाते हैं। लंच के समय बड़ी गहमागहमी होती है, भाग-दौड़ और ऊँची आवाज़ें, जैसे आँधी आ रही हो। मेरी उँगली बार-बार बटन पर रहती है, किचन में घंटी बराबर टनटनाती रहती है, लेकिन डिनर के समय ऐसा कुछ नहीं होता। वेटर इतमीनान से सर्व करते हैं, कस्टमर इतमीनान से बैठते हैं...एक आलस-भरी ख़ामोशी, जैसे आँधी थम चुकी हो और साफ़ खुले आसमान में भेड़ों के

नन्हे बच्चों-से सफ़ेद बादल उड़ने लगे हों। लगता है, जैसे लंच एक जोश-भरी नज़्म है, कुछ कर गुज़रने की उमंग में सोडे की तरह उफनती हुई...और डिनर फिरनी की तरह जमी एक रिवायती ग़ज़ल है—रूमानी, स्वप्निल वातावरण की सर्जक, सुकून और ठहराव से भरपूर...।

दस बजने को हैं। केबिन ख़ाली है। परदा छल्लों की खनक के साथ आधा खुल गया है। उसका निचला हिस्सा बाईं ओर उड़ रहा है—हलके-हलके। परदे पर लाल ज़मीन में सीधी और तिरछी लकीरें हैं—मोटी और रंगबिरंगी...। दूसरी टेबिलें भी ख़ाली हो गई हैं। वेटरों ने काँच साफ़ कर दिए हैं। कुरसियाँ ठीक से लगा दी हैं और अंदर चले गए हैं। वहाँ से बातचीत और हँसी ठहाकों की आवाज़ें आ रही हैं। सोचता हूँ, मना कर दूँ, लेकिन उठते-उठते रुक जाता हूँ। किचन में जाना अच्छा नहीं लगता। भट्ठी की तपती हुई आँच और बड़े-बड़े देगचों के बीच काले, नंगे शरीर पर तहमद लगाए, पसीने की धारें बहाता ख़ानसामा, एक कोने में नल के नीचे गंदी प्लेटों का ढेर, मसालों की तेज़ गन्ध...

बिलों का हिसाब जोड़ लिया है, ड्राअर के रुपये गिन लिए हैं और अब एकाउंट-बुक खोले बैठा हूँ—नियमित ग्राहकों का खाने के अलावा आज का क्रेडिट चढ़ाने के लिए। धीर का बिल बना लिया है, दो गेस्ट-मील्स। सोचता हूँ, नीमू को कल के लिए निर्देश दे दूँ। मुझे सुबह फ़्लोर मिल होते हुए आना है। उन लोगों ने कल शाम को आटा भिजवाने के लिए कहा था, मगर अभी तक नहीं भिजवाया। अण्डेवाला आए, तो अण्डे तीस ही ले, ब्रेड दस और कह दे कि पैसे अगले हफ़्ते मिलेंगे। याद करता हूँ कि अभी धीर को बिल दे देना है। फिर प्रोप्राइटर आएँ, तो उन्हें बताना है कि बिल दे दिया...और आज एक जग टूटा है...और इनक्रीमेण्ट...वह दे सकते हैं, या शायद नहीं ही देंगे। कहेंगे—'यहाँ के लिए एक रेफ़्रीजरेटर ख़रीदने की सोच रहा हूँ। फ़िलहाल मजबूरी है...।' तब... ? तब क्या कहूँगा... ? कुछ नहीं...। कहूँगा भी क्या ! मैं कह ही क्या सकता हूँ !

कुरसियों के पीछे की आहट होती है। धीर ने वेसिन पर हाथ धोए, फिर वहीं कील से लटकते तौलिए से हाथ पोंछ रहे हैं। मुझे अपनी हथेलियाँ पसीजी-सी लगती हैं। काउंटर पर दोनों बिल मेरे सामने हैं—एक, जो बिल-बुक से फाड़ा नहीं गया और दूसरा, जो पेपरवेट तले दबा है। धीर निकट आ गए हैं। उनके दोस्तों ने प्लेट से थोड़ी-थोड़ी सौंफ ली है। धीर ने अनमने ढंग से एक पतली सींक उठाई है। वह सौंफ नहीं खाते। प्लेट काउंटर पर होती है, तो उसे एक ओर खिसका देते हैं। उन्होंने बिल-बुक अपनी ओर घुमा ली है और पेंसिल उँगलियों में थामे, बिल पर दस्तख़त कर रहे हैं। उनके दोस्त उनके साथ हैं और मैं उनकी ओर देख रहा हूँ। उन्होंने जाने क्या पढ़ा है मेरे चेहरे पर कि उनकी आँखों में किसी आशंका की छाया उतर आई है। मेरे दिमाग़ में लगातार यही बात चक्कर काट रही है कि आख़िर इन लोगों में क्या बात हुई है। शायद

किसी नौकरी के बारे में ही। धीर को नौकरी मिल जाएगी, वह एडवांस ले लेंगे और यहाँ का पूरा हिसाब चुकता हो जाएगा...।

शीशे का दरवाज़ा बंद होकर खुला है और प्रोप्राइटर तेज़ी से अपने कमरे में चले गए हैं—इतनी तेज़ी से कि मुझे खड़े होने का अवकाश भी नहीं मिला। बस, उनकी एक झलक देखी है। सुर्ख़ चेहरा और आँखों पर चढ़ा काला चश्मा। कई बार सोच चुका हूँ कि जब उनके आने के वक़्त का अंदाज़ है, तो सावधानी बरतनी चाहिए लेकिन ग़लती हो ही जाती है।

तख़्तों के पीछे से इस ओर देखता शेख हट गया है। उसे धीर पसंद नहीं है। नियमित ग्राहक महीने में जिस दिन अपना बिल चुकाते हैं, सभी वेटरों को कुछ-न-कुछ टिप मिल जाता है, लेकिन धीर ने शायद इसे कभी कुछ नहीं दिया। प्रोप्राइटर के कमरे से बातचीत की भनक सुनाई देती है। अंदाज़ लगाता हूँ कि धीर को बिल न देने पर मेरी शिकायत हो रही होगी...।

शीशे का दरवाज़ा बंद है। केबिन और सातों टेबिलें ख़ाली हैं। काउंटर के ऊपरवाले पंखे के अलावा बाक़ी आठों पंखे बंद हैं। मेरी बाईं ओर का ट्यूब जल रहा है। बाक़ी दोनों ट्यूब बुझ चुके हैं। काउंटर के काँच पर ट्यूब का अक्स पड़ रहा है। कुछ क्षण उस ओर देखता हूँ तो आँखें चौंधियाने लगती हैं। वेसिन का नल किसी ने खुला छोड़ दिया है। पानी की पतली धार निःशब्द नीचे गिर रही है। एक नीम-अँधेरा, ख़ामोशी...

"आपको साहब याद फ़रमाते हैं" शेख ने पीछे से कहा है।

बहुत हलकी 'हूँ' करता हूँ, जिसे खुद भी नहीं सुन पाता। मेरा चेहरा बिलकुल भावहीन है—निर्वैर और निर्विकार। काउंटर पर बिल-बुक है, बिल-बुक पर नोटों का बंडल और बंडल पर दो मुट्ठी चेंज। अकसर सोचता हूँ कि मैं क्या हूँ—मैनेजर हूँ, काउंटर-क्लर्क या रिसेप्शनिस्ट... ? अगर कोई शुगरपॉट से रिसेप्शनिस्ट-सी मीठी दो चम्मच चीनी कप में डाले, केतली से ब्लैक टी जैसी क्लर्क की कड़वी दिनचर्या और मिल्कपॉट से दूध के सार-जैसा मैनेजर का प्रबन्ध-कौशल तो शायद वह मेरा तरल जीवन हो...। एक नज़र सामने घड़ी पर डालता हूँ। फिर कुरसी के हत्थों पर कुहनियाँ टिकाता हूँ...अब मैं उठ रहा हूँ—तीन घंटे और छत्तीस मिनटों के बाद...36 ! इस संख्या के संबंध में अकसर सोचता हूँ...।

मैंने वेसिन की ओर बढ़कर नल बंद किया है। पैर सुन्न हो रहे हैं, पीठ अकड़ गई है, कुहनियाँ दर्द कर रही हैं...नसों में तीखा तनाव, जोड़ में चटख...स्विच ऑफ़ करता हूँ, तो पंखे की एकरस घररघर्र सहसा बीच से कट जाती है। काले काँच में सनसनाता गोल आकार धीरे-धीरे थमने लगता है। आँखों में ट्यूब की चमक अभी भी रेंग रही है। रोशनी की चिकनी लहरों पर नन्हे, उसकी माँ, नीमू, धीर...और स्वयं मेरा चेहरा फिसल-फिसल जाता है...। सामने लंबी सुई चुपचाप घूमे जा रही है...।

सलाहकार

"बड़े अफ़सोस की बात है भाई साहब !" चिन्तामणि की पूरी खुली आँखों में सहानुभूति के साथ-साथ नाराज़गी की भी छाया थी, "आप पर इतनी बड़ी मुसीबत आई लेकिन आपने मुझे सूचना देने योग्य भी नहीं समझा। विश्वास कीजिए, मैं आपको सगे भाई की तरह समझता हूँ। ख़ैर ! जो हुआ, सो हुआ, अब मेरी बात मानिए और इन देशी वैद्यों से दूर ही रहिए। अरे, माना कि यह च्यवन और धन्वन्तरि का देश है, लेकिन यह भी तो देखिए कि समय क्या से क्या हो गया है। तब लोगों की तरह बीमारियाँ भी सीधी और सरल थीं। एक जड़ी को खरल में कूटा-पीसा और मधु के साथ चटा दिया। लीजिए, उठकर दण्ड पेलने लगे। लेकिन अफ़सोस, अब न वह सादा जीवन रहा, न वे विचार ! समय के शिकंजे में आदमी उलझता जा रहा है। कभी सुना है आपने कि अर्जुन को इन्फ़्लुएंजा हुआ था या सहदेव को हार्निया ! विज्ञान की प्रगति क्या-क्या अजब बीमारियाँ लेकर आ रही है। अब ज़रा आप ही सोचिए, सैकड़ों-हज़ारों साल की उन जड़ी-बूटियों, भस्मों और चूर्णों से इनका इलाज कैसे हो सकता है ? मेरा बस चले, तो शहर के हरेक वैद्य के यहाँ ताला डलवा दूँ, लेकिन अब यह भी नहीं कि यहाँ का हर डॉक्टर ईमानदार हो, बल्कि बाज़ तो ऐसे काइयाँ हैं कि चालाकी उनके चरण चूमे। मानिक चौक के डॉक्टर उदयगिरि हैं, आपकी शीशी में तीन खुराक रंगीन पानी डाला और पाँच रुपये झटक लिए। ज़रूरत हो चाहे नहीं, लेकिन बाँह उठाई, इंजेक्शन घोंपा और निकालिए दस रुपये ! अरे साहब, कोठी खड़ी कर ली, मोटा बैंक-बैलेंस है और कार सड़क पर चलती नहीं, उड़ती है, जैसे हेलीकॉप्टर हो। बस, मेडिकल लाइन की इस कीचड़ में यहाँ अगर कोई कमल है, तो एक डॉक्टर माथुर ! कभी गए हैं उनके यहाँ ? नहीं गए ?...अहा हा, क्या आदमी है, बात करता है, तो मुँह से फूल झड़ते हैं। आधी तकलीफ़ तो मुसकराहट से दूर कर देता है और क़ाबलियत का यह हाल कि नज़र से बीमारी भाँप लेगा, आपको मुँह खोलने की ज़रूरत ही नहीं ! मेरी मानिए, तो उन्हीं के यहाँ जाइए। भगवान ने चाहा, तो चार दिन में बच्ची हँसने-खेलने लगेगी। मैं अभी खुद आपके साथ

चलता, लेकिन क्या बताऊँ घर में मेहमान आए हुए हैं और आप देख रहे हैं कि मेरे हाथ में हें हें हें...साग-सब्ज़ी का झोला है। सात बजे का निकला हुआ हूँ।...अच्छा, तो चलूँ, नमस्ते !"

चिन्तामणि घर पहुँचा, तो माँ दरवाज़े पर इंतज़ार करती मिलीं। उसने बड़ी बेरुखी से झोला थमाया और बैठक में घुस गया। पंखा चलाया, उसके ठीक नीचे अख़बार के बिखरे पन्ने इकट्ठे करके लगाए, कॉपी और पेन रखा, लाल पेंसिल रखी, अपनी सर्टिफ़िकेटों की फ़ाइल रखी और बड़े मनोयोग से नौकरियों के विज्ञापन देखने लगा। उसका भतीजा उसके पास नेकर के खुले बटन लगवाने आया, तो उसने उसे डाँटकर भगा दिया कि देखता नहीं, ज़रूरी काम कर रहा हूँ। थोड़ी देर बाद पिता और उसके दोनों बड़े भाई ऑफ़िस जाने के लिए पौर से निकले, तो उन्होंने चिन्तामणि को अख़बार और दूसरी खुली-अधखुली चीज़ों के बीच अस्त-व्यस्त पाया। बड़े भाई ने क्षण-भर उसकी व्यस्तता की गहराई मापने की कोशिश की, फिर दस के नोट में लिपटा बिजली का बिल वापस जेब में रख लिया। पिता चबूतरे के नीचे नाली पर झुके, सन्तोष के भाव से पान की पीक थूकी और सीढ़ियाँ उतर गए।

चिन्तामणि बाहर की ओर कान लगाए था। जूतों की आहट लुप्त होते ही उसके व्यस्त चेहरे का कसाव ढीला हुआ। उसने एक लंबी जमुहाई ली, फिर बड़ा तकिया खींचकर उसके सहारे पसर गया। पंखे की गोल सफ़ेदी को आँखों से देखता रहा, सनसनाहट को कानों से सुनता रहा फिर धीरे-धीरे आँखें मुँदने लगीं। सफ़ेदी ग़ायब हो गई, सनसनाहट बाक़ी रही।

चिन्तामणि का क़द छोटा था, देह दुबली-पतली। चेहरा भरा हुआ और गोल था। आँखें चमकदार, लेकिन अधमुँदी, वह उन्हें तभी खोलता था, जब बातचीत दिलचस्प हो और बातचीत उसके लिए तभी दिलचस्प होती थी, जब दूसरे सुनते थे और वह बोलता था। उस समय उसका मुँह और हाथ दोनों हरकत करते थे। मुँह से निकले शब्दों को, शब्दों के अर्थ को, अर्थों के विभिन्न शेड्स को उसके हाथ स्पष्ट करते थे, निर्देशित करते थे और रूपायित करते थे। बात को प्रभावशाली बनाने के लिए वह किसी प्रश्नवाचक वाक्य के अन्त में प्रश्नवाचक चिह्न के तौर पर नीचे एक घूँसा लगाया करता था, रेस्तराँ की टेबल या दूसरे हाथ की खुली हथेली पर। पहले उसकी छोटी-सी फ्रेंचकट दाढ़ी थी। बोलते-बोलते जब वह किसी आँकड़े, सूक्ति, कहावत, चुटकुले, मुहावरे या चुस्त फ़िकरे के लिए अटकता, तो बेचैनी से दाढ़ी में उँगलियाँ घुमाता, जैसे वहाँ हर अटकन-भटकन के लिए सही दिशा की तख़्ती हो। उसने प्रण किया था की उसकी दाढ़ी आइख़मैन की गरदन के साथ ही कटेगी, लेकिन संयोगवश उससे मुक़दमे के दौरान में ही फूलपुर जाकर बड़ी भाभी को निवा लाने के लिए कहा गया। जब उसे मालूम हुआ कि वहाँ सयानी लेकिन कुँआरी लड़कियों का एक अच्छा गुच्छा है, तो उसे मजबूरन दाढ़ी मुँड़वा देनी पड़ी, लेकिन मूँछें उसके अभी

भी थीं, ऊपरी होंठ और नाक के नीचे बीचोंबीच, क़रीब आधा इंच जगह घेरे, मक्खी छाप मूँछें ! उसके दोस्त इस द्वैत को समझ नहीं पाते थे कि एक ओर तो वह आइख़मैन की मौत का आकांक्षी है और दूसरी ओर हिटलरी मूँछ को प्रश्रय देता है। चिन्तामणि हँसकर कहता था कि तुम नहीं समझोगे मेरे अज़ीज़ ! इसी द्वैत में मेरा जीवन-दर्शन छिपा है। उसके बाल काफ़ी लंबे थे, पीछे को पलटनेवाले ! उसे अपने बालों पर नाज़ था। वह उन्हें बड़े मनोयोग से सँवारा करता, आधा-आधा घंटा आईने के आगे खड़ा बालों के छल्ले सहलाया करता। जब कभी मँझली भाभी उसे इस दशा में देख लेतीं, तो साँवला-सलोना मुखड़ा छिपाए हुए घूँघट का एक छोर, उजले दाँतों-तले दबाकर, शरारती अंदाज़ से, अपनी सुरीली आवाज़ में कहतीं, ''क्यों लाला ! यह सिंगार-पटार कब तक चलेगा ?''

नहा-धोकर चिन्तामणि भोजन के लिए चौके में पहुँचा। माँ ने आसनी बिछा दी थी, बग़ल में पानी-भरा चमकदार, मुरादाबादी लोटा गिलास था। चिन्तामणि बैठा, दोनों पैर आगे कर तलवे रगड़ते हुए धूल झाड़ी, फिर पालथी मार ली। दाईं ओर दरवाज़े की दीवार से टिकी, बड़ी भाभी बैठी थीं, गोद में बच्ची थी, आँचल में दुबकी हुई पुचुर-पुचुर दूध पिए जा रही थी। भाभी वैसे ही ज़मीन पर पसरी थीं, धोती का पीठवाला हिस्सा दीवार के गेरुवे रंग में रँग रहा था। इस बेशऊरी पर वह सुलग उठा। उसके चढ़े तेवर देखकर भाभी की कढ़ाई को ढकती हुई माँ सहम गईं...

चिन्तामणि ने दाल में भिगोया रोटी का पहला कौर मुँह में रखा, अचार की मसाले-भरी मिर्च का एक कोना काटा, ज़रा-सी चटनी चाटी और मुँह का माल नियमानुसार चालीस बार चबाने लगा।

माँ ने चूल्हे के निकट पड़ा अपना पीढ़ा थोड़ा आगे खिसका लिया, फिर धीमे, खुशामदी स्वर में कहा, ''बेटा, गाँव से तुम्हारे मामा की चिट्ठी आई है !...तुम्हारा यहाँ मन नहीं लगता। न हो, चार-छह दिन के लिए वहाँ हो आओ।''

''हुँम...'' चिन्तामणि के भरे मुँह से आवाज़ निकली। उसने गिलास उठाया और माँ के अनुरोध को पानी सहित पी गया।

चिन्तामणि सिर के नीचे तकिया लगाए चुपचाप लेटा था। ऊपर पंखे की आवाज़ थी और नीचे उसकी साँस की। अभी तक रोज़ की तरह बदस्तूर गजाधर चाचा की काँपती, ज़नानी अवाज़ सुनाई नहीं दी थी, ''अरे ऽऽऽ भई...चिन्ता ऽऽ मन ऽ...'' उसे कुछ ताज्जुब हुआ, लेकिन जब भतीजे ने आकर बतला दिया कि चाचा के यहाँ शतरंज नहीं जमी है, तो यह ताज्जुब रंजीदा मूड में बदल गया। अभी पहाड़-सी दोपहर

सामने थी, और वह था...और अकेली बैठक ! हाथ के जासूसी उपन्यास को उसने पत्नी के सिर की तरह सीने पर रख लिया और सोचने लगा कि यह संसार क्या है ?...माया का जाल !...सम्पत्ति क्या है ?...मृगतृष्णा !...नारी क्या है ?...मल-मूत्र की खार न !...हर जीवधारी के अन्तस् में पावन विरहिणी है, जो सर्जनहार से अपने मिलने के लिए झर-झर नीर बहाती है...नीर बहायें घूँघट में मोरी लाज की मारी अँखियाँ !...झपकियों के कुहरे को चीरते हुए उसके कानों में रोने की पतली, तीखी आवाज़ आई, मन को छूनेवाली, फिर दबी-घुटी सिसकियाँ...चिन्तामणि चौंक उठा, उसने झुककर कान सीने से लगाए...परमात्मा के लिए जीवात्मा का अरण्यरोदन...उसके दिल की धड़कन तेज़ हो गई, देह में फुरहरी आई, रोंगटे खड़े हो गए, यह क्या है ? चरम जागृतिं का क्षण ! फिर डाँट-डपट, मार-पीट, चीख़-पुकार...

वह समझ गया, यह अन्तस् की विरहिणी नहीं, गजाधर चाचा की कुँआरी बेटी थी।

"देखिए चाचा, बात को बिगाड़िए मत !" चिन्तामणि की पूरी खुली आँखों में सहानुभूति की छाया थी, "अब तो ऐसा करना है कि सब ढका-छिपा रह जाए। मैं तो घर का ही आदमी हूँ। कम्मो अगर आपकी बेटी है, तो मेरी भी बहन है, लेकिन बाहर किसी को हवा भी नहीं लगनी चाहिए। आप जानते हैं, बात का बतंगड़ बनते कितनी देर लगती है। लड़की की ज़ात, बेचारी की ज़िंदगी बरबाद हो जाएगी। मुझे गुस्सा तो इतना आ रहा है कि इस लौंडे को गरदन उमेंठ दूँ, लेकिन मुसीबत यह है कि हर तरफ़ से बदनामी अपनी ही है। किसी तरह खून का घूँट पीकर रह जाइए, बदक़िस्मती जानकर सब्र कर लीजिए, बोलिए और क्या किया जा सकता है ?...लड़की की मार-पीट से कोई फ़ायदा नहीं ! ख़ैरियत यह मनाइए कि बदज़ात चिट्ठी-पत्री तक ही पहुँचा, और ज़्यादा कुछ...अरे, इन कमीनों का कोई भरोसा है। साले भेड़ियों की तरह पराई बहू-बेटी की तरफ़ लपकते हैं। मैंने तो इसे जब पहले-पहल देखा था, तभी मेरा माथा ठनका था। साला सूरत से ही लुच्चा-लफंगा लगता था।...मेरी मानिए, तो बस अब कम्मो के साथ कड़ाई बरतिए। उसका कहीं आना-जाना एकदम बंद ! स्कूल कल ही छुड़वा दीजिए। कहिए, घर पर ही तैयारी करे। रहा कुछ बताने-समझाने का सवाल, सो...बाबू दयाशंकर को जानते हैं ? खालसा स्कूल के ?...नहीं ?...बुजुर्ग आदमी हैं, बड़े भले और मिलनसार ! चालीस साल से मास्टरी कर रहे हैं। दिन में आधे घंटे को ही आ जाएँगे तो कम्मो अच्छे नंबरों से पास हो जाएगी। दस-बारह आप जो भी देंगे, सो हँसी-खुशी से मंजूर ! मेरी मानें, तो आज शाम ही टहलते-टहलते निकल जाइएगा, चौक के मोड़ पर तीसरा मकान है। मैं खुद आपके साथ चलता, लेकिन...क्या बताऊँ..."

चाचा की आँखें बंद थीं...लेकिन कान खुले थे।

चिन्तामणि अपने आँगन में खरहरी चारपाई पर बैठा था। उसके मुँह में नमकीन मठरी थी और हाथ में मीठी चाय का कप। आँगन के सामनेवाले कोने में चटाई बिछाए मँझली भाभी और उनकी मुँहबोली सहेली निम्मो उर्फ़ निर्मला विराजमान थीं, इस ओर पीठ किए। दोनों सिर जोड़े जाने कब से बतिया रही थीं। बीच में भाभी ने एक बार पीछे देखकर उसकी ओर इशारा किया था। इसका मतलब था कि अभी भाभी पायलें छमछमाती हुई ऊपर जाएँगी, कमर में खोंसा चाभियों का गुच्छा निकालकर अपना बक्स खोलेंगी, बंद मुट्ठी धोती की तहों में छिपाए होशियार बिल्ली की तरह दबे पाँव नीचे उतरेंगी और यहाँ-वहाँ देखकर चूड़ियों की खनक के साथ नोट उसे थमा देंगी। बत्तियाँ जल जाने पर वह नुक्कड़ के चाटवाले की दुकान का रुख़ करेगा, खूब मिर्च-मसाला पड़े हुए गोलगप्पे, कचौड़ियाँ, आलू की टिक्कियाँ, करेले, समोसे और जलजीरे का कुल्हड़ लेकर वापस आएगा। जब तक भाभी अकेली, अँधेरी बैठक में 'सी-सी' करती हुई दही-चटनी की उँगलियाँ चाटेंगी, वह बाहर पिता जी या भाइयों के आकस्मिक आगमन से बचाव के लिए पहरा देगा। कुछ ही मिनटों बाद भाभी उसके हिस्से की ओर इशारा करके, मुसकराते होंठों पर पल्लू दबाती छम्-छम् चली जाएँगी और मुँह धोकर सीधी-सुघड़ बहू की तरह पूजा की कोठरी के आगे खड़ी हो, एक उँगली दाँतों में दबाकर मीठी आवाज़ में पूछ लेंगी, "अम्मा जी ! ब्यालू में काहे की सब्ज़ी बना लें, आलू कि लौकी ?"

अभी अँधेरा नहीं हुआ था, इसलिए चिन्तामणि गली में टहलता हुआ बाबू गयाप्रसाद के मकान के आगे रुक गया। मकान के दोनों ओर लगभग बीस-बीस क़दम की लंबाई में त्रिपाल लग गया था। बाहर के बरामदे में दो-तीन बच्चे जल्दी-जल्दी झंडियाँ बना रहे थे, पतले, कटे हुए रंगीन काग़ज़ों का एक ढेर सामने था और एक भगौने में खीर की तरह जमी हुई लेई थी। बग़ल में पानी की भरी हुई टंकी थी और नीचे दोनों, पत्तलों, कुल्हड़ों और सकोरों का ढेर लगा था। दोनों के बीच पाँव ऊपर उठाकर बैठे हुए मदनबिहारी काग़ज़-पेंसिल लिये कुछ जोड़-घटा रहे थे।

"क्यों मदन भैया ! दुकान नहीं गए क्या आज ?" चिन्तामणि ने बरामदे की सीढ़ी चढ़ते हुए मुसकराकर पूछा।

"आओ भई, आओ !" मदनबिहारी ने हँसकर सीधे बैठते हुए बग़ल की कुरसी सामने कर दी, "दुकान गया तो था, लेकिन जल्दी चला आया। गया मामा अकेले हैं, सोचा, थोड़ा हाथ बटा लूँ। तुम सुनाओ और क्या हाल हैं ?"

“चंगे हैं सब !” चिन्तामणि ने पूर्ववत् मुसकराते हुए कहा। कुरसी पर पड़ा सुतली का गोला नीचे रखा और इत्मीनान से बैठ गया, “झंडियाँ तो अच्छी बन रही हैं।”

“हाँ ऽऽ...ये राजू-पप्पू बेचारे दोपहर से लगे हैं बन ही गई समझो...घंटे-भर में लगी जाती हैं।”

“बरात कल मेल से आ रही है ?” चिन्तामणि ने ज़रा खाँसकर हल्के-से बालों पर हाथ फेरते हुए पूछा।

“नहीं, पैसेंजर से...मेल तो तीन ही मिनिट रुकती है। उतने में क्या...” और क्या पूरा करने के बजाय मदनबिहारी हिसाब का एक जोड़ पूरा करने लगे। कुछ क्षणों बाद नज़र उठाकर, माफ़ी माँगने के-से अंदाज़ में, मुसकराते हुए बोले, “इस हिसाब के चक्कर ने भी भैया, घनचक्कर बना दिया है...हलवाई, आतिशबाज़ी, बिजली, बैंड...”

“कौन-सा बैंड आ रहा है ?” चिन्तामणि ने कसमसाकर पहलू बदला।

“न्यू भारत !”

“क्या आपने कुछ...”

“नहीं-नहीं !” मदनबिहारी ने जल्दी-जल्दी बात काटी, “बातचीत सब मामा ने की है।”

“लाउडस्पीकर तो होगा ही ?” चिन्तामणि का लहज़ा अनजाने ही बदल गया था।

“हाँ, मामा ने नारायन बाबू से कह दिया है...कल सुबह ही फ़िट हो जाएगा।”

“अफ़सोस की बात है मदन भाई !” चिन्तामणि कुरसी पर और फैलकर बैठ गया, “जब पढ़े-लिखे लोगों के यहाँ शादी-ब्याह में इतना हंगामा देखता हूँ, तो मन को बहुत कष्ट होता है। बैंडवाले स्टील के टोपे लगाए इस तरह आते हैं, जैसे लाम पर जा रहे हों, बैंड यों बजता है, जैसे कानों के परदे फाड़कर ही दम लेगा और बिगुल ऐसे बोलेगा, जैसे शादी का नहीं लड़ाई का हो। कानों पड़ी आवाज़ सुनाई नहीं देती, तबीयत भन्ना जाती है...और रही-सही कसर पूरी करता है आपका लाउड-स्पीकर ! साला न मौक़ा देखता है, न महल ! दूल्हा-दुलहिन की भाँवरें पड़ रही हैं और रिकॉर्ड बज रहा है...चले आज हम जहाँ से, हुई ज़िन्दगी पराई...ठीक है, आपको बहुत खुशी हो रही है, लेकिन खुशी क्या ढोल पीटने से ही ज़ाहिर होती है ? अड़ोसी-पड़ोसी मन में हज़ार गालियाँ सुनाते हैं कि ससुरों ने नींद हराम कर रखी है। अरे, ऐसे संस्कारों में ज़रा सोब्रायटी बरतिए। मेरी मानिए तो किसी शहनाईवाले को बुलवाइए और बिठाइए दरवाज़े पर ! मीठी-मीठी शहनाई बज रही है, लोग शांति से आ-जा रहे हैं, वर-वधू को आशीर्वाद दे रहे हैं। ज़रा देखिए एक बार, कितना भला मालूम होता है। लगता है कि हाँ, ये हो रही है शादी ! मैं कहता हूँ, अभी भी कुछ नहीं बिगड़ा। शकूर

का नाम तो सुना ही होगा ?...शहनाई उसके हाथों में साहब, जादू की बीन हो जाती है।...गुसाईं गेट पर रहता है। दूर ज़रूर है, लेकिन..."

सहसा अंदर के दरवाज़े से बाबू गयाप्रसाद छोटे रेशमी थान को तह करते हुए बाहर निकले, "देखो भैया ! ज़बानी जमा-खाते से कोई फ़ायदा नहीं," उन्होंने निकट आकर कहा, "मैं भी मानता हूँ कि शोर-शराबा शादी-ब्याह में बे-मौजूँ मालूम होता है, लेकिन भैया, मैं अकेला आदमी, हरेक काम सिर्फ़ मैं ही तो नहीं कर सकता न ?...तुम शहनाई की बात करते हो, मैं कहता हूँ कि शकूर-गफूर, जिसको जी चाहे बुलाओ। इस काम की पूरी ज़िम्मेदारी तुम्हारे ऊपर छोड़े देता हूँ।...ये सँभालो बयाने के रुपये !" कहकर उन्होंने कुरते की जेब से दस-दस के दो नोट निकालकर उसके हाथ पर रख दिए।

"देखो मामा, अपने कुछ उसूल हैं," चिन्तामणि ने धीर-गंभीर स्वर में कहा, "और उनमें से एक यह है कि पराए पैसे को पराई बहू-बेटी समझकर छुओ भी नहीं !...मुँह पर तो किसी की हिम्मत नहीं पड़ती, लेकिन पीठ-पीछे लोग पचास तरह की बातें करते हैं। बंसी की शादी में चाय-नाश्ते का इंतज़ाम मेरे सुपुर्द था। अब कहनेवाले दबी ज़बान से कहते हैं कि मिठाइयों के दोने और सिगरेटों के डिब्बे आँधी के आमों की तरह मेरे घर बरसे। मैं किसी का नाम नहीं लेता, लेकिन सवाल यह है कि अब किस-किस का मुँह पकड़ता फिरूँ ?...तब से मामा, अपुन ने क़सम खाई है कि..." कहकर चिन्तामणि ने बड़े पीड़ा-भरे भाव से कान पकड़े और नोट इस तरह वापस कर दिए, जैसे कट्टर ब्राह्मण के हाथ में गाय का मांस थमा दिया गया हो।

पुष्पशय्या

शाम गहरी हो रही थी। सूरज डूब चुका था, और छिटकी हुई रँगोली-जैसी लाली के किनारे जगह-जगह स्याही आने लगी थी। साफ़, उजले आसमान में इक्के-दुक्के तारे टिमटिमा उठे थे। दूर नीचे झील की ऊपरी सतह बिलकुल शांत, स्थिर मालूम देती थी। और तेज़ी से फिसलती हुई तीन-चार नावें यहाँ से बड़े-बड़े, काले धब्बों की तरह नज़र आ रही थीं। झील के तीन किनारों पर, ऊँचे-ऊँचे खजूरों की क़तारें थीं और काफ़ी ऊपर से चला आता थोड़ी-थोड़ी सीढ़ियों का सिलसिला था, जिन पर कहीं-कहीं कुछ आकृतियाँ हिल-डुल रही थीं। बाईं तरफ खजूर के दरख़्तों के बग़ल में सूनी-सी सड़क पतले रिबन की तरह तनी थी। उसके ऊपर परिंदों का एक झुंड लगातार चक्कर काट रहा था। बीच-बीच में ज़रा देर के लिए वे किसी पेड़ की फुनगियों पर बैठते, फिर बंदूक़ के छर्रों की तरह अचानक ऊपरी सीधाई में चारों ओर छिटक जाते। झील के दाईं ओर, सीढ़ियों के पार मकानों की छतें, मीनारें और चिमनियाँ दिखाई दे रही थीं। एक मंदिर के ऊँचे-से कलश के पीछे लगी चिमनी से लहरदार साँपों की तरह धुएँ के थक्के निकल रहे थे और ऊपर दूर तक धुएँ का यह मटमैलापन फैल गया था। जिस तरफ़ बाजार था, वहाँ से कोलाहल का हलका आभास हो रहा था।

वह खिड़की पर कुहनियाँ टिकाए, देर से खड़ी थी। हवा तेज़ थी, उसके बालों की कुछ लटें बिखर गई थीं, और आँचल कंधे से सरक गया था। खिड़की के दूसरे सिरे पर परदा बुरी तरह फड़फड़ा रहा था, और रह-रहकर उसके रिंग खनक उठते थे। निचली मंज़िल के बरामदे से उतरकर माली लंबा पाइप घसीटते हुए लॉन में बीच की तरफ़ बढ़ रहा था। लॉन के किनारों के साथ-साथ लंबी-लंबी क्यारियाँ थीं, जिनमें फूलों के पौधे हिल-डुल रहे थे। सामने मेहंदी की हरी ऊँचाई थी। और दाएँ कोने में गेट के दोनों ओर खंभों पर काँच के सफ़ेद गोले जल रहे थे। पोर्टिको की छत से आपस में गुथी हुई बेलें नीचे झूल रही थीं। गेट से काला रास्ता थोड़ी दूर तक गया था। उसके दोनों ओर ऊँची-ऊँची घास उगी थी। और ज़रा आगे चलकर नीम, पीपल और इमली के खूब घने-घने पेड़ थे। रोशनी ऊपरी झोंकों के झुरमुट में ही उलझकर

रह जाती थी, और रास्ते पर हलका-हलका अँधेरा छाया रहता था। जहाँ रास्ता पक्की सड़क से मिलता था, वह जगह समतल थी। लेकिन थोड़ी चढ़ाई के बाद ऊँची-सी पहाड़ी के किनारे-किनारे लंबी ढलान थी, जो सात-आठ गहरे-गहरे मोड़ लेकर शहर तक उतर जाती थी। जब रात में कोई कार नीचे से आती, तो सड़क सीधी रहने तक उसकी हेडलाइट दिखाई देती रहती, लेकिन मोड़ों के आते ही आँखमिचौनी शुरू हो जाती। जब किसी घुमाव में कार गुम होती, तो वह अकसर गिनती गिनने लगती कि देखें, पचास तक अगली बत्तियाँ नज़र आती हैं या नहीं। लेकिन बीच में ही किसी और कार की रोशनियाँ चमकतीं, तो गिनती भूल जाती, और निगाहें अनायास वहाँ फिसल उठतीं।

निकट की कोठी में पूरे वॉल्यूम पर कोई रेकॉर्ड बज रहा था। उसने उधर ध्यान लगाकर गीत के बोल पकड़ने चाहे, पर कुछ समझ में न आया। फिर एक हथेली पर चिबुक टिका, आँखें बंद कर लीं, और कानों के क़रीब हवा के झोंकों की सनसनाहट महसूस करने लगी। हवा में घास और फूलों की भीनी महक थी। उसने दो-तीन गहरी, लंबी साँसें लीं, और पल्लू सँभाला।

...कुछ देर पहले तक ज़ोर की बारिश होती रही थी। वैसे सुबह आसमान बिलकुल साफ़ था, सूरज चमक रहा था, और उजली-उजली नरम धूप चारों तरफ़ फैली थी। लेकिन दोपहर ढलते-ढलते झील के ऊपर बड़े-बड़े, काले बादल मँडराने लगे, चारों ओर अँधेरा फैलने लगा, और वातावरण में वर्षा के ठीक पहले की निस्तब्धता-युक्त प्रतीक्षा आ गई।...बंद खिड़की के शीशों पर बूँदों की लगातार पटापट सुनकर उसकी नींद टूटी थी। निगाह उठाई, तो कमरे में सब धुँधला-धुँधला नज़र आया। सिरहाने का लैंप बुझा था, और दरवाज़ों-खिड़कियों पर भारी-भारी परदे पड़े थे। उसने लंबी-लंबी उँगलियों से आहिस्ता-आहिस्ता पलकें सहलायीं, एक-दो जमुहाइयाँ लीं, और माथे पर बिखर गए बालों को सँवारा। अधूरी नींद आँखों में कड़वाहट बनकर टीसने लगी थी। कुछ सर्दी महसूस हुई, तो रेशमी सूट पर मुलायम कंबल लपेट लिया, और हल्के-से कुनमुनाते हुए करवट बदली।...

उस समय उसे हाल में ही कहीं पढ़ी यह बात याद आई थी कि व्यक्ति के जीवन पर बचपन का गहरा और व्यापक प्रभाव पड़ता है। उसने मन-ही-मन यह वाक्य दुहराया था, और मोटे क़ालीनों में पाँव धसते-से महसूस हुए थे, नथुनों में ताज़ा गुलदस्तों की गंध भर आई थी, और कार के काँच-चढ़े दरवाज़े के पार सड़क की चहल-पहल पीछे खिसकने लगी थी। वे दिन जब भी याद आते हैं, तो बंद पलकों में रंग-बिरंगे गुब्बारे उड़ने लगते हैं, और कानों में हँसी-खिलखिलाहट गूँज उठती है। किसी भी चीज़ की तो कमी नहीं थी। जो चाहती थी, वह मिलता ही था; जो नहीं चाहती थी, वह भी मिलता था...और सचमुच जो कुछ मिला, क्या मन में उसकी चाह थी ?...उस दिन की याद अब भी साफ़-साफ़ है, जब सारे घर में कुछ मनहूस-सा

सन्नाटा छाया था, और वह परेशान-सी यहाँ से वहाँ, वहाँ से यहाँ घूम रही थी। न कोई हँसता, न बोलता। बार-बार फ़ोन की घंटी बजती। फिर शाम को लंबी-सी कार में कई लोग आए, और बंद कमरे में पापा से देर तक बात करते रहे। सभी दरवाज़े पर कान लगाए, पल्लू से रह-रहकर आँखें पोंछ रही थीं। वह भी उनसे सटकर, सहमी-सी खड़ी रही, पर सिर्फ़ 'एंबेज़िलमेंट, एंबेज़िलमेंट' ही सुनाई दिया। वह कुछ न समझ सकी। ममी से पूछा, तो कुछ जवाब ही नहीं मिला।...फिर एक सुबह जब उसकी आँख खुली, तो उसने अपने-आपको एक अनजाने, ख़ाली-से कमरे में पाया। वह बदहवास हो भागी, तो धुएँ से भरे अजनबी आँगन में माँ कोयले की अँगीठी धौंक रही थी। गुड्डी फ़र्श पर हाथ टेके, किसी कौतुक की तरह उस पर निगाह जमाए थी। और पप्पी, बेबी एक कोने में साथ-साथ बैठे रो रहे थे।...उसकी चीख़ बिलकुल शुरू में ही टूट गई। बोलने की कोशिश की, तो आवाज़ अंदर घुटती-सी महसूस हुई।...फिर ऐसे कितने ही सवाल थे, जो अंदर ही अंदर दफ़न होकर रह गए। वह पूछना चाहती थी, कि हमने अपना पुराना घर क्यों छोड़ा ? वहाँ का सारा सामान कहाँ गया ? हम अब उसी तरह क्यों नहीं रहते ? वैसा ही खाना क्यों नहीं खाते ? हमारी कार कहाँ है ? ख़ानसामा, नौकर और शोफ़र कहाँ गए ? ममी ऐसी पुरानी साड़ी क्यों पहनती हैं ? खुद काम क्यों करती हैं ? हमेशा आँखें क्यों पोंछती रहती हैं ? पापा सिगार क्यों नहीं पीते ? दफ़्तर क्यों नहीं जाते ?...यह सब आँगन के धुएँ की तरह उसके मन में घुमड़ता रहता, और वह दहलीज़ में एक तरफ़ बैठी, हथेली पर ठोड़ी टिकाकर, टुकर-टुकर माँ की ओर देखती रहती। जब धुएँ से आँखें कड़वातीं, तो घुटनों में मुँह छिपा, पहलू बदल लेती।

उसके सामने अब भी इस सँकरी-सी गली का वह पुराना-सा मकान साफ़-साफ़ उभर आता है। छोटे-छोटे कमरे, तंग आँगन, लंबी-लंबी दरारोंवाली बदरंग दीवारों का झड़ता पलस्तर, ज़ंग खाई चूलों पर हिलते दरवाज़े और चौबीसों घंटे मँडराती मनहूसियत की बोझिल छाया। वह घुटन, जो अभावों की तीखी कचोट से पैदा होती है, और चुभे हुए काँटे की तरह सोते-जागते टीसती रहती है। सुबह-शाम चख़-चख़, दिन-रात किलकिल, कभी न रुकनेवाला रोना-झींकना।...जब तक समझ आई, वह अंदर-ही-अंदर बुरी तरह हिल उठी थी। मन पर हमेशा भीगे कंबल-सा भारी बोझ लिपटा रहता। कहाँ जाए ? क्या करे ? हर क़दम पर सहमी-सहमी, हर हरकत पर डरी-डरी। क्लास के एक कोने में दुबकी-सी बैठी रहती, हाथ गोद में, निगाहें नीची। उन लड़कियों से कतराती, जिनके कपड़े नए और क़ीमती होते, जो सनसनाती कारों में आतीं-जातीं, हर घड़ी खिलखिलाहट की जलतरंग छेड़ती रहतीं। वह चौंककर नासमझी के भाव से, बड़ी-बड़ी पलकें झपकाते हुए उधर देखती। उसकी समझ में ही न आता, कि इस तरह उन्मुक्त भाव से कोई हँस कैसे सकता है। उससे कोई कुछ पूछता, तो मुँह से आवाज़ ही न निकलती। बोलने की कोशिश करती, तो हकलाने

लगती। क्लास में सबसे पहले आना चाहती, और सबसे बाद में जाना, ताकि किसी के सामने न पड़े। अगर कभी देर हो जाती, तो खुले, एकलौते दरवाज़े से अंदर घुसने की हिम्मत न होती। सबकी निगाहें एकबारगी ही अपने पर जम जाने के ख़याल से पसीना आने लगता।...उसकी कोई सहेली, कोई अंतरंग नहीं था। वह सबसे अलग-अलग रहती, सबसे बच-बचकर चलती। जैसे उसे कोई छूत की बीमारी हो। गिने-चुने कपड़े खूब सँभालकर रखती, बदल-बदलकर पहनती। मगर लगता कि मानो सबको मालूम हो गया है, कि इसके पास कुल कितने कपड़े हैं। वह सोम को जो पहनती है, वही बुध को, वही शुक्र को। उसके पास सिर्फ़ दस-बारह चूड़ियाँ हैं, सिर्फ़ तीन-चार रंग के रिबन हैं। बस, एक जोड़ी चप्पलें हैं, जिनकी पॉलिश उड़ गई है, एड़ियाँ घिस चुकी हैं, और पट्टी का एक सिरा लगातार कीलें ठुकने से चेचकी छेदों में बदल गया है।...होश सँभालने के बाद उसने कॉलेज का रास्ता बदल लिया था। एक पुरानी, सँकरी-सी गली से आती-जाती, जिसके दोनों ओर मटमैले, उखड़े-से मकानों की क़तारें थीं। किनारे पर के नल के नीचे मिट्टी के बदरंग घड़ों और पीतल की पिचकी, चिपटी गागरों के ढेर लगे रहते थे। बग़ल में दो-तीन चौड़ी-चौड़ी नालियाँ मिलती थीं। और कीचड़-मिले बदबूदार पानी की सतह पर हज़ारों मच्छर भनभना रहे होते थे। तंग गली कुछ आगे चलकर एक सपाट पगडंडी में बदल जाती, और धोबियों के 'है ऽ ऽ या ऽ ऽ' से गूँजते तालाब के नज़दीक से गुज़रती हुई, कॉलेज के पिछवाड़े दम तोड़ देती। वह ज़रा सुस्ताने के लिए वहीं, ऊँचे-ऊँचे पेड़ों से घिरी चारदीवारी से टिक जाती। उस तरफ़ खूब कोलाहल हो रहा होता—हँसी-खिलखिलाहट, दौड़ने-भागने की आहट, बारीक, तेज़ पुकारें। दीवार पर लोहे की जाली-लगी खिड़कियाँ, उस ओर से आती भरपूर रोशनी के अलग-अलग चौखटे। लेकिन रात को जब वह निढाल-सी अपने झिंगले बिस्तर में दुबकती, तो वह जानी-पहचानी, साफ़, चौड़ी सड़क झपकती आँखों के आगे उभरने लगती। दोनों ओर बड़ी-बड़ी दुकानें, तरह-तरह की चीज़ों से लदे शो-केस, रंग-बिरंगे साइनबोर्ड, अग़ल-बग़ल चहल-पहल की थिरकती लहरें और इन्हीं के साथ याद आता आगे लंबे, हरे लॉन के साथ अपना पुराना, सुंदर सजा घर। रंगीन कपड़ों में चहकते बच्चों की भाग-दौड़। घनी, ऊँची मेहंदी के बीच, खुले [illegible] से कार का मछली की तरह सर्र से फिसल जाना।

इसी तरह दिन गुज़र रहे थे। तभी वह परिवार के साथ लखनऊ बीमार बुआ को देखने गई, जिनके बारे में वह बहुत-कुछ सुन चुकी थी। उन्होंने अपने बेटे की नाराज़गी के बावजूद कोई काम शुरू करने के बाद पापा को कुछ रुपया दिया था। उनके लड़के की कलकत्ते में कोई फ़ैक्टरी थी। अपनी बहू से न पटने के कारण बुआ वहाँ नहीं जाना चाहती थीं। इसलिए वह ही आता-जाता रहता था।...हफ़्ते-भर बाद ममी-पापा सब चले आए। उसे सेवा-शुश्रूषा के लिए वहीं रहने दिया गया। जब बुआ अच्छी हुईं, तो उसकी अधूरी पढ़ाई वहीं शुरू की गई, क्योंकि वे उसे छोड़ना नहीं

चाहती थीं।...महीने पर महीने और साल पर साल बीतते गए। धीरे-धीरे उसने सब-कुछ सीखा—पहनने-ओढ़ने का ढंग, उठने-बैठने का सलीका, बातचीत की तमीज़, बुनाई-कढ़ाई, सीना-पिरोना, रूढ़ियों का परिष्कार और तौर-तरीक़ों में नफ़ासत, व्यक्तित्व की कमनीयता और व्यवहार की मिठास। अब वह लंबे आईने में अपना अक्स देखती, तो मोहाविष्ट, आत्मलीन-सी देखे चली जाती। शुरू-शुरू में तो विश्वास ही नहीं होता था, कि सामने हलके-हलके हाथों से जूड़ा सँभालती वह खुद ही है, जिसकी चटख पीली साड़ी का पल्लू कारपेट को छू रहा है। स्लीवलेस. चोली में गोरी, मांसल बाँहें अनावृत हैं, और गले में लंबी-सी माला झूल रही है। ऐसी उजली रंगत और तराशे हुए नक़्श, ऐसा सुडौल फ़ीगर। लगता, यह मायावी छाया एक बार उसकी ओर देखकर मुसकराएगी, और फिर धीरे-धीरे अस्पष्ट होते हुए, कपूर की तरह यों उड़ जाएगी, जैसे फ़िल्म शुरू होने पर सिनेमा-हॉल की छिपी रोशनियाँ क्रमशः मंद होती हुई अँधेरे में डूब जाती हैं।

फिर उसकी मुग्ध-विभोर मुद्रा दर्पण में देर-देर तक जड़ी रहने लगी। कहीं जाने को होती, तो एकाग्र तन्मयता से अपने को निरखती-परखती। कहीं से आती, तो सबसे पहले लपककर आईने के आगे पहुँचती, कि जूड़ा ढीला तो नहीं हुआ, या चोटी से बाल तो नहीं निकल पड़े, मेकअप तो ख़राब नहीं हुआ, कपड़ों में सिलवटें तो नहीं पड़ीं। और चेहरे की धुली-धुली-सी ताज़गी और लिबास की निखरी-निखरी सरसराहट से लगता, कि सचमुच अभी वह बाहर गई ही कहाँ, अभी तो वह तैयार ही हुई है। अपनी छवि बड़ी सुकुमार-सी लगती, अपने-आप पर हमेशा प्यार-सा उमड़ा रहता।...बच्चों से उसे वैसे भी कोई ख़ास लगाव नहीं था, और उसने सोच लिया था कि एक अर्से तक बच्चों-कच्चों की इल्लत तो वह पालेगी ही नहीं। बच्चे देह की सारी गठन, सारी चुस्ती के दुश्मन होकर ही तो आते हैं। और फिर उन्हें दूध पिलाना, जिससे ज़्यादा घिनौना उसे कुछ लगता ही नहीं। शरीर के सबसे मोहक अवयवों पर थूक और लार से सने होंठों का स्पर्श सोचने से ही उसे घिन छूटने लगती। वह खाने-पीने में बराबर सावधानी बरतती, नियम से अपना वज़न लेती रहती, और अकसर दराज़ से टेप निकालकर बंद कमरे में अपने आदर्श मेज़रमेंट्स जाँचती। उसने निश्चय कर लिया था, कि विवाह के बाद संयम से रहेगी। शारीरिक संपर्क को उस सीमा से आगे हरगिज़ नहीं बढ़ने देगी, जहाँ से देह पर उसका बुरा प्रभाव पड़ने की आशंका हो। इस सिलसिले में उसे हमेशा अपनी एक सहेली की याद आती, जो यूनिवर्सिटी में उसके साथ थी। अंतिम वर्ष तक पहुँचते-पहुँचते उसकी शादी हो गई। हफ़्ते-भर ससुराल में रहकर वह जब लौटी, तो और दो-तीन निकट की लड़कियों ने सुहागरात के मुतल्लिक़ चटखारे लेते हुए कुरेद-कुरेदकर पूछा। पहले तो वह झेंपी, फिर पल्लू मुँह पर दबाकर जब सुनाने लगी, तो उसने वही झुँझलाहट-भरी उलझन महसूस की, जो फ़िल्मों के ऐसे दृश्य में कमरे में घुसने के पाँच मिनिट बाद दूल्हे के द्वारा

रोशनी बुझाए जाने पर होती थी। उसकी समझ में ही न आता था, कि ज़िंदगी में पहली बार मिलने के ठीक पाँच मिनिट बाद यह सबसे अंतरंग, परम आत्मीय संबंध कैसे हो जाता है। ऐसे लोग भी किस तरह जीते हैं, वह बहुत ऊपर उठकर सोचती...उसकी सहेली ने पढ़ाई बीच में ही छोड़ दी। फिर दो-ढाई साल बाद उनका मिलना हुआ, जिस बीच उसके दो बच्चे हो चुके थे। उसे देखते ही वह धक्-से रह गई। उसका शरीर फैल गया था, और खुली हुई रंगत दब चुकी थी। आँखों के नीचे काली-काली झाइयाँ पड़ गई थीं। चाल में बेढंगा-सा खुलापन, और ब्लाउज़ के भीतर मांस के निर्जीव लोथड़े। वह उतावली से उसमें पुरानी चुस्ती और लचक खोजती रही। लेकिन उस ढीले-ढाले बदन में उनका कोई नामोनिशान नहीं था।...उस दिन बाथरूम में, नहाने के बाद तौलिए के नरम रोमों का स्पर्श देह पर महसूस करते हुए, वह कुछ दिन पहले पढ़ी एक कहानी के पात्र के बारे में सोचती रही, जो दफ़्तर जाने से पहले और दफ़्तर से आने के बाद देर तक नवविवाहिता पत्नी के उभारों को सहलाता था। और इस पूरे वक़्त उसके सामने लगातार अपनी सहेली का वक्ष तैरता रहा, जहाँ से साड़ी का आँचल फिसल गया था, और चारख़ाने के ब्लाउज़ में बेजान चूज़े झूल रहे थे। क्या हर पति कहीं न कहीं उस कहानी का पात्र होता है, और हर युवती उसकी सहेली में बदल जाती है ?...बड़ी लिज़लिज़ी घिन से वह सिहर उठी। उफ़्, अपने संबंध में तो वह ऐसी कल्पना भी नहीं कर सकती।...उसकी झिझकती हुई निगाह गले के नीचे फिसली, और मन के गर्व ने निःशब्द कहा, कि सचमुच इनके जैसा कसाव, इनके जैसा उभार, इनके जैसी गोराई, इनके जैसा स्पन्दन क्या रूखे-खुरदुरे हाथों से महसूस करने के लिए है ?...यौवन के ये पवित्र प्रतीक...और उसने सहसा घबराकर बाँहों की ओट ले ली, जैसे सचमुच किसी के वहशी पंजे उसकी तरफ़ झपट रहे हों !...

मानसिक ऊहापोह के यही दिन थे, जब नीना के यहाँ उसकी मुलाक़ात अमित से हुई। खूब अच्छे नक़्श और खुला हुआ रंग। बड़ी-बड़ी, गहरी आँखें। बढ़िया सिला हुआ, गहरे चॉकलेटी रंग का थ्री-बटन सूट उस पर बहुत फब रहा था। लेकिन इस सबके अलावा भी एक चीज़ थी, जिसने उस पर असर किया। वे लोग देर तक बात करते रहे। फिर रात में वही उसे छोड़ने आया। लेकिन इस बीच एक बार भी देह पर घूरती निगाहों के फ़ोकस में रहने की वह तीखी जलन महसूस नहीं हुई, जो घर से बाहर क़दम रखते ही हमेशा सुगबुगा उठती है।...सड़क के सुनसान, अँधेरे मोड़ों पर न उसने बहाने से उसे छुआ, न बिजली की कौंध-जैसी तेज़ी से भींचकर चूमने की कोशिश की। न उसकी आँखों में कुत्सित चाह के संकेतों ने उसके खुले-ढके अंग-प्रत्यंगों को टटोला, न उसकी ओर देखते-देखते हठात् मुँह की राल गुटककर, सूखे हलक को तर किया। ड्राइंग-रूम की उसकी सधी हुई आवाज़ बाहर के अकेलेपन में काँपी नहीं। व्यवहार का वही सहज प्रवाह, बातचीत का वही संयत ढंग। उसने यह

भी महसूस किया, कि उसे पूरा सम्मान देने के बावजूद वह अपनी स्थिति के प्रति सजग है, यानी वह खुद क्या है, कैसा दिखता है, कितना प्रभाव छोड़ता है—इस सबका उसे अच्छी तरह अहसास है। उसने बहुत-कुछ पढ़ रखा था, यह बातचीत के दौरान अपने-आप सामने आया। और उसने उसका आत्म-विश्वास-भरा वह लहजा पसंद किया, जिससे वह बोलता था, अपने दृष्टिकोण को आगे रखता था।...गेट तक आकर वे कुछ लमहे खड़े रहे। उसने अंदर आने के लिए कहा, तो उसने घड़ी की तरफ़ इशारा करके नम्रतापूर्वक इनकार कर दिया, अनुमति लेकर सिगरेट सुलगाई, जल्दी ही अपने पास की इस किताब को पहुँचाने का वादा किया, जिसमें वह अपनी दिलचस्पी हाज़िर कर चुकी थी, फिर नमस्ते करके आगे बढ़ गया। वह गेट की कुंडी पर हाथ रखे, कुछ लमहे उस तरफ़ देखती रही। सड़क सुनसान थी। अँधेरा गाढ़ा हो गया था। और हवा में ठंडक आ गई थी। ख़ामोश खंभों पर बल्ब ठिठुरे-से लटके थे। उनके चारों ओर धुंध छाई हुई थी। वक़्त ज़्यादा नहीं हुआ था। लेकिन सन्नाटे और सर्दी की वजह से रात के आधे गुज़र जाने का भ्रम होता था। वह मुँह में सिगरेट दबाए, हाथ जेबों में डाले, आहिस्ता-आहिस्ता चला जा रहा था, कुछ सोचता-सा, सिर झुकाए, और अपने-आप में डूबा हुआ। उसकी लंबी-सी छाया सड़क के दूसरे सिरे को छू रही थी। जब वह दो खंभों के बीच के अपेक्षाकृत अँधेरे हिस्से में पहुँचता, तो परछाईं उसके क़दमों में सिमट जाती। अँधेरे का सिर्फ़ एक घना-सा अहसास रहता। लेकिन अगली रोशनी के दायरे में आते ही साया फिर जन्म लेता, और पलक झपकते ही अपने लंबे-से विस्तार में फिसलने लगता। सड़क के मोड़ तक जूतों की हलकी आवाज़ के साथ वह यह आँखमिचौनी देखती रही। फिर एकाएक वह निगाहों से ओझल हो गया। और सुनसान सड़क पर बल्ब धुंध में लिपटे टिमटिमाते रहे।...

हफ़्ते-भर बाद वह मिला, फिर दो-तीन दिन बाद मिला, फिर अकसर मिलने लगा। और कुछ ही समय में दोनों अच्छे मित्र हो गए। वह शाम को यों ही टहलती हुई पार्क तक जाती, तो वह लताओं के किसी झुरमुट के पीछे बेंच पर बैठा, चुपचाप सिगरेट पीता नज़र आ जाता। कभी पहुँचते ही वह न मिलता, तो वह सीने पर हाथों की हथकड़ी लगाए किसी खंभे से टिकी, अनमनी-सी किलकते बच्चों को खेलते देखती रहती। कुछ देर बाद अचानक पीछे से सिगरेट की धुएँ की पहचानी-सी गंध आती। वह चौंककर मुड़ती, तो वह मुसकराता हुआ दिखाई देता। एक हाथ पतलून की जेब में, दूसरे में सिगरेट का पैकेट और माचिस की डिब्बी।...वे फूलों की रंग-बिरंगी क्यारियों से घिरे तिरछी गड़ी, सफ़ेदी से पुती ईंटों की दो क़तारों के बीच लाल बजरी पड़े रास्ते पर टहलते, या बेलों के घने मंडप-जैसे महकते कुंज से निकलकर हरी घास पर जा बैठते, या नज़दीक के शांत रेस्तराँ में पहुँच जाते। उनके बीच साहित्य, राजनीति, फ़िल्में, कला—दुनिया-भर की बातें होतीं। और उनमें आत्मीयता की ऐसी घनिष्ठ स्थिति आ गई थी, कि वह उसके सामने बेझिझक, खूब खुलकर

बोलती। उसके तौर-तरीक़े, उसकी चाल-ढाल, उठने-बैठने का अंदाज़, बोलने-चालने का लहजा—सब इतने परिचित हो गए थे, जैसे वह उसे मुद्दत से जानती हो और जैसे-जैसे जानकारी का यह अहसास गाढ़ा होता गया, मन में एक अजानी पुलक समाती गई। हर वक़्त उसका खूबसूरत चेहरा सामने घूमता रहता—सुघढ़, लंबी नाक, पतले-पतले होंठ, बड़ी-बड़ी आँखें और चौड़े माथे पर जमा बालों का गुच्छा।...बंद गुसलख़ाने में छहरती फुहारों के नीचे गुनगुनाहट अपने-आप फूट पड़ती, आईने के आगे भीगे बाल सुलझाते हुए होंठ अनायास मुसकरा उठते। एक भरी-भरी-सी अनुभूति से मन हमेशा उमगा-उमगा रहता। सोते-सोते नींद सहसा उचट जाती। फिर बाँहों में तकिया भींचे लाख कोशिश करती, लेकिन पलकें न झपकतीं। किसी काम में जी ही न लगता। निगाहें घूम-फिरकर बार-बार घड़ी तक पहुँचतीं, कि कब शाम हो, और कब घर से निकले।...लेकिन ऐसी व्यग्र बेचैनी और उत्कट प्रतीक्षा से गुज़रने के बावजूद वह समझ रही थी, कि उनके बीच संबंध अभी उस मोड़ पर नहीं पहुँचे हैं, जिसके ख़याल से ही गाल दहकने लगते हैं। और मन में कहीं इस बात की भी आशंका थी, कि पहल अमित की ओर से नहीं होगी। कुछ अजीब-सा कारण अपनी स्थिति के प्रति उसकी सजगता है, या आत्म-सम्मान का कोई रूप—वह कह नहीं सकती। पर सूक्ष्म पर्यवेक्षण की उसकी नारी-सुलभ क्षमता ने अपने प्रति उसके आकर्षण को पहचाना है, यह वह अच्छी तरह जानती है। और मन-ही-मन जान-बूझकर अनजान बनी हुई, उसके प्रस्ताव की प्रतीक्षा कर रही है। उसके साथ जीवन कितना सुखी होगा—सोचने से ही एक रोमांचक फुरहरी देह को सिहरा देती है।...उसके जैसा ऊँचा बौद्धिक स्तर, उसके जैसा स्वरूप, परिष्कृत रुचियाँ, नफ़ासत, सेन्स ऑव ह्यूमर...सचमुच मनचाहा जीवन साथी मिल जाने पर ज़िंदगी किस सीमा तक सार्थक हो जाती है—वह सामने निचली मेज़ पर पैर रख, सोफ़े में अधलेटी हो, रेशमी कुशन पर सिर टिका लेती, और खुली पत्रिका से मुँह ढाँककर, कागज़ और रंगारंग छपाई की ताज़ा-ताज़ा गंध महसूस करते हुए सोचती। मुँदी आँखों के स्याह घेरे में एक सादा, सफ़ेद, शांत बँगला उभरता। सामने हरी-हरी घास के लंबे-चौड़े क़ालीन। मेहंदी की ऊँची, घनी फेंसिंग। पोर्च में बेलों के गुच्छे के बीच चमकती कार। क़ीमती फ़र्नीचर, भरे हुए वार्डरोब, नौकरों के अदब से झुके सिर।...छिटकी चाँदनी में शहर की बाहरी, सूनी सड़कों पर लंबी ड्राइव। बीतती रात के साथ बुक करवाई टेबिल पर कुहनियाँ टिकाए, उसका नींद से बोझिल पलकें झपकाना। पृष्ठभूमि में किन्हीं अजनबी साजों की मद्धिम-मद्धिम धुन—लहरों के चंचल थपेड़ों की तरह किनारों से टकराती हुई, काँच की पारदर्शी दीवार के पार बेचैन मछलियों की मानिंद थिरकती हुई, चेतना के सारे स्तरों पर हर्षोत्फुल्ल, भावोन्मत्त चंदन-गंध के समान छाती हुई।

लेकिन यह सिलसिला ज़्यादा दिनों नहीं चला। टूटा, और कुछ इस तरह टूटा कि वह अंदर-ही-अंदर बुरी तरह हिल उठी। एक बार जब हफ़्ते-भर तक अमित से

मुलाक़ात नहीं हुई, तो वह पार्क से यों ही टहलती हुई उस सड़क तक पहुँच गई, जहाँ बातों ही बातों में पता चला था कि उसका घर है। उसके लेक्चरर होने के नाते उसने समझ लिया था, कि उसका वेतन तो लगभग चार सौ ही होगा। लेकिन नीना के साथ उसका पारिवारिक संबंध, उसके बढ़िया सिले हुए सूट, क़ीमती सिगरेटें, ख़र्चीले तौर-तरीक़े—इन सबसे उसकी संपन्नता स्पष्ट थी। और उसकी कुछ अंडरस्टेंडिंग हो गई थी, कि नीना के पिता की तरह उसकी कहीं कुछ जायदाद होगी—मकान, दुकानें, कोठी वग़ैरह, मगर पूछने पर एक पुरानी-सी चारदीवारी की ओर संकेत कर दिया गया, जो एक मामूली मकान को घेरे थी। वह कुछ क्षण अनिश्चित-सी खड़ी रही, फिर अंदर चली गई।

अमित मिला। मेज़ पर ऐश-ट्रे से उठते धुएँ के लच्छों के पीछे, मोटी-मोटी किताबों के बीच कुछ लिखने में वह तन्मय था। उसे देखकर क्षण भर के लिए वह चौंका, फिर उसका चेहरा खिल गया। बड़े उत्साह से वह उठा, और उसे अंदर लाया। बताया कि एक सेमीनार के लिए पेपर की तैयारी में व्यस्त होने के कारण वह नहीं निकल सका। अपने यहाँ किसी नौकर के न टिकने की शिकायत की, फिर उसकी ना-नुकर के बावजूद जल्दी से कॉफ़ी बनाई। वह ऊपर से उसी सहजता से बातें कर रही थी, हँस रही थी, मुसकरा रही थी, लेकिन उसके चेहरे के पीछे एक और चेहरा था, जो स्तब्ध, विस्मित निराशा से बार-बार उन दोनों कमरों में झाँक रहा था। और दिमाग़ में लगातार एक के बाद एक ख़याल कुछ इस तरह घुमड़ रहे थे, जैसे तेज़ हवा में खुली किताब के वरक़ फड़फड़ा रहे हों। अब उसे याद नहीं, कि वहाँ कितनी देर बैठी, उसने क्या कहा, क्या नहीं। उसके सामने दीवार-घड़ी थी, और दोनों सुइयाँ एक धागे की तरह तनी थीं। घड़ी ने टन-टन करके छह बजाए तो वह सहसा अकुला उठी। लगा, मानो घंटे की घनघनाती आवाज़ से टॉवर की लंबी, ऊँची मीनार पर बैठे सैकड़ों-हज़ारों परिंदे एकाएक तड़पकर पंख फड़फड़ाते हुए उड़े हों।

अगले कुछ दिन गहरी कशमकश में गुज़रे। दोपहर की आलस्य-भरी ख़ामोशी में इसने कई बार उन दो कमरों में अपनी गृहस्थी जमाई, जहाँ एक आलमारी थी, एक पलंग, दो-तीन मेज़ें, चार-छह कुरसियाँ, तसवीरें, पुरानी साड़ियों के परदे। सुबह उठकर चाय बनाई, घर की सफ़ाई की, नहाया-धोया, खाना बनाया, पति के कॉलेज जाने के बाद कुछ फुटकर काम किए, खाना खाया, प्लेटें धोईं, फिर कुरसी पर पीछे टिककर किसी पत्रिका के पन्ने पलटे, रेडियो सुना या मशीन पर कुछ सिलाई की। दोपहर ढली। पति आए, चाय बनाई। शाम को यों ही सूती साड़ी पहने, चप्पलें घसीटते हुए यहाँ-वहाँ टहल लिया या साइकिल के कैरियर पर लदकर महीने में एक-दो बार कोई फ़िल्म देख ली। रात का खाना हुआ। रसोई से निपटकर निढाल-सी बिस्तर पर आई, लेकिन ख़याल रहा कि धोबी के यहाँ से आए कपड़े मिलाने हैं, सुबह पंसारी के यहाँ से मँगवाने वाली चीज़ों की लिस्ट पति को देनी है, दूधवाले से बकाया पैसे लेने

हैं।...इस फ़्रेम में नौकर को फ़िट किया, तो क़िल्लत और बढ़ गई। अनचाहे ही दो बच्चे उछले-कूदे, तो ऐसा लगा, जैसे दाँतों के बीच निवाले में सहसा कंकड़ निकल आया हो। मामूली कपड़ों में मामूली-से बच्चे किसी चीज़ के लिए लड़ते-झगड़ते, किसी चीज़ के लिए रोते-धोते, किसी चीज़ के लिए तरसते-कलपते।...फिर एक दिन दरवाज़े से निकलते-निकलते यों ही आईने की ओर देखा, तो सहसा ठिठक गई, और देर तक वहीं खड़ी रही। फिर व्यथा से मुसकरा दी।...उसका रंग सँवला गया था, आँखों के नीचे हलके-हलके काले दायरे, चेहरे पर बेतरह थकान और ऊब, गालों की हड्डियाँ और हथेली की उलटी तरफ़ पतली-पतली नसों के जाल उभर आए थे। हाथ सख़्त और खुरदुरे, नाखून मैले और टूटे।...और आँखों के सामने बार-बार एक दुबली-पतली, लंबी-सी लड़की आ गई, जो सीने पर किताबें दबाए, कॉलेज के पिछवाड़े स्तब्ध खड़ी थी। बड़ी-बड़ी, जाली-लगी खिड़कियों में खूब रोशन धूप के टुकड़े जड़े थे, और ऊँची दीवार के पार कोलाहल का समुंदर लहरें मार रहा था।...

उसने निर्णय ले लिया था, और नशा टूटने के बाद मस्ती और थकान-जैसी महसूस करने लगी थी। इन्हीं दिनों पड़ोसी डॉक्टर धीर की लड़की की शादी हुई। और मेरठ से आई बारात में ब्रज ने उसे देखा। हफ़्ते-भर बाद उसके यहाँ से विवाह का प्रस्ताव आ गया।...जब उसने पहले-पहल यह बात सुनी, तो धक् से रह गई। दूल्हे के बग़ल में बैठे उसके गहरे साँवले, मोटे-से दोस्त की तसवीर सामने उभरने लगी। लेकिन ज़्यादा सोचने का वक़्त नहीं था। एकलौते लड़के ने सालों की तलाश के बाद लड़की पसंद की थी। इसलिए वे लोग शादी जल्दी से जल्दी, महीने भर के अंदर कर देना चाहते थे। ज़्यादा सोचने का वक़्त ही नहीं था।...बुआ ने 'लड़कों का रंग-रूप भी कहीं देखा जाता है' कहकर, फ़ौरन उत्तेजित उत्साह से यहाँ-वहाँ कई चिट्ठियाँ लिखीं। और पापा की सलाह पर यही तय हुआ, कि बचत के लिहाज़ से मेरठ जाकर ही शादी कर दी जाए।...

बीच के ये दिन बड़े ख़ाली-ख़ाली से गुज़रे। खुशी तो ख़ैर क्या थी। और बिलकुल ठीक-ठीक दुख भी नहीं था।...बड़ी बोझिल-सी रीतेपन की अनुभूति थी, जिसने हर घड़ी मन को उलझाए रखा। शादी का ख़याल कुछ ऐसे ही आता था, जैसे किसी को अपने इम्तहानी नतीजे का पूरा पता हो, और तयशुदा तारीख़ पर अख़बार बंद दरवाज़े के भीतर दहलीज़ पर पड़ा सरसराता रहे।...बड़ी उखड़ी-सी सुबह होती, और दोपहर में ढलकर शाम बन जाती। अमित से पहले की तरह भेंट होती रहती थी (शादी की बाबत उसे पता नहीं था)। और जब वह कुछ बोलता होता, तो वह चुपचाप सुनती रहती। बीच में कभी 'हाँ-हूँ' कर देती या निगाह बचाकर उसकी तरफ़ देख लेती। बात का कुछ ध्यान ही नहीं रहता था, और उसका स्वर पृष्ठभूमि के हलके कोलाहल का एक भाग बनकर रह जाता था। जब वह एकाएक टोकता, "कहाँ खो गई हो," तो वह चौंककर नज़र उठाती। "नहीं-नहीं, मैं तो सुन रही थी।...लेकिन

जहाँ तक मैं सोचती हूँ—" और अपनी प्रत्युत्पन्नमति के सहारे उसकी बात के किसी छोर को पकड़कर कुछ काम-चलाऊ-सी राय दे देती। अमित पल-भर ध्यान से उसकी ओर देखता। और उसे लगता, जैसे वह सोच रहा हो, कि भुलावे में आए या नहीं, फिर मुसकराकर सिगरेट सुलगाने लगता।

आख़िर वह आख़िरी दिन भी आ गया। दूसरे रोज़ सुबह की ट्रेन से उन्हें जाना था। पापा वग़ैरा सीधे मेरठ पहुँच रहे थे।...शाम ढले तक वह सामान बँधवाने में मदद करती रही। फिर बुआ थकान और सिरदर्द की वजह से जा लेटीं। वह कुछ देर उठा-धरी में लगी रही, नहाई-धोई, कपड़े बदले, फिर उनके सिरहाने जा धीरे से कहा, "बुआ, मैं ज़रा नीना से मिलने जा रही हूँ।" और उन्हें दरवाज़ा बंद करने-खोलने के लिए उठना न पड़े, यह सोचकर आगे जोड़ दिया, "बाहर का ताला लगाए जा रही हूँ। घंटे-भर में आ जाऊँगी।"

और वह अंतिम भेंट सामने उभरने लगी—नीना से नहीं। वह तो काफ़ी दिनों से बाहर थी।...

सुनसान सड़क से वह उसके घर की तरफ़ मुड़ी, तो वहाँ अँधेरा छाया हुआ था। एक निराश-सी थरथराहट अंदर फैल गई। कहीं, वह न हुआ, तो ?...वहीं बरामदे में इंतज़ार करेगी या अभी ही लौट जाएगी, वह कुछ तय न कर सकी। कुछ अनिश्चित-सी आगे बढ़ती रही।...

बाहर की तरफ़ तो रोशनी ही नहीं रही। शायद पिछली ओर के कमरे में हो। उसने दाएँ हाथ की दोनों किताबें बाएँ हाथ में ले लीं, फिर पसीजी हथेली खोली, तो उसमें हवा से ठंडक-सी महसूस हुई।...मुड़कर बरामदे की सीढ़ियाँ चढ़ते हुए, खंभे की ओट के बावजूद आँखें बराबर दरवाज़े पर लगी रहीं, कि अँधेरे में ताले की सफ़ेदी तो यहीं से दीख जाएगी। चिकने फ़र्श पर चप्पलों की हलकी आवाज़ हुई, और कुछ बारीक-सी रगड़।...अहाता पार करते हुए तले में शायद कुछ कंकड़ चिपक गए होंगे, उसने सोचा, और नीचे घिसटता पल्लू सँभालते हुए; दिल ज़ोर-ज़ोर से धड़कने लगा।...आगे आई।...पल-भर तो कुछ दिखाई ही नहीं दिया, बस, दीवारों के मटमैले-से रंग का अहसास। फिर...नहीं, ताला नहीं था।...उसने एक गहरी साँस ली। तनिक रुककर सुस्त हुई, फिर दरवाज़े पर दस्तक देने लगी—एक—दो—तीन...

चंद लमहों बाद दरवाज़े के उस तरफ़ चप्पलों की हलकी आहट हुई। फिर किवाड़ों के शीशे भक् से जल उठे।

"तुम ?" दरवाज़ा खुलते ही उसने कहा, "इस वक़्त ?"

"ये किताबें देनी थीं।...कल हम लोग बाहर जा रहे हों।" वह खंभे से टिकी खड़ी थी।

"अरे, कहाँ ?" उसे आवाज़ कुछ चौंकी हुई-सी लगी। पीछे रोशनी होने की वजह से चेहरा तो नज़र आ नहीं रहा था।

"मेरठ।...बुआ की तबीयत खराब है। एक स्पेशलिस्ट को दिखाना है।"

"ओह !" फिर कुछ रुककर कहा, "तशरीफ़ लाइए।" और मुसकरा दिया।...

कंधे पर सरकता आँचल सँभालते हुए, वह उसके कमरे में आ गई।...पलंग के सिरहाने लैंप जल रहा था। और सारे कमरे में शहनाई की मद्धिम-मद्धिम धुन बिखर रही थी। पलंग के पैताने रखी वार्डरोब ने दीवार का बड़ा-सा हिस्सा घेर रखा था। दाईं ओर आर्मचेयर थी, और दो तिपाइयाँ, जिनमें से एक पर घड़ी टिक्-टिक् कर रही थी। आगे लंबी-चौड़ी मेज़ थी। मेज़पोश का अगला हिस्सा उड़-उड़कर कुरसी के हत्थों को ढँक लेता था। दरवाज़े की बग़ल में छोटी-सी मेज़ पर रेडियो रखा था, और उस पर भी एक ग्वालिन एक हाथ से अपना घाघरा सम्भाले थी, और दूसरे से सिर पर रखा घड़ा। वार्डरोब का आधा हिस्सा आगे रखे आईने में झलक रहा था। बाईं ओर की खिड़की खुली थी। परदा एक ओर खिसका था, और उसके किनारे हवा के झोंकों से हलके-हलके हिल रहे थे। खिड़की के पार नीम का पेड़ नज़र आ रहा था, और उसके इर्द-गिर्द घास बेतरतीबी से उगी थी।

"अरे, खड़ी क्यों हो ?...बैठो न।" वह दरवाज़ा बंद करके आ गया था।

वह आगे झूल आई चोटी झटके से पीछे फेंकती हुई खिड़की से मुड़ी–"हाँ-हाँ, बैठते हैं।...लेकिन हमारी कुछ ख़ातिर-वातिर नहीं करोगे ?"

वह ज़रा झुककर, सिगरेट सुलगाते हुए मुसकरा दिया। "बोलो, क्या पियोगी–चाय, कॉफ़ी, ह्विस्की ?"

वह उसे एकटक देखे जा रही थी। सहसा नज़र मिल जाने पर सकपकाकर बोली, "जो तुम चाहो।" और बाईं ओर बढ़कर, रेडियो का वॉल्यूम कम करने लगी।...

चारों तरफ़ गहरी ख़ामोशी थी। कभी-कभी सड़क से किसी कार का हॉर्न सुनाई दे जाता। खिड़की से ठंडी हवा के झोंके आ रहे थे, और पतली-पतली टहनियाँ रह-रहकर आपस में खड़खड़ा उठतीं। नीम की फुनगियों पर चाँद गुमसुम-सा टिका था, और नर्म, पारदर्शी चाँदनी ज़मीन के ऊँचे-ऊँचे सपाट हिस्से और हरी-हरी घास पर बिखरी हुई थी।...उसके मन में उदासी घिरने लगी। एक खोई-खोई-सी नज़र कमरे पर डाली और लगा कि अंदर कुछ पसीज रहा है। पल्लू के छोर को आहिस्ता-से एक उँगली में लपेटते हुए, खिड़की पर कुहनी टिका ली, और दूसरे हाथ से गले में पड़ी माला के मोतियों की गोलाई महसूस करने लगी। तब मन के किसी कोने में धीरे से इस आशंका ने फन हिलाया, कि कहीं निर्णय में कोई ग़लती तो नहीं हुई। अगर नहीं तो खुश्क हो रहे हलक में यह काँटे-सा सख़्त और नुकीला क्या चुभने लगा है ?...नहीं, नहीं।...उसने जल्दी से सिर झटका। वह सब क्या सोचने लगी ? अब तो जो कुछ होना था, हो चुका। अब तो अनहुए को भी हुआ-सा ही समझना चाहिए, क्योंकि चंद रोज़ बाद वह सुहाग का जोड़ा पहनेगी, माथे पर झूमर, नाक में नथ,

उँगलियों में अँगूठी, महावर-मेहंदी-रचे हाथों में चूड़ियाँ, कंगन, महावर-लगे पैरों में पायल और मुखड़े पर चंद्रबिंदु।...उसकी आँखों के आगे दुलहिन के वेश में अपनी तसवीर उभरने लगी। नर्म पुष्प-शय्या पर सिकुड़ी-सिमटी बैठी हुई, घुटनों को घेरे बाँहें और सिर नीचे झुका हुआ, माथे पर पसीने की हलकी-सी नमी, और दिल का ज़ोर-ज़ोर से धड़कना।...मन के एक हिस्से का अभी जो होगा, उसकी कल्पना से सिहर-सिहर उठना, और दूसरे भाग की रोम-रोम को कान बनाए, दरवाज़े पर हर आहट की व्यग्र, शंकाकुल प्रतीक्षा।...और इस सबके बावजूद एक गहरी उदासी, सारे अस्तित्व पर कोहरे की तरह छाती हुई।...

अपने पीछे आहट पाकर वह मुड़ी। चुपचाप अमित के हाथ से कप लेकर खिड़की की चौखट पर रख दिया, और वैसे ही घूँट भरने के लिए उस पर झुकने लगी।...अमित उसके नज़दीक ही दीवार से पीठ टेके खड़ा था। एक हाथ में कप-सहित सॉसर थी, और दूसरे हाथ की उँगलियाँ मुँह में दबी सिगरेट को थामे थीं। उसके कुरते के ऊपरी दो बटन खुले थे, और बाईं आस्तीन के निचले हिस्से पर पानी की कुछ बूँदें छलक गई थीं।...उसने नज़र बचाकर अमित की ओर देखा। और एकाएक आँखों में ऐसी ललक आ गई जैसे मुद्दत के बाद देख रही हो।...उसका लंबा, छरहरा जिस्म, उसका गोरा रंग, जो कमरे की धूपछाँही रोशनी में बहुत कोमल, बहुत कमनीय प्रभाव छोड़ रहा था। तीखे नक़्श। लंबी, सुतवाँ नाक। पतले-पतले होंठ। खूब बड़ी-बड़ी, गहरी आँखें, और कुछ भूरापन लिये हुए बाल, जो न ज़्यादा बड़े थे, न ज़्यादा छोटे। कलमें अलबत्ता खूब मोटी-मोटी और घनी थीं।...

सहसा वह एक क़दम आगे बढ़ी। "ये क्या हुआ ?" हलके-से उसके गाल पर उँगली रखते हुए, उसने पूछा।

"ज़रा कट गया था—शेव करते वक़्त!"

"ओह !"

उसकी उँगलियाँ हिलीं, और उसके कंधे पर ठहर गईं। कुछ क्षण बीते। वह मुड़ने को हुई। लेकिन तभी अमित ने उसे बाँहों में ले लिया। उसके हाथों का दबाव अपनी पीठ पर महसूस करते हुए, वह ख़ामोश उससे सट गई। उसकी चिबुक अमित के कुरते के एक बटन को छू रही थी, और नथुनों में टैलकम पाउडर की भीनी-भीनी खुशबू भरने लगी थी। शायद कुछ ही देर पहले अमित नहाया था।...उसकी गरदन को बाँहों में घेरते हुए, उसने आहिस्ता-से चेहरा ऊपर उठाया, और उसे अपने अधखुले होंठों के कोने हलके-हलके फड़कते-से महसूस हुए। आँखें अनजाने ही झँपने-सी लगीं। चोली के पार, ब्रा की कसी हुई तनियों पर से फिसलते हुए अमित के हाथ उसकी खुली, नाजुक-सी कमर पर आ गए थे। अपनी नंगी त्वचा पर उसकी मुलायम, गरम हथेलियों का कसा स्पर्श महसूस करते ही, वह सहसा चिहुँक पड़ी। एकदम जिस्म झनझनाने लगा था, जैसे किसी ने बुरी तरह कसे हुए तारों पर बेरहमी से मिज़राब

रगड़ दी हो।...उसने सायास आँखें खोलीं, और नीचे को झुकते हुए अमित के पतले-पतले होंठों के बीच दाँतों की उजली सफ़ेदी झलक गई। तेज़ी से कसते हुए आलिंगन में कुरते की मोटी, कलफ़दार तहें टूटने की धीमी खसखसाहट हुई।

...और अमित के गरम-गरम होंठ उसके होंठों पर पहले छुले, फिर जम गए।...वह अंदर से बाहर तक एकदम थरथरा उठी, जैसे जलते अंगारे के बर्फ़ीले पानी में बुझाए जाने की झुलसती 'छन्न' उसने पी ली हो।...मदहोशी में आँखें खुद-ब-खुद झपक गईं।...अमित ने अपना चेहरा तनिक तिरछा कर रखा था, और उसके बालों की ऊपरी लटें उसके माथे को छू रही थीं। उसकी तेज़-तेज़ साँसें वह अपने गाल पर महसूस कर रही थी...खुद उसका दिल ज़ोर-ज़ोर से धड़क रहा था, और बंद आँखों में सैकड़ों-हज़ारों रंग-बिरंगे अनार कौंध रहे थे। नस-नस में जैसे नर्म-नर्म चिनगारियाँ लहरा रही थीं, और पोर-पोर फूलों की आँच में तप रहा था।...

वे अलग हुए, तो वह चौंक उठी। एकदम आँखें खुलीं, तो बड़ी-बड़ी पलकों की लंबी-लंबी बरौनियाँ अमित के गाल से छू गईं। पल्लू कंधे से सरककर फ़र्श पर आ गया था, और माला का एक मोती गले में चुभने लगा था।...उसने घूँट-सा भरा, जैसे मुँह में शहदी तरलता घुल रही हो, घुल चुकी हो, और अब होंठों की संधि-रेखा पर मिठास की एक बारीक़-सी लरज़न, पंख फैलाए उड़ने को आतुर हो।...वह एकाएक ललककर आगे झुकी, और जिस्म की रोमांचित झनझनाहट के साथ उसने महसूस किया, कि वह पूरी ऊष्मा और तन्मयता से अमित का चुंबन उसे लौटाने लगी है।

...बाँहों का घेरा फिर सिमट गया था। पीछे की तरफ़ कमर के ऊपर, कसी हुई चोली के किनारे अमित की उँगलियाँ जैसे ही तनीं, चट्-चट् कर चारों बटन खुले गए।...वह अधखुले, फड़कते होंठ और अधखुली झपकती आँखें लिये सीधी हुई, और एक झटके में चोली खींच ली।...तब तक दो कोमल, कँपकँपाती उँगलियाँ उसकी ब्रा के एक बकल से उलझ गई थीं।...और वह नशे में बेसुध, डगमगाती-सी बिस्तर की तरफ़ बढ़ रही थी। उसकी साँस तेज़-तेज़ चल रही थी, और गाल इस क़दर जल रहे थे, कि अगर पारदर्शी झिल्ली काग़ज़ उनसे छुला दो, तो भक् से सुलग उठे। पूरा जिस्म पत्ते की मानिंद थरथरा रहा था, और नस-नस में साज़ के उन कसे तारों की बेकल कसमसाहट थी, जिन्हें सारी उम्र के इंतज़ार के बाद मनचाही उँगलियों का टिकोरा मिलनेवाला हो।...पीठ से कमर और कमर से पीठ पर फिसलता हुआ अमित का सहलाता स्पर्श अचानक रुक गया, तो उसने चौंककर आँखें खोलीं। लमहे-भर को सब धुँधला था। दो-तीन बार पलकें झपकायीं, तो कानों में अनवरत गूँज रही मीठी सनसनाहट के साथ नज़र आया, कि वे बिस्तर के किनारे पर बैठे हैं, अमित उसे घेरे है, और सिर कुछ नीचे झुकाए, जैसे विस्फारित दृष्टि से एकटक देख रहा है।...उसकी देह झुरझुरा उठी।...और निगाहें न चाहते हुए भी, शर्मीली बेताबी से नीचे झुक

गईं।...दाईं काँख के नज़दीक नरम, चिकनी त्वचा पर ब्रा की एक तनी का लंबा निशान उभर आया था, और गले के नीचे पसीने की दो-तीन बहुत छोटी-छोटी बुँदियाँ झलक रही थीं।...हमेशा खूब चुस्त ब्रा में कसे रहने वाले उसके उरोज, हलकी धूप-छाँही रोशनी में, अपने पूरे उभार में निखर आए थे—बड़े सुडौल, और कच्चे अंगूर की तरह गोरे, अनछुए।...वह उन्हें निर्निमेष देख रहा था। और उसकी दृष्टि में ऐसा कुछ था, जैसे किसी पावन, किसी अस्पृश्य को देख रहा हो।...वह निगाह मोम की नरम परतों पर पैने चाकू की तरह बहुत भीतर उतरती चली गई।...नज़र मिली, तो वह बड़ी आत्मीयता, बड़ी कोमलता से मुसकराया।...

किसी आहट से एकदम उसकी आँख खुल गई। तकिए से सिर उठाकर देखा।...कहीं कुछ नहीं था। पूरा कमरा हलके अँधेरे में डूबा था। सिर्फ़ बिस्तर पर दूधिया चाँदनी अलसा रही थी—नम, नरम। हवा के झोंकों में खिड़की का परदा धीरे-धीरे सरसरा रहा था। और पीछे मैदान में गहरी ख़ामोशी छाई थी। बस, कभी-कभी नीम की टहनियाँ आपस में खटखटा उठतीं। आँख के निचले आकार-जैसा चाँद फुनगियों से बहुत ऊपर फिसल गया था, और उसके इर्द-गिर्द दो-तीन सफ़ेद, घने धुएँ-से बादल मँडरा रहे थे। आसमान नीला था, और तारों के गुच्छे एक-दूसरे से गुँथे-गुँथे और चमकदार। खिड़की के पार चाँदनी का मौन उजाला फैला था, और उसके पीछे नीम का तना और शाख़ों सहित बीच के झोंके गहरे, काले धब्बों-से नज़र आ रहे थे।...तकिए के नीचे बाँह लगाए अमित सो रहा था। एक हाथ माथे पर था, और होंठों के कोने बड़ी नामालूम-सी निष्पाप मुसकान में खिंचे थे।

करवट लेकर वह सीधी हुई, और दोनों ओर कुहनियाँ टेककर उठ बैठी।...सारी देह पर मद-भरी अलसता छाई थी, और उसे अपना-आप फूल-सा हलका मालूम हो रहा था। लगता था, अगर अभी उसे कोई तौले, तो एक अंजुलि भीगी कलियोंवाला पलड़ा उससे नीचे झुक जाएगा। पलकें नींद में झपी जा रही थीं, और नस-नस में तृप्ति की छलकती वारुणी का ख़ुमार था।...सहसा मन में अपने-आपको देखने की अदम्य चाह धधक उठी। वह निःशब्द बिस्तर से उतरी, और अलसायी-सी आईने के आगे आ खड़ी हुई।...नग्न, निर्वसन देह ताज़ी और बहुत निखरी-निखरी-सी लग रही थी। धुँधले अँधेरे में गोरा रंग हलका गुलाबीपन लिये हुए था। कपोल सुर्ख़ लाल थे, और पलकें आँखों पर ढुलकी आती थीं। खुले हुए बाल कंधों और पीठ पर लहरा रहे थे। माथे पर पसीने की हलकी नमी थी, और पैरों में ऐसी डगमगाती-सी थकन, कि अगर सामने सहारे के लिए दो बाँहें नज़र आ जाएँ, तो वह कटे पेड़-सी उनमें समा जाए।...उसने पल-भर ध्यान से आईने में देखा और बड़ी चौकन्नी कोमलता से अपने अंग-प्रत्यंग को छूने लगी, जैसे आश्वस्त हो जाना चाहती थी, कि सचमुच यह उसी की देह है, किसी और की नहीं। जो कुछ अभी घटा था, वह अपनी सारी उष्णता और गहराई के बावजूद इतना नरम और नाजुक था कि उसकी देह पर कोई दाग़, कोई

धब्बा नहीं आया। और उस दिन भी, जो उसकी देह के इतिहास का सबसे महत्त्वपूर्ण दिन था, वह उतनी ही धुली-धुली और बेदाग़ है, जितनी पहले थी।...वह अपने पर ही एकदम रीझ उठी। जी चाहा कि पल-भर के लिए कोई और हो जाए, और अपनी अनावृत, अलसायी देह को गोद में बिठाकर प्यार करे।...

सहसा खड़खड़ाहट की एक आवाज़ से वह चौंक उठी। मुड़कर देखा, कमरे में कहीं कुछ नहीं था। परेशान-सी दरवाज़े की तरफ़ बढ़ी, और सहसा ठिठककर रह गई।...अँधेरे में रेडियो की आँख अंगारे-सी जल रही थी। शहनाई की मद्धिम धुन ख़त्म हो चुकी थी।...

आज भी वह तय नहीं कर पाती, कि उस रोज़ जब घर से चली थी, तब मन में वैसा कुछ ख़याल था, जैसा बाद में हुआ।...लेकिन जब उस दिन के एक-एक ब्योरे को जोड़कर देखती है, तो अपनी हर बात और हर अंदाज़ का एक नया अर्थ खुलने लगता है। हर मुसकान और हर हँसी किसी गहरे मायने में डूबी नज़र आती है, और अपने सारे व्यवहार के पीछे ऐसी कोई चाह हथेलियों की ओट में चेहरा छुपाती दीख पड़ती है।...धीरे-धीरे वह गहराती शाम सामने उभरने लगती है, जब सारे घर में सन्नाटा था, और गुसलख़ाने में शावर के नीचे गुमसुम तेज़, तिरछी धारों की लगातार बौछार बंद आँखोंवाले चेहरे पर महसूस कर रही थी। मुलायम हाथों के अभ्यस्त स्पर्श के साथ साबुन का गाढ़ा, खुशबूदार झाग देह के हर अवयव पर फिसल रहा था। और इस ख़याल से मन में काँटा-सा चुभ जाता था, कि ऐसे अछूते, बेदाग़ जिस्म को उसे पहले-पहल बड़े-बड़े काले बालोंवाली दो गहरी साँवली बाँहों में सौंपना होगा। तभी बंद दरवाज़े के आगे अमित के गोरे, कोमल जिस्म का आकार उभरने लगा था। और उसने ऊपर से नीचे तक तीखी झनझनाहट महसूस करते हुए, उसे निर्वस्त्र देखना शुरू कर दिया था।...वह अच्छी तरह जानती है, कि अगर जाने या अनजाने उसके द्वारा पहल नहीं हुई होती, तो अमित हरगिज़-हरगिज़ आगे न बढ़ता। पहले भी वह तीन-चार बार अकेली उसके यहाँ आई है, लेकिन उसने कभी एकांत का ऐसा कुछ फ़ायदा उठाने की कोशिश नहीं की। बस, एकाध बार शायद उसकी उँगलियाँ ही चूमी थीं।...और अब जब वह उस दिन की घटनाओं को सूक्ष्मता से परखती है, तो पहले की प्रारंभिक प्रक्रिया में उसकी हिचकिचाहट भी साफ़-साफ़ उभरने लगती है। यहाँ तक मान लेने के बाद उसने आगे अपना बचाव इस तरह किया, कि दरअसल कमरे की उस धूप-छाँही रोशनी में अमित के व्यक्तित्व की सारी नफ़ासत और कमनीयता अपनी पूरी गहराई में उसके मन पर छा गई थी। एक ओर जहाँ इस अहसास से दिल डूब रहा था, कि अब ज़िंदगी भर के लिए वह उससे अलग हो रही है, वहीं दूसरी ओर उसके तीखे नक़्शों के पार बार-बार ब्रज का चेहरा उभर रहा था—चुँधी-चुँधी आँखें और मोटे-मोटे होंठ, फूले हुए गाल, गहरा साँवला रंग।...वह समझ नहीं पाती, कि भावनाओं का वह आकस्मिक आवेग जीवन-भर के लिए अमित के संभावित पार्थक्य

की प्रतिक्रिया थी, अथवा ब्रज के लिए मन की गहरी वितृष्णा की विद्वेषपूर्ण अभिव्यक्ति।

प्रेरणा चाहे जो भी रही हो, लेकिन इतना निश्चय है कि क्षण के एक शतांश के लिए भी किसी नैतिक पाप-बोध ने मन में डंक नहीं चुभोया।...डगमगाते क़दमों से बिस्तर की तरफ़ बढ़ते हुए भी व्यावहारिक बुद्धि को इस बात का संतोष था, कि अब जो होना है, वह चार दिन बाद सामाजिक सूचना के साथ होगा। और उस रात के शारीरिक परिणाम को—अगर कुछ हो तो—उस आगामी रात से अलग नहीं किया जा सकता, क्योंकि चौबीस चौके छ्यानबे घंटों का अंतर कोई अंतर नहीं होता।...

लेकिन अंतर महसूस हुआ, हालाँकि उसका धरातल दूसरा था।...

उसे याद आता है, कि वह छोटा-सा कमरा पुष्पशय्या से भरा-भरा लगता था।...दीवारों पर ताज़ा सफ़ेदी थी, लेकिन कोनों में लंबी दरारें और कहीं-कहीं धुएँ-जैसा मटमैलापन छाया हुआ था। हवा कुछ ऐसी घुटी-सी थी, जैसे कमरे को काफ़ी दिनों के बाद खोला गया हो। ऊपर तने चँदोवे में से जगह-जगह झाड़-फ़ानूस लटक रहे थे। चारों ओर बड़े-बड़े सुनहरे फ्रेमों में तसवीर लगी थीं। दो-तीन दादा-परदादा थे, और बाक़ी राम-भरत मिलाप, सीता-स्वयंवर, चीरहरण वग़ैरह। फ्रेमों में यहाँ-वहाँ चमक उड़ गई थी, और घुन-लगी, काली पड़ी लकड़ी नज़र आने लगी थी। दरवाज़े के बग़ल में लंबा-सा आईना जड़ा था, जिसके निचले हिस्से में मोटी-मोटी खरोचों के निशान थे।...वह ज़रा कसमसायी, और घुटनों को बाँहों से घेर लिया। उसे भारी बनारसी साड़ी पहनाई गई थी, और देह पर न जाने कितने गहने थे। पैरों में महावर लगा था, और हाथों में लाल-लाल मेहंदी की बेल-बूटेदार नक़्क़ाशी थी।...

"प्यास तो नहीं लगी ?" ब्रज ने सहसा पूछा।

उसने धीरे से इनकार में सिर हिला दिया।

वह कुछ क्षण अनिश्चय में ठिठका रहा, फिर चप्पलों में पाँव फँसाकर कोने की ओर बढ़ गया, जहाँ स्टूल पर उलटे गिलास से ढकी सुराही रखी थी। उसने कुरते की आस्तीनें यों ही कुहनियों के ऊपर समेट ली थीं। बाईं कलाई में बड़े-बड़े डायल की घड़ी बँधी थी। कुरते में सोने के बटन लगे थे, और दोनों हाथों की उँगलियों में चार-पाँच अँगूठियाँ थीं।...पीछे को पलटनेवाले बड़े-बड़े बाल किसी खुशबूदार तेल से तर थे। और गहरे साँवले चेहरे पर भी तेल की-सी चमक थी। जैसे वह देर तक तेज़, तपती धूप में खड़ा रहा हो। होंठों की ऊपरी रेखा पर मोटी, भरी-भरी मूँछें थीं। गाल खूब फूले हुए थे। और छाती, बाँहों, उँगलियों और कानों के ऊपरी हिस्से पर बालों के घने, काले गुच्छे थे। मोटा, दुहरा बदन, और गहरा साँवला रंग। क़द छोटा।...वह कुछ देर उसकी तरफ़ देखती रही और एकाएक सीमेंट के चिकने फ़र्श पर काँच की गोली-सा एक भूला-बिसरा नाम चटक आया गब्दू !...होंठों पर अनजाने ही मुसकराहट सिमट आई। जब वह पढ़ती थी, शायद बी.ए. में, तब लड़कियों में यह स्लैंग ख़ूब

चलता था—कालेपन, मोटेपन और बुद्धूपन का सामान्य परिचायक।...वे लोग ख़ाली पीरियड में लॉन में किसी दरख़्त के नीचे गुच्छा-सा बनाए बैठी होतीं। सहसा कोई लड़की नज़दीक ही टहलते किसी मोटे को देखकर चटखारा-सा लेते हुए चीख़ती—"अहा, गब्दू आया रे !" और बाक़ी सब हँसती-खिलखिलाती, एक दूसरी के चुटकी काटतीं, या कमर में कुहनियों के टिहोके लगातीं, और बार-बार इसे दुहरातीं। मोटा लड़का पल-भर ध्यान से उनकी ओर देखता, फिर सिर पर पैर रखकर भाग खड़ा होता।...देर तक उनमें छत्ते की मधुमक्खियों-जैसी भनभनाहट होती रहती। "गब्दू ऽ ऽ ऽ..." आज बहुत दूर से उन सबके बीच अपनी खिलखिलाहट सुनने के साथ-साथ, पूरा मज़ा लेते हुए उसने दुहराया, जैसे मुँह में रसभरी टॉफ़ी चुभला रही हो—"गब्दू ऽ ऽ ...गब्दू ऽ ऽ ...गब्दू ऽ ऽ ... !"

"क्या बात है ? बड़ी हँसी आ रही है !"—सहसा ब्रज मुसकराकर बोला।

वह सकपका उठी। कुनमुनाकर मुँह ही मुँह में कुछ कहा, और महावर-लगे खुले पंजों को साड़ी की किनारी से ढक लिया।...वह बग़ल में आकर बैठ गया था, और ज़रा तिरछा होकर एकटक उसे देख रहा था। कुछ देर ख़ामोशी रही। फिर वह आत्म-तुष्टियुक्त गहरी साँस लेकर बोला, "तुम सचमुच बहुत सुंदर हो !"

"और तुम ?" तत्क्षण उसके अंदर किसी ने निःशब्द कहा।

उसने एक बाँह से उसे घेर लिया था, और उसके यह समझने के पहले ही कि क्या होने जा रहा है, उसने चट्-चट् उसके दोनों गाल चूम लिये। वह दोनों हाथ बिस्तर पर टेकते हुए, अचकचाकर अधलेटी-सी पीछे हटी।...आँचल कंधे से सरक गया था, और गोरी-गोरी पिंडलियाँ उघड़ आई थीं। यह इतना अप्रत्याशित था, कि उसका मुँह खुला का खुला रह गया। तभी ब्रज की उत्तेजित साँसें उसके चेहरे पर आ टकरायीं। "डारलिंग..." उसके अध-खुले मुँह से घुटी-सी आवाज़ निकली। और उसके एक हाथ ने साड़ी के ऊपर उसकी मांसल जाँघ भींच ली। साथ ही अपने होंठों पर मूँछों के बालों सहित उसके होंठों का स्पर्श महसूस हुआ।

वह एकाएक तड़पकर उठी, और साड़ी के छोर में उलझकर गिरते-गिरते बची। "देखिए," उसने हाँफते हुए बड़ी मुश्किल से कहा, "मेरी तबीयत ठीक नहीं है। मेरे सिर में दर्द..." उसके ब्लाउज़ के ऊपरी दो बटन खुले थे, और पंखे की हवा में थरथराते रेशमी पेटीकोट के नाड़े का एक सिरा नीचे झूल रहा था।

"क्यों ?...डरती हो ? डरने की क्या बात है ?" कहते-कहते, उसने हाथ पकड़कर उसे अपनी ओर खींचा। उसकी आवाज़ घुटी-सी थी, जैसे किसी बहुत तंग राह से गुज़र रही हो।...अधखुले मुँह में पान से रँगे दाँत नज़र आ रहे थे, भिंची-भिंची आँखों के कोने सिकुड़े थे, और होंठ बिलकुल खुश्क। पूरे चेहरे पर बुरी तरह हवा-भरे हुए गुब्बारे जैसा फटने-फटने की सीमा को पहुँचा हुआ तनाव था।...

क्षण के एक शतांश के लिए मन में यह बात आई, कि तेज़, गगनभेदी चीख़

से सारे घर में तहलक़ा मचा दे। फिर हिंडोले के ऊपरी पालने के पल-भर में नीचे आ जाने की तरह ध्यान आया, कि आख़िर एक न एक दिन तो यह होना ही है, आज नहीं तो कल, कल नहीं तो परसों।...यह गब्दू उसका पति है, उसके तन का भोक्ता। वह तो बिलकुल शुरू से ही इस रात मूक समर्पण की बात सोचे हुए थी। फिर ऐसे उलटे ख़याल उसके दिमाग़ में आए कहाँ से ?...उसने उन गहरी साँवली, बड़े-बड़े काले बालों वाली उन्मत्त बाँहों में अपने-आपको ढीला छोड़ दिया।...और जैसे ही नंगी नरम, पीठ पर गुलाब की नरम, कोमल कलियों का ठंडा स्पर्श महसूस हुआ, सिहरकर आँखें मूँद लीं।...

"डारलिंग !" धौंकनी-सी साँसों के बीच भिंचा-सा स्वर निकला, और उसके बंद, सूखते मुँह के अंदर जीभ की हलकी चपर-चपर सुनाई दी।...लमहे-भर के लिए, शहदी मुसकराहट में डूबे दो पतले-पतले होंठ बंद पलकों के आगे तैर गए।...और बहुत गहरी उदासी नस-नस में पैठती चली गई।...

तीन दिन बाद वे लोग साइट के नज़दीकी शहर की इस कोठी में आ गए थे। और आज जब वह पीछे मुड़कर देखती है, तो पाती है कि बीते हुए सारे दिनों पर उदासी की वह घनी, बोझिल धुंध जैसे खींच-तानकर खोल की मानिंद मढ़ दी गई हो—इस तरह कि किसी कोने से रोशनी की एक झिलमिलाती किरन भी बाहर न निकल सके। उस नीम-अँधेरे कोहरे में सारे एक-जैसे दिन गहरी ऊब और घुटन में डूबे हैं—जैसे बटैलियन के सैनिक, जिनकी वर्दी समान है, चेहरे की हर मुद्रा और हाथ की हर हरकत एक-जैसी है। कहीं कोई फ़र्क़ नहीं। इन गुज़रे दिनों पर महीनों और वार की अलग-अलग सील है। लेकिन यह लिफ़ाफ़ा खोल कर देखें, तो मज़मून बिलकुल एक-जैसा।...स्याही का वही रंग, वही लिखावट, वही दस्तख़त। इन्हें आपस में गडमड करके उठाया जाए, तो यह कहना मुश्किल है कि कौन कब पहुँचा था। इनमें से हर एक पहले ही आ चुका है, और आगे भी आनेवाला है।...यह नहीं कि उसने एकरसता की ये परतें तोड़ने की कोशिश नहीं की। अनमनी-सी बैठी-बैठी एकदम उठी, कपड़े बदले और बाज़ार पहुँच गई। जो भी दुकान सामने आई घुस पड़ी। जो भी नज़र आया सामने, उठवाया। जो भी पसंद आया, ख़रीद लिया—सूती, रेशमी, हैण्डलूम, वायल, जार्जेट और नायलॉन की साड़ियाँ; शलवार कमीज़ें, दुपट्टे, गुरारे, गहनों के सेट, प्रसाधन की मनपसंद चीज़ें, पर्स, सैंडिलें, चप्पलें।...कूलर, रेफ़्रीजरेटर, रेडियोग्राम, रेकॉर्ड-प्लेयर, पसंदीदा रेकॉर्डों के ढेर। नया फ़र्नीचर, कार्पेट, तसवीरें, परदें और सजावट का दूसरा सामान।...क्लैसिक्स के डिलक्स संस्करणों के सेट, नहरी जिल्दोंवाली नई किताबें, रंग-बिरंगे कवरोंवाली पत्रिकाएँ।...बिना किसी बंदिश के, निर्मुक्त भाव से ख़र्च करने का जो अपना ख़ास मज़ा है उसे गरम चाय की छोटी-छोटी चुस्कियों की तरह खूब पिया।...ख़सख़से नोटों की तास-जैसी गड्डी निकालना, और एक उड़ती-सी नज़र से गिनते हुए काउंटर पर खिसका देना, चेक काटकर बुक पर्स

में झोंकते हुए, लापरवाही से क्लैस्प बंद करना।...भूरे रैपर में लिपटे और रेशमी फ़ीते से बँधे पैकेट को लेकर, किसी नौकर का अदब से पीछे-पीछे सीढ़ियाँ उतरना, शोफ़र का लपककर तत्परता से कार का पिछला दरवाज़ा खोलना।...लेकिन सतह की इस बाहरी हलचल से अधिक महत्त्वपूर्ण मन का वह सुरक्षा-भाव था, जिसके रहते किसी चीज़ पर जमी नज़र एक ठंडी साँस के साथ कहीं और रहने के लिए मजबूर नहीं थी। सिक्योरिटी के इस अहसास के साँचे में उसका पूरा व्यक्तित्व जैसे नए सिरे से ढला था।...मंद, मंथर चाल में गहरा आत्मविश्वास, चेहरे की हर मुद्रा में शालीन प्रभाव, मिठास के बावजूद आवाज़ में तटस्थतायुक्त सधापन और व्यक्तित्व की कमनीयता में गाढ़ा होता आभिजात्य का रंग।...लेकिन बाहरी तौर पर उसमें जितना ठहराव नजर आता था, अंदर उतनी ही हलचल थी। मन में हर समय एक संजीदा-सी बेकली सुगबुगाती रहती। वह किसी भी स्थिति को उसकी संपूर्ण एकाग्रता में ग्रहण नहीं कर पाती थी। कुछ अजीब-से ख़यालों में ध्यान हमेशा बँटा-बँटा रहता। किसी चीज़ का बिल पे करती, तो लगता कि इन रुपयों के एवज़ में उसे भी कुछ चुकाना है। और खरीदी गई वस्तु के सापेक्षिक मूल्य के अनुसार अपना भुगतान सामने उभरने लगता—आलिंगन, चुंबन, उभारों की मसलाहट या कुछ मिनिटों के लिए पचास बोरों के बोझ-तले घुटना।...सकपकाहट के साथ जीभ दाँतों तले आ जाती और वह सिर झटककर ऐसे ख़यालों से पीछा छुड़ाना चाहती। लेकिन वे थे कि सागर और आकाश के बीच उड़ते पंछियों की तरह बार-बार पंख फड़फड़ाते हुए जहाज़ पर आ जाते। अकसर उसके सामने परदे पर चल रही फ़िल्म की तरह पहली रात का वह हिस्सा आ जाता, जब वह तन-मन के विप्लव से गुज़र चुकी थी।...पसीने-भरी ठंडी कँपकँपी से वह सिहर उठती। बार-बार गरदन मोड़कर कहीं और देखना चाहती, लेकिन निगाहें थीं, कि चुंबक की तरह अवश खिंची चली जातीं।...साफ़, सफ़ेद परदे पर पहले आती-जाती परछाइयाँ टूटतीं-बिखरतीं, फिर धीरे-धीरे गाढ़े होते अँधेरे में तीन दीवारों का आकार उभरने लगता। ऊपर चँदोवा तना होता, और बीच के एक कटे गोले से लटकते पंखे की हलकी, एकरस सन्-सन् गूँज रही होती। धीमी रोशनी में लंबे-से आईने की सतह चमक रही होती।...और दूर कहीं घंटों की क्रमशः मंद होती गूँज सुनते हुए, वह देखती कि वह आईने के ज़र्द पड़े फ़्रेम पर हाथ टिकाए, डगमगाते पैरों पर झुकी-सी खड़ी थी। नग्न, निर्वसन देह पतले पत्ते की तरह रह-रहकर थरथरा जाती थी, जैसे किसी अदृश्य तूफ़ान में घिरी हो। अधखुले बाल एक कंधे पर ढुलके थे, और झूमर फिसलकर माथे के किनारे आ गया था। कानों में बड़े-बड़े कर्णफूल हिल-डुल रहे थे। गले में भारी जड़ाऊ हार झूल रहा था। और हाथों में ढेर सारी चूड़ियाँ, कंगन, कड़े और अँगूठियाँ थीं।...वह एक गहरी साँस लेकर सीधी हुई, तो पायलें छमछमायीं और चूड़ियाँ खनकीं। आँखों का काजल और चेहरे के चंद्रबिंदु जगह-जगह फैल और पुँछ गए थे।...सारी देह पीड़ा से ऐंठ रही थी। गालों पर दाँतों के गहरे निशान थे, और

गले के नीचे जगह-जगह नाखूनों की नीली ख़राश उभर आई थी। कमर के निचले हिस्से में सख़्त जलन थी, जैसे खौलती आँच के गरम-गरम भभके दिए जा रहे हों। वक्ष की गोरी त्वचा सेंदुर-सी लाल थी, और अंग दर्द से टीस रहे थे। पिंडलियाँ बिलकुल सुन्न, जैसे घंटों लोहे के मज़बूत शिकंजे में कसी रही हों। सारा वक्ष ऐसा थोथा और निस्सार लग रहा था, मानो सत्त्व निकालकर कुचला-पिसा गूदा फेंक दिया गया हो।...कदम लड़खड़ाए, तो उसने अवश दीवार का सहारा ले लिया। सिर में सख़्त दर्द था। और बंद पलकों के भीतर जैसे दो अंगारे तप रहे थे। होंठों पर प्याज़ की गंध थी। मुँह का स्वाद ऐसा फीका और बदबूदार, जैसे उसने हफ़्तों से ब्रश न किया हो, और दाँतों के बीच में अन्न के सड़े, बारीक क़तरे और जीभ पर गंदगी की मोटी तहें जमी हों।...अंदर कहीं सैकड़ों हथौड़ों की ठोस घनघन के साथ, अटकी सुई काले रिकार्ड की तरह, एक ही बात लगातार चक्कर काट रही थी, कि उफ़,...लाख-लाख जतनों से सँवारी गई उसकी कोमल, कमनीय देह के साथ ऐसा बहशियाना व्यवहार, ऐसी निष्ठुर क्रूरता।...मूँज के रस्से-जैसे रूखे-खुरदुरे हाथों से छिलती उसकी पँखुरियों-सी त्वचा, उसके नरम-नाजुक शरीर पर प्याज़ के पचास-पचास बोरों-सा दबाव...उसने झुककर, अपने अंग-अंग को देखा, मानो किसी अजनबी को पहचानने की कोशिश कर रही हो और लगा कि त्वचा की ऊपरी परत, जिसे वह गंध और स्पर्श से जानती थी, झर चुकी है, और अब जो देह निकल आई है, उसे वह नहीं पहचानती, उसे वह पहली बार देख रही है।...उसने देर से कलाई में चुभता कंगन नीचे खिसकाया, और लड़खड़ाते क़दमों से बिस्तर की तरफ़ बढ़ी। पलँग के सिरहाने उसके कपड़े केंचुल के मानिंद बिखरे थे।...बिस्तर के दाएँ, ख़ाली हिस्से में बीचोंबीच सेमर का बड़ा-सा, मुलायम तकिया था, जिस पर उसके पृथुल, सुडौल नितंबों के दबाव के गहरे निशान थे।...वह धप्-से नीचे बैठ गई, और पाटी पर हाथ टेक लिये।...तकिए पर पीला रेशमी गिलाफ़ था, और उसके एक कोने में रंग-बिरंगे धागों के बेल-बूटे कढ़े थे। डोरों के फूल पर गुलाब की एक सफ़ेद कली पड़ी थी, और निकट ही नीचे चादर पर मोटी-सी सिलवट आ गई थी।...उसने आगे खिसककर तकिए के गहरे दबाव में मुँह छिपा लिया।...पहले नथुनों में नए रेशमी कपड़े की सरसराती, इस्तरी की हुई-सी गंध आई, फिर कली की बहुत हलकी मृतप्राय-सी महक, और उसके लगभग साथ-साथ एक और अजानी-सी गंध, जो उसकी देह की निश्चय ही नहीं थी, और जाने दुर्गंध थी या सुगंध।...

विवाह के बाद के प्रारंभिक दिनों में उसे चेहरे की सामान्यता से बेहद चिढ़ थी। ऐसा भी क्या चेहरा, जो पचास चेहरों की भीड़ में खो जाए, वह सोचा करती। आपमें ऐसा कुछ विशेषत्व ज़रूर होना चाहिए, कि जो एक बार आपको देख ले, अरसे तक याद रखे।...लेकिन धीरे-धीरे यह उग्रता धीमी पड़ती गई। बाद के दिनों में उसने अपने-आपको समझाने की कोशिश की। पर दिक़्क़त यह थी कि ब्रज में उन गौण

गुणों का भी नितांत अभाव था, जो शक्ल-सूरत की सामान्यता को स्थानांतरित कर सकें।...सौंदर्य बोध, संवेदनशीलता, उच्च बौद्धिक स्तर और सॉफ़िस्टीकेशन की तो बात ही क्या, उसे खाने-पीने और पहनने-ओढ़ने का सलीक़ा भी नहीं आता था।...पैंट-कमीज़ पहनता, तो पेंट के 'लूप्स' के ऊपर ही से बेल्ट बाँध लेता। या पेंट कसी होती, तो बेल्ट ही न बाँधता। और बकल के लिए दोनों ओर लगी पट्टियाँ गधे के कानों की तरह सरसराया करतीं। कमीज़ की आस्तीनें हमेशा मोटी-मोटी तहों में कुहनियों के ऊपर मुड़ी रहतीं। जेब में टी. सी. एफ़ की मोटी डायरी, ज़रूरी चिट्ठियाँ और काग़ज़-पत्तर बुरी तरह ठुँसे रहते, और बाएँ सिरे पर पेन का सुनहरा क्लिप झाँकता रहता। सूट पहनता, तो कमीज़ के कफ़ कोट की आस्तीनों में गुँथे रहते, और गले के ऊपरी बटन से इंच-भर नीचे टाई की ढीली नॉट झूलती रहती। कुरता-पाजामा पहनता, तो झीनी वायल में से अंदर खोंसे गए नाड़े का बाहर लटकता लंबा सिरा नज़र आता। पसंद का यह हाल था कि पतलून की मोहरी हमेशा बीस इंच होती और कोट डबलब्रेस्ट। दो जेबोंवाली बुश्शर्ट खूब ढीली और नीची होती।...जूते उसे चौड़ी टो के ही पसंद थे, और लोफ़र जूतों को ज़्यादातर बिना मोज़ों के ही पहना करता। उसकी आदत एड़ियों और पंजों के दाएँ, तिरछे हिस्से के बल चलने की थी, इसलिए थोड़े इस्तेमाल के बाद जूतों का निचला आकार बड़ा भोंडा हो जाता—सोल का बायाँ हिस्सा, तो बिलकुल जैसे का तैसा रहता, लेकिन दायाँ किनारा घिसकर लगभग ग़ायब हो चुका होता।...धीरे बोलना उसे नहीं आता था। वह किसी के साथ गेट पर खड़ा होता, तो अंदरवाले कमरे में पूरी बातचीत साफ़-साफ़ सुनी जा सकती थी। वह बेझिझक बीच में ही बात काट दिया करता था। और अगर कभी उत्तेजित होकर जल्दी-जल्दी बोलने लगता, तो होंठों के कोनों से आलपीन के सिरे-जैसे थूक के कण बाहर उड़ते। उसकी आवाज़ रुँधी-सी थी, जैसे बोलने में उसे काफ़ी ज़ोर लगाना पड़ता हो। वह 'श्' को 'स्' बोलता था और 'क़् ख़् ग़् ज़् फ़्' के उच्चारण में निचला नुक़्ता उसके लिए निरर्थक था।...महिलाओं के सामने क्या कहना चाहिए और क्या नहीं, इसकी समझ भी उसमें थोड़ी कम ही थी। एक बार जब पड़ोस की दो-तीन युवा लड़कियाँ उसके यहाँ मिलने आईं, तो वह बातचीत करते हुए बीच में बड़े इतमीनान से यह कहते हुए उठ गया कि "डारलिंग, तुम चाय लगवाओ। मैं अभी पेशाब से निबटकर आया।" ...वह सफ़ाई का खास क़ायल नहीं था। दो-तीन दिन तक शेव न करता, और बग़लों में हमेशा बदबूदार बालों की लंबी कूची दबी रहती। नहाने के बाद उतारा हुआ मैला अंडरवियर पहन लेता और साथ की बनियान, जो पसीना सूखने पर पतले चमड़े-सी सख़्त हो चुकी होती। टूथ ब्रश को यों ही दो-चार बार मुँह में घुमाकर धोने लगता। और उसकी तौलिया दो-दो हफ़्ते बाथरूम में लटकी रहती।...साहित्य, संगीत, कला, स्पोर्ट्स, पॉलिटिक्स से उसे कोई लगाव नहीं था। अगर कभी फ़िल्म देखने का प्रोग्राम होता, तो वह हमेशा मद्रास की कोई पारिवारिक

फ़िल्म ही देखना चाहता। और जब परदे पर निष्ठुर सास सुकुमार बहुरानी को सताती, या भोली-भाली कुँआरी बहन अंधी हो जाती, या निर्दोष हीरो ग़बन के झूठे आरोप पर जेल चला जाता, या मक्कार साहूकार घर नीलाम करवा लेता, तो उसका मन पसीज उठता था। वह 'च्च्...च्च्' द्वारा दुख प्रकट करता, रूमाल निकालकर अपनी भीगी आँखों पर फिराता और खाँसकर रुँधा गला साफ़ करने लगता।...

...उसे शौक़ था तो सिर्फ़ एक–खाने का। बल्कि शौक़ भी शायद यह नहीं था, एक ललक थी, तड़प थी। सुबह वह नाश्ते पर बैठता, तो नौकर पूछ लेता, कि दोपहर और रात के खाने में क्या-क्या बनेगा। नाश्ते पर जो वह खाता, उसका फ़ैसला पिछली रात हो चुका होता। और अगर कोई ख़ास डिश उसकी आँखों में कौंध रही होती–जो हमेशा होता था–तो उसके लिए कह देता, और चटखारे लेते हुए ऑमलेट का बड़ा-सा टुकड़ा चबाने लगता।...ख़ाने की मेज़ की तरफ़ बढ़ते हुए ही उसकी आँखों में चमक आ जाती। कुरसी खींचकर बैठता, और नीचे कुहनियाँ टिकाते हुए, बड़ी उमगती अधीरता से भरी मेज़ का जायज़ा लेता।...जबड़ों में स्फुरण होता, बंद मुँह के अंदर जीभ की हलकी चपर-चपर सुनाई देती, गले का उभरा हिस्सा ऊपर-नीचे आता। फिर रुँधी-सी गद्गद आवाज़ सुनाई देती–"खाएँ ?" और जवाब का इंतज़ार किए बिना, कोई भरा बाउल अपनी ओर खिसका लेता। उसकी प्लेटें बार-बार भरतीं, और ख़ाली होतीं। कुछ ही मिनिटों में मेज़ की अधिकतर क्रॉकरी उसके सामने जमा हो जाती।...वह यों ही हथेली पर चिबुक टिकाए, रुक-रुककर ठंडे पानी के घूँट भरते हुए, अनमनी-सी बैठी रहती। निगाहें मेज़ पर या इधर-उधर दीवारों और खिड़कियों पर फिसलती रहतीं, और कानों में लगातार निवालों के चबाने और निगलने की आवाज़ आती रहती–चम्मच से बार-बार शोरबा सुड़कना, प्याज़ की कचर-कचर, दाँतों के बीच लिज़लिज़ी बोटी चुभलाना, होंठों पर जीभ फेरना, चूसने से पहले नली को हलके-हलके प्लेट पर ठोंकना।...चुस्कियाँ और तृप्ति की छोटी-बड़ी खरखराती डकारें।...बीच-बीच में वह एक पाँव मोड़कर कुरसी पर रखते हुए उकडूँ-सा बैठ जाता, और इतमीनान से तोंदनुमा पेट पर हाथ फेरते हुए, तेज़ मिर्च की लंबी सीत्कार के साथ कहता, "तुम खा चुकीं, डारलिंग ?"...कभी आँखें सामने उठ जातीं, तो उसके माथे के किनारे एक नस तड़क रही होती, गालों की खाल के नीचे दाँतों की पंक्तियाँ चलती नज़र आतीं, और अधमुँदी आँखों में मुँह के कौर के लिए ऐसी गहन एकाग्रता होती, मानो उस स्वाद के सत्त्व को मन की किन्हीं गहरी सतहों पर छाना जा रहा हो। वह बल खाते धुएँ की तरह उमड़ती घिन को रोककर, पल-भर उधर देखती रहती। और लगता कि भीतर कोई बहुत सुकुमार अंकुर कील-ठुके, वज़नी बूट-तले कुचलकर सपाट बिछ गया है।

ब्रज में जिस्मानी निकटता की अमिट चाह थी। जब वे साथ-साथ होते, तो वह उसे छुए बिना नहीं रह पाता था। अगर वे कार में कहीं जा रहे होते तो वह उसका

हाथ ही सहलाता रहता। अगर सुनसान, नीम-अँधेरी सड़क पर टहल रहे होते, तो वह उसकी कमर अपनी बाँह की गिरफ़्त में ले लेता। अगर रात के खाने के बाद वे फूलों की क्यारियों से घिरे, रातरानी की खुशबू से गमक रहे बरामदे में बैठते, तो वह किसी टेंडर की बात करता हुआ, बीच में झुक-झुककर उसके गाल और होंठ चूमता रहता।...उसकी बेरुख़ी और ठंडापन ब्रज के लिए कोई ख़ास मायने नहीं रखते थे। वह या तो उसे समझ ही नहीं पाता था, और अगर समझता था, तो नारीसुलभ लज्जा का एक प्रकार मान लेता था। दरअसल उसे बाँहों में लेते ही वह इतना उन्मत्त हो जाता था, कि फिर उत्तेजित मनःस्थिति में उसकी प्रतिक्रिया आत्मसात् करना उसके लिए संभव नहीं रहता था। उस पर झुकते ही उसकी साँस धौंकनी की तरह चल उठती, आँखें अधमुँदी हो जातीं, और मोटे, अधखुले होंठों के पार जीभ की हलकी चपर-चपर सुनाई देती।...यह नहीं कि उसने प्रतिरोध की चेष्टा नहीं की, लेकिन ऐसी हर कोशिश का अंत एक बेबस, नामालूम-सी मुसकान में हुआ। इस सिलसिले में एक ठंडी, ख़ामोशी-सी रात उसके आगे उभरने लगती है। पूरी दोपहर सोते रहने से उसकी आँखों में दूर-दूर तक नींद की छाया नहीं थी। हलका-सा खाना और एक कप गरमा-गरम कॉफ़ी के बाद वह बहुत ताज़ा-ताज़ा महसूस कर रही थी। सिरहाने लैंप गोलाकार प्रकाश फेंक रहा था। और वह दो-तीन नर्म तकिए, सिर के नीचे लगाए, एक रोचक उपन्यास में डूबी हुई थी। बग़ल में लेटा ब्रज कुछ कहता, तो वह 'हूँ-हाँ' में उसका जवाब दे देती।...खिड़की खुली थी, और साफ़, नीले आसमान में तारे चमकते नज़र आ रहे थे। कभी-कभी हवा के झोंकों के साथ नीचे शहर से किसी गीत की टूटी कड़ियाँ आ जातीं। ब्रज ने जब उसका कंधा सहलाते हुए कहा, कि रात ज़्यादा हो रही है, तो उसने सरसरी ढंग-से उत्तर दे दिया, कि "मैं थोड़ी देर बाद सोऊँगी," और हल्के से उसका हाथ हटा दिया। कुछ देर वह बेचैनी से करवटें बदलता रहा, फिर खनखनाए स्वर में बोला, कि लैंप के जलने से उसे नींद नहीं आ रही है। उसने दो-तीन अख़बारों की मोटी तहों से शेड ढककर गोलाकार रोशनी का दायरा बहुत छोटा कर दिया, और पूर्ववत् उपन्यास की ओट ले ली। देर तक थोड़े-थोड़े वक़्फ़े के बाद पन्नों की नियमित सरसराहट होती रही। उसने कनखियों से देखा, उस ओर करवट लिये वह निश्चल पड़ा था। एक मुड़े हाथ से चेहरे पर ओट थी, और अँधेरे में गहरी साँवली त्वचा—और बालों के घने, काले गुच्छे घुल-मिल गए थे।..."गब्दूऽऽ" वह बुदबुदायी, फिर छोड़े हुए जुमले को खोजने लगी। पंक्तियाँ आपस में गुँथकर पैराग्राफ़ों में ढलती गईं, और पैराग्राफ़ पृष्ठों में बदलते गए। बीच में एकाध बार उसके मन में आया भी, कि बाक़ी हिस्सा कल के लिए छोड़ दे, लेकिन अंदर जैसे एक खीझी ज़िद कसमसा रही थी।...आख़िर जब उसने किताब बग़ल की मेज़ पर खिसकाते हुए, सामने आलमारी की घड़ी पर निगाह डाली, तो अँधेरे में छोटी सुई तीन के बिंदु के आगे चमक रही थी। उसने दो-तीन जमुहाइयाँ लीं, हलकी

उँगलियों से आँखें सहलाईं, और लैंप बुझा दिया।...खिड़की पूर्ववत् खुली थी, और हवा के सर्द झोंके लहराते हुए आ रहे थे। तारों के एक बिखरे हुए गुच्छे में टूटा-सा चाँद चमक रहा था। हर तरफ़ गहरी ख़ामोशी थी।...उसने कसे हुए ब्लाउज़ का एक हुक खोला और पहलू बदल लिया। झपती हुई आँखों के आगे उपन्यास के आख़िरी दृश्य की लंबी, सँकरी सड़क उभर रही थी। उस पर सूखे पत्तों की मोटी-मोटी तहें जमी थीं, और दोनों ओर घने-घने, ऊँचे दरख़्त थे। बेतरतीब, उलझी हुई शाख़ों पर कोई परिंदा बोलता तो सुनसान रास्ते में उसकी आवाज़ देर तक गूँजती रहती।...उसने माथे पर उलटी हथेली टिकाई, और लगा कि बंद पलकों के भीतर जैसे रंग-बिरंगे तारे टूट रहे हैं।...तभी अपनी कमर पर किसी के हाथों के स्पर्श से वह एकदम चौंक पड़ी। लेकिन इससे पहले कि वह आँखें खोले, दो होंठ उसके बाएँ गाल पर चिपक गए, और उसे अपने ऊपर तोंदनुमा पेट का भारी दबाव महसूस हुआ।...

ऐसे शारीरिक संपर्कों के बाद कभी-कभी मन बड़ी विह्वल बेचैनी से भर उठता। जी चाहता, कि बंद गुसलख़ाने में पानी की ठंडी, मोटी धार के नीचे घंटों पड़ी रहे, और अब तक के सारे स्पर्शों को धो-धोकर बहा दे।...वह नीम-बेहोश-सी, आँखें बंद किए जलते चेहरे पर पानी का तड़पता आवेग अनुभव करती रहती। और उफान लेता-सा भीगापन धीरे-धीरे सारी सुन्न पड़ी देह पर फैल जाता। जब गालों पर खरोंच-सी लेती-सी तमतमाहट महसूस होने लगती, तो बाँहों में मुँह छुपा लेती, या पहलू बदलकर बौछार पीठ पर फिसलने देती। बंद पलकों के आगे स्याह धब्बे फैलते और सिमटते आते, और चारों ओर छाई ख़ामोशी के बीच कानों में लगातार धार की तेज़ सनसनाहट गूँजती रहती। नीचे टिकी कुहनियाँ टीसने लगतीं, और मुट्ठियाँ अवश-सी भिंची होतीं।...तब वक़्त का कोई ख़याल नहीं रहता।...देह की सारी जलन धीरे-धीरे मिट जाती, दर्द की तीखी हिलोरें कम होने लगतीं, और दिमाग़ में पंखे-जैसी तेज़ झन्नाहट रुकती-रुकती बंद हो जाती। उसे बड़ा गहरा सुकून मिलता था। त्वचा में सोख़्ते की तरह ठंडी तरलता जज़्ब हो जाती, और रिस-रिसकर अंदर के तपते तनाव पर शीतल चंदन-सी लहराने लगती।...फिर देह पर फिसलती फुहारों का स्पर्श महसूस नहीं होता था। और ऐसा लगता, जैसे धार की एकरस सनसनाती आवाज़ नज़दीक घूमते किसी रेकॉर्ड से उभर रही हो। आँखें खोलती, तो बरौनियों में फँसी बूँदों के पार ऊपर शेड से झरती रोशनी की किरनों के उलझे-उलझे जाले नज़र आते। मन बड़ा ताज़ा-ताज़ा हलकापन महसूस करता, और आहिस्ता से बदन को छूती, तो लगता, जैसे ऊपर त्वचा की एक और नई, नम, नरम परत मढ़ दी गई हो।...

वह कसमसाकर बाल झटकारते हुए उठ खड़ी होती, और उँगलियों से बूँद-बूँद पानी टपकाती नल बंद कर देती। धार की सनसनाहट एकदम यों घुट जाती, जैसे तेज़ चाकू से सहसा एक भरपूर हाथ में उसका गला तराश दिया गया हो। कटे धड़ की तरह क्षण-भर टोंटी के पार पाइप में हलकी फुफकारें तड़पतीं।...और ख़ामोशी पहले

से दोगुनी गहरी, घनी और वज़नी होकर छा जाती। सारा घर भाँय-भाँय करने लगता, नीम-अँधेरे कोनों में किसी गोपन रहस्य के सूत्र सुगबुगा रहे होते, और वातावरण में ऐसी निस्तब्ध प्रतीक्षा रहती, जैसे अगले क्षण कुछ अकथ, अकल्पनीय घटनेवाला हो।...वह तौलिए के साफ़-सुथरे रोयों में मुँह छुपाती, तो मन में एक विकल-सी अनुभूति अकुला उठती। लगता, जैसे वह किसी सुनसान, निर्जन द्वीप में क़ैद कर दी गई हो, और किनारों से बार-बार बिफरे समुंदर की फेनिल लहरें टकरा रही हों।...वह जल्दी-जल्दी कपड़े पहनकर, एक टाइप करती-सी उँगली स्विच पर मारती, और सिटकनी खोलकर बाहर जा जाती।...कमरे की अधखुली खिड़की के शीशे पर चाँदनी का एक बड़ा-सा ज़र्द टुकड़ा अलसा रहा होता। बढ़कर, चौखठ पर कुहनियाँ टिका, झुकी-सी खड़ी हो जाती। परदा हलके-हलके सरसराता हुआ चेहरे को सहलाने लगता, और वह रुक-रुककर, लंबी-लंबी साँसों के स्ट्रॉ से तेज़, सर्द हवा की थिरकन पीती।...नीचे दूर शहर में ढेर सारी बत्तियों के घने-घने झुरमुट चमक रहे होते, जैसे दीवाली हो। मकानों की छतें, मीनारें और चिमनियाँ अँधेरे में डूबी होतीं। खजूर के लंबे-लंबे दरख़्तों पर धुएँ के मटमैले बादल मँडरा रहे होते, और झील लैंप-पोस्टों की गोल क़तार से घिरी होती। वह लाख निगाह दौड़ाती, लेकिन कहीं पानी की झिलमिलाती एक इंची सतह भी नज़र न आती। शहर के पूरे विस्तार में बड़ा स्थिर-सा सन्नाटा छाया होता। बीच-बीच में कभी-कभी किसी कार के हॉर्न या इंजिन की छोटी लंबी सीटी के बुलबुले उठते, और निश्चलता की अँधेरी लहरें कँपकँपाने लगतीं।

जब ठंडी हवा के मुँह पर लगातार थपेड़े मारते रहने से आँखों में पानी-सा भर आता, तो वह धीमे-धीमे क़दमों से खिड़की से हट जाती। खर्राटों की समतल आवाज़ के बीच बिस्तर पर अपनी तरफ़ के ख़ाली हिस्से में निःशब्द बैठती, और तकियों और सिर के बीच जुड़ी हुई हथेलियाँ रखती हुई पीछे टिक जाती। पहले कपड़ों के पार चादर का ठंडापन महसूस होता, फिर साँस के साथ एक अनाम गंध आती, और देह पर तत्क्षण जाने-पहचाने स्पर्श रेंगने लगते।...चेहरे पर मूँछों की फैली रेखावाले मोटे होंठों के बेशुमार चुंबन सुगबुगाते। बालों के घने, काले गुच्छोंवाली गहरी साँवली उँगलियाँ लिज़लिज़ी छिपकली की तरह नरम, गोरी त्वचा पर कसमसातीं। और लगता कि बंद मुँह की चपर्-चपर् जैसे गाढ़े शीरे में रूपायित होकर पूरे बदन पर लिथुड़ गई हो।...वह एक दीर्घ उच्छ्वास के साथ शिथिल हो जाती, और बंद कमरे में परिंदे की मानिंद एक ही बात दिमाग़ में लगातार चक्कर काटती रहती, कि वह चाहे लाख जतन करे, इन चुंबनों, आलिंगनों और स्पर्शों को धो-पोंछकर नहीं बहा सकती। ये तो मशीनी गुदनों के बेल-बूटों की तरह देह पर जगह जगह रच-बस गए हैं, अंग-अंग, पोर-पोर पर अमिट, अदृश्य स्याही से छपे हैं, रोम-रोम के बारीक छिद्रों से छनकर नस-नस, रग-रग में भिद गए हैं, ख़ून के क़तरे-क़तरे में इस तरह घुल-मिल गए हैं, कि अब कोई उन्हें यों नहीं निथार सकता, कि यह अलग और वह अलग।

लेकिन इस संबंध में सबसे विलक्षण बात यह थी, कि विवाह से पहले का शारीरिक संयोग एक ओर था, और बाद के सारे संयोग एक ओर। कोई उससे पूछे, तो वह इस मोटी विभाजक रेखा की स्थिति को साफ़ शब्दों में प्रकट नहीं कर सकती थी। लेकिन अपने अंदर यह अंतर बहुत स्पष्टता से महसूस होता था। अपना शहर छोड़ने से एक दिन पहले की जिस कच्ची-सी रात में जिस्मानी अनुभव के मन को जिस गहरे स्तर पर तराशा था, बाद में कभी पल-भर को उसका आभास भी नहीं हुआ, जैसे वे दो अलग-अलग छोरों के दो अलग-अलग अनुभव थे, और उनमें किसी प्रकार की कोई समानता नहीं थी। सच तो यह है, कि बाद में कभी जिस्मानी संबंध की वह एक बार भोगी हुई उपयुक्त पृष्ठभूमि ही तैयार नहीं हुई। न रग-रग में उन्मादी तनाव की फुलझड़ियाँ छूटीं, न पोर-पोर में थरकती सिहरनों की चर्ख़ी झन्नाई, न धड़कन की तेज़ रफ़्तार से गालों की सुर्ख़ी दहकी, न होंठों के अधखुले कोनों पर नन्ही फड़कन लरज़ी। न रोमांच की हलकी तपिश, न तप्त साँसों की मद्धिम ख़राश।...उन सब अनुभूतियों का धूमिल आभास भी नहीं, जो रंगीन संगमरमरी बेल-बूटों की तरह अंदर नक़्श हो चुकी हैं।...नरम कुनकुनी आँच में जिस्म को पिघलाते आलिंगन, तन्मयता-भरे, लंबे, भाव-विभोर चुंबन। अंग-अंग को सहलाता, फूलों के बोझ-सा मधुर, व्यग्र दबाव। ऊपर उठी उसकी बाँहों का आतुर अधीर कसाव। और हर लमहे ज्वार की लहर की तरह आगे बढ़ती जाती जिस्म की उन्मत्त, रोमांचित ललक।...फिर थरथराती संपूर्णता की उत्फुल्ल अनुभूति के विद्युत् गति से गुज़रते वे एकाग्र क्षण।...नस-नस में तृप्ति की छलकती वारुणी का ख़ुमार, पोर-पोर में हिलोरें लेती मदहोशी की चंचल तरंग।...विवाह के परवर्ती भाग में बिलकुल अँधेरे, नीम-अँधेरे या लैंप जलते कमरे की अस्पष्ट दिखती हलकी नीली सीलिंग के साथ अगर कुछ याद आता है, तो सिर्फ़ उदासी-मिली अपनी गहरी तटस्थता, जो काली चट्टान-सी ठोस है, और सफ़ेद बर्फ़-सी सर्द।...ठंडे बिस्तर में ठंडी, निश्चेष्ट पुतली, जिसमें कहीं कोई हरारत नहीं, कोई हरकत नहीं मानो धमनियों में उबलते ख़ून की बजाय आइस बॉक्स से ताज़ी निकाली गई बोतल का कोकाकोला भरा हो। जैसे वह देह उसकी नहीं, किसी और की है, जो दो बाँहों में बँधी है, जिसके कोमल कपोलों पर दाँतों के हलके निशान उभरे हैं, जिसके उन्नत उरोजों की अगली गोलाइयाँ गहरे साँवले सीने के बड़े-बड़े, काले बालों की घनी क्यारियों में छिप-सी गई हैं।

वह अकसर बड़े निर्दोष से ताज्जुब के साथ सोचती है, कि क्या सचमुच दो अलग-अलग स्पर्शों में इतना अंतर हो सकता है ?...उन नरम उँगलियों की स्निग्ध-सी छुअन से रोम-रोम का टिकोरा खाये कसे तारों-सा लरज़ना और जिस्म के साज़ पर यौवनोन्मत्त रागिनी की बौराई झंकार क्या फिर महसूस नहीं की जा सकती ?...नहीं, शायद चाहने पर भी नहीं, वह सोचती। ग़लत हाथों में ग़लत ढंग के लगातार इस्तेमाल के बावजूद क्या जिस्म में परिष्कृत स्पर्शों को उसी स्तर पर अनुभव करने की क्षमता

रही है ?...नाजुक रेकार्डों को जंग-लगे पेटीनुमा ग्रामोफ़ोन पर घिसने के बाद, अगर रेकॉर्ड-प्लेयर के क़ीमती डायमंड के नीचे रखा जाए, तो क्या वह पहले-जैसी बात पैदा हो सकती है ?...हर साज़ की अपनी अलग आवाज़, हर अवाज़ की अपनी अलग गहराई, एक सम्मिलित इकाई में मेल के बावजूद अलगाव की स्पष्ट सीमा-रेखा, आरोह-अवरोह में उस अंशविशिष्ट का स्पष्ट बोध, जहाँ से चढ़ाव शुरू हुआ है, और उतार ख़त्म हुआ है, और चढ़ाव शुरू, स्वर-लहरियों की मद्धिम हिलोरों में दर्द की नाजुक कँपकँपाहट, धीरे-धीरे बढ़ती ऊँचाई में आवेग के चढ़ते स्तर, रुँधे शब्दों का सहसा कटा-सा अंत, और तकली से निकलते सूत की मानिंद उदासी के तार का ऊपर उलझ-उलझकर भारी वातावरण में सहसा यों स्थिर हो जाना, जैसे हवा के बंद हो जाने के साथ दीवार पर पड़ती धूप में स्थिर पत्तियाँ छप-सी जाती हैं।

नहीं, अब नहीं।...धरती पर सावन की पहली फुहार-जैसी सौंधी, निष्पाप ललक। आत्मीयता के अंतरंग क्षणों की निर्मल, कुँआरी तन्मयता वह कहाँ से लाएगी ?...मन स्लेट नहीं है, जिसे भीगे कपड़े से पोंछकर एकबारगी ही साफ़ कर दिया जा सके।...नहीं, अब नहीं।...

खिड़की खुली थी, और हवा के झोंके बदस्तूर आ रहे थे। तेज़ी के साथ अब उनमें खुश्की भी मिल गई थी। बाहर पहले की तरह ख़ामोशी थी। बस, कभी-कभी पेड़ों की टहनियाँ खड़खड़ा उठतीं।...उसने करवट बदल ली, और मुड़ी हुई कुहनी पर सिर टिका लिया। पलकों की कोरें जल रही थीं, और माथे में अंदर की तरफ़ नसों को जैसे कोई मूँज की तरह बट रहा था। उसने उँगलियों और अँगूठों से भौंहों के ऊपरी हिस्से को हलके-हलके दबाया, तो बड़ी राहत-सी मिली। कहीं यह सिरदर्द बुख़ार की भूमिका तो नहीं है, उसने सोचा ? फिर हाथ बढ़ाकर, कम्बल ऊपर कर लिया।...घाटी की चढ़ाई चढ़ती हुई कोई कार लगातार हॉर्न देने लगी थी। लेकिन ऊपर आने पर वह इस ओर आने की बजाय कहीं और मुड़ गई।...उसे कुछ सर्दी महसूस हुई, और बदन टूटता-सा लगा। जी चाहा कि अब बस, एक लंबी और गहरी नींद सो ले। लेकिन अगर नींद न आई तो ? और सारी रात जागने की कल्पना से वह सिहर उठी।

दरवाज़ा धीरे से खुला। परदा सरसराया। फिर एक बारीक-सी आवाज़ सुनाई दी—"साहब तो अभी तक नहीं आए।...खाना लगवा दूँ ?"

उसने आँखें नहीं खोलीं। वैसे ही करवट लिये-लिये कहा, कि वह ख़ाना नहीं खाएगी। थोड़ी देर बाद एक कप कॉफ़ी और ट्रैंक्विलाइज़र की टिकिया भेज दी जाए।

"जी।"

आवाज़ न हो, इस तरह दरवाज़ा भेड़ दिया गया।...फिर हलके पदचाप बाहर और भी हलके होते गए।

उसे गला सूखता-सा महसूस हुआ। अधखुली आँखों से मेज़ की तरफ़ देखा, तो वहाँ जग के नज़दीक एक ख़त रखा था। ख़याल आया, कि शाम से इसे अभी खोला

भी नहीं। उसने लिफाफ़ा उठाया, एक बार और पापा की हैंडराइटिंग पहचानी, फिर वैसे ही रख दिया। 'बैंक ड्राफ़्ट मिल जाने की सूचना होगी,' उसने मन-ही-मन कहा।...जग उठाकर गिलास में थोड़ा पानी उँड़ेला, फिर घूँट-घूँट पीने लगी। 'कैसा गहरा सन्नाटा है' उसने सोचा। निकट की कोठी से अब रेकॉर्ड की धुन भी नहीं आ रही थी। इसका मतलब यह है, कि वह यों ही बज रहा था, कोई पार्टी-वार्टी नहीं हो रही थी। अच्छा है, वरना शोर के मारे आधी रात तक सोना दुश्वार कर देते। उसने इतमीनान की साँस ली।...फिर ध्यान आया, कि थोड़ी देर में इसी ख़ामोशी को चीरता हुआ लंबा हॉर्न सुनाई देगा, दरबान दौड़कर गेट खोलेगा, और कार सर्राती हुई पोर्टिकों में आकर रुक जाएगी...फिर अधीर आहटें।...साइट पर काम के बढ़ जाने से इस बार हफ़्ते-भर बाद वापस आ रहा है।...और वे पिछली, शांत रातें उसके सामने कैलेंडर के पन्नों की तरह फड़फड़ा गईं, जब वह बेख़बर, गहरी नींद सोती रहती थी। जब भी आँख खुलती, तो खिड़की के इस कोने से उस कोने तक धूप फैली होती। वह बड़ी ताज्जुब-भरी उलझन से आहिस्ता-आहिस्ता पलकें झपकाती कि अभी इनमें इतनी नींद भरी है।

आँखों में कुछ जलन-सी महसूस हुई, तो वह उठी, और बाथरूम के अंदर जाकर बेसिन पर झुक गई। ऊपर के चौकोर आईने में अधखुले दरवाज़े के पार सिरहाने के लैंप सहित बिस्तर नज़र आ रहा था। उसने नल खोला, और मुँह पर बेतहाशा पानी के छींटे मारने लगी। चंद बूँदों ने छप् से सीधे पुतलियों का स्पर्श किया, और तत्क्षण देह में एक सिहरन-सी दौड़ गई।...अंजली में पानी भरे उसने अपने-आप ही बंद हो गई पलकें खोलने की कोशिश की...। बरौनियों में उलझी बूँदें टूट-टूटकर गिरने लगीं। झुके-झुके सामने देखा, तो आईने में पिछली दीवार के बल्ब का नंगा अक्स आँखों में तड़पती चकाचौंध भर गया। उसने बेकल हो, तीन-चार बार जल्दी-जल्दी पलकें झपकाईं तो रोशनी की झिलमिलाती लहरों के पार तीन दीवारों का आकार उभरने लगा। चारों ओर की गहरी ख़ामोशी के बीच ऊपर पंखा लगातार सनसना रहा था। और नीचे न पुष्प थे, न शय्या।...बस, वही बिछी थी।...

प्यार की बातें

वह रेस्तराँ मुझे पसंद है, बैठने के लिए अच्छा है, ख़ासकर सर्दियों में छोटा-सा हॉल और बाहर उतनी ही, बल्कि उससे ज़्यादा, लंबी-चौड़ी खुली जगह, ऊपर लोहे के चारख़ाने वाले सीख़चों का आधार और उन पर छाई हुई घनी-घनी बेलें, दो क़तारों में पाँच-पाँच मेज़ें और उन पर धूप-छाँह की दिलचस्प आँखमिचौनी...

मैं अंदर दाख़िल हुआ और दाईं तरफ़ की आख़िरी मेज़ पर बैठ गया। मुँह सामने की ओर था। हाथ का मोड़ा हुआ अख़बार सामने रख दिया, जेब से सिगरेट का पैकेट, माचिस और चाबियों का गुच्छा भी। हलकापन-सा महसूस हुआ—जैसे कि इन चीज़ों का बोझ हो। रूमाल निकालकर आहिस्ता से मुँह पर फिराया, टाई की गाँठ दुरुस्त की, कोट के बटन खोल लिये। फिर आगे झुककर कुहनियाँ मेज़ पर टिकायीं और जगह का जायज़ा लिया। बग़ल की क़तार में तीसरी मेज़ पर वह पहचाना आदमी कुछ हिसाब कर रहा था। उसके सामने दो रजिस्टर खुले थे और साथ में एक डायरी व लंबा-सा काग़ज़। पहले वह रजिस्टरों में देख-देखकर शायद आँकड़े काग़ज़ पर उतारता था, फिर उन्हें जोड़ता, घटाता या जाने क्या करता था और फिर सावधानी से काग़ज़ के नतीजे को डायरी में उतार लेता था। उसके सामने कॉफ़ी की निकिल की कटोरी और गिलास खाली पड़ा था...उसे यहाँ कई बार देखा है। वह अपने काम में डूबा रहता है। किसी आनेवाले के जूतों की आहट उसे नहीं चौंकाती...सामने, आइस-बॉक्स के बग़ल में, मैनेजर बैठा था। अख़बार देख रहा था। महीन टाइपवाली इबारत पढ़ते हुए उसकी भौंहों पर बल पड़े थे। इस तरह उसे देखकर मुझे कई बार लगा है, शायद इसे चश्मे की ज़रूरत है...बस, बाहरी हिस्से में इतने ही लोग थे। अंदरवाले हॉल से अलबत्ता बातों और बरतनों की कुछ आहटें आ रही थीं। यों थोड़ा-सा ऊपर उठने पर इसी तरफ़ खुलनेवाली तीन खिड़कियों के रास्ते अंदर देखा भी जा सकता था, लेकिन वैसी ज़रूरत महसूस नहीं हुई।

तभी वेटर आया। बीटल बूट, नीली जींस और पूरी बाँहों की जर्सी। छोटी-सी फ़्रेंचकट दाढ़ी और माथे पर सज़ा बालों का गुच्छा। मेरी मेज़ तक का फ़ासला तै करते

हुए उसने मुँह से रायफल के ज़रिए गोली दाग जाने की आवाज़ निकाली। फिर पास आने पर थोड़ा-सा झुककर पूछा, "कॉफ़ी ?"

"कॉफ़ी।"

"अभी एक ?"

"अभी एक।"

हम दोनों अर्थ-भरे ढंग से मुसकराए—वह कुछ ज़्यादा, मैं कुछ कम। फिर उसने पूरी तरह सैनिक के अंदाज़ में, हाथों को अकड़ाए हुए, चुस्ती से एबाउट टर्न किया और लेफ़्ट-राइट, लेफ़्ट-राइट करते हुए अंदर चला गया।

मैंने घड़ी देखी, यहाँ आए हुए पंद्रह मिनिट हो चुके थे। वह हमेशा आधा घंटा लेट आती थी—कुछ दिनों से मैं भी आने लगा था। एकाध बार ऐसा भी हुआ कि वह पहले आ गई और मैं कुछेक मिनिट बाद तशरीफ़ लाया, तब उसने एतराज़-भरी नज़र से—जो प्रेमिकाओं का इजारा होती है—मेरी तरफ़ देखा, पर मैंने कह दिया कि मैं यहाँ पहले से मौजूद था और अभी-अभी पाँच मिनिट पहले, सिगरेट लेने के लिए बाहर गया था। मुझे ताज्जुब हुआ था, कैसी नादान है, जो शुरू की गर्मजोशी को सदाबहार समझती है।

तभी वह आई—मेरी प्रेमिका नहीं, एक दूसरी युवती। बाहरी दरवाज़े से दाखिल होते हुए, उसने कलाई की घड़ी पर एक निगाह डाली थी और आश्वस्त-सी हो गई थी। शायद सही समय पर आ गई थी। 'शुरुआत का मौसम है', मैंने उसका जायज़ा लेते हुए मन-ही-मन कहा। या हो सकता है, इस प्रसंग में यह पहले आती हो और युवक देर से, और देरी का झूठा बहाना भी न गढ़ता हो। आकर आत्मविश्वास से मेज़ पर बैठ जाता हो, 'हलो...' मुझे वे सिलसिले अच्छे लगते हैं, जिनमें लड़की हमेशा पहले आती है और हर आहट पर दरवाज़े की तरफ़ चाह-भरी आँखों से देखती है। काश !...मेरे मन में हलकी-सी कसक जागी, मगर मैंने उसे वहीं दबा दिया...मुश्किल नहीं है—मेरा मतलब है, कसक दबाना...

वह मेरी बग़ल की मेज़ पर बैठ गई। उसी क़तार में, जिसमें मेरी कुरसी थी। मुझे उसकी तंगदिली पर खीझ हुई। अगर यहाँ के अलावा और कहीं भी बैठती, तो फ़ुरसत के ये लमहे बीच-बीच में उसे घूरते हुए मज़े में गुज़ारे जा सकते थे, लेकिन नहीं...हुँह !...मैंने भी मान से मुँह फेर लिया। अपने को समझती क्या है ! एक सिगरेट जलाई और धुएँ के छल्ले बनाने लगा।

एक दर्जन छल्लों के बाद गुस्सा काफ़ूर हो गया। गिनती काफ़ी होती है—एक दर्जन की। बड़े-बड़े मुद्दोंवाला क्रोध भी इतनी देर नहीं टिक सकता। सिगरेट का टुकड़ा फ़र्श पर डालकर जूते से कुचल दिया और नज़र बचाकर उस ओर देखा। वह

काफ़ी अच्छी थी, देखने में...चेहरे पर कोमलता और आँखों में हलका-सा खोयापन। उम्र...होगी यही कोई 27-28 साल, अंदाज़न। पर्स उसके सामने था, जिसमें से एक लिफ़ाफ़ा निकाल लिया था और एहतियात से उसे पढ़ रही थी–गुमसुम, बल्कि कहें, तो कह सकते हैं कि...उदास।

वेटर आया और उसने मेरे सामने कॉफ़ी का गिलास रख दिया। फिर बग़लवाली मेज़ की ओर बढ़ा, थोड़ा-सा झुका और हलके से मुसकराया। वह युवती भी। फिर एक नज़र बाईं कलाई पर देखते हुए बोली, 'ज़रा देर बाद।' आवाज़ नम्रता-भरी, बल्कि हलके खेद-सहित–जैसे उसे बैरे को फ़िज़ूल परेशान करने पर अफ़सोस हो।

'इन्हें भी इंतज़ार है, इन्हें भी इंतज़ार है।' मैं अपने आप गुनगुनाया। फिर भाप उड़ाते गिलास पर झुक गया और एक बड़ा घूँट भरा। कड़वा तीखापन। जुबान की जलन के साथ इस बात का अहसास कि चीनी तो मिलाई ही नहीं। युवती इसी तरफ़ देख रही थी। मजबूरी में घूँट निगलना पड़ा। उसने लिफ़ाफ़ा पर्स में डाला, दोनों कुहनियाँ मेज़ पर टिकाईं और जुड़ी हथेलियों पर ठोड़ी रख सामने देखने लगी। मुँह में अभी तक कसैलापन था। मैंने आरोप-भरी दृष्टि युवती पर फेंकी, इन्हें भी इसी घड़ी मेरी तरफ़ देखना था ! खीज के साथ चम्मच उठाया और जल्दी-जल्दी गिलास में चलाने लगा।

तभी वह आई...बाहरी दरवाज़े के बाद धूपवाली तेज़ रोशनी थी। उसकी चकाचौंध के बीच एक नारी-आकार भीतर घुसा और दो-तीन क़दम चलने के साथ-साथ पैसेज के मद्धिम प्रकाश में जानी-पहचानी रेखाओं व कटावों में बदल गया। आने के दौरान इस-उस मेज़ से फिसलती उसकी निगाह मुझ पर आकर टिक गई। हलकी मुसकान और कुछ उद्धत-सी चाल। दायाँ हाथ ऊपर उठा और पर्स कंधे पर झूलता हुआ।

पास आकर उसने सामनेवाली कुरसी पीछे खिसकाई और बैठ गई। दो पल मुसकराहट के साथ मेरी ओर देखा। मैं जानता था, अब यह कहेगी, "मुझे अफ़सोस है। थोड़ी देर हो गई।"

"मुझे अफ़सोस है, थोड़ी देर हो गई।" वह बोली। बेल-बॉटम वाले एक घुटने पर दूसरा घुटना रखा। कसे हुए, चुस्त स्वेटर को निचले किनारे से पकड़कर खींचा, ताकि झोल ग़लत जगह न रह जाए।

मुझे पता था, अब यह बोलेगी, "मद्रास होटल के स्टॉप पर बड़ी भीड़ थी। हारकर स्कूटर लेना पड़ा।"

"मद्रास होटल के स्टॉप पर बड़ी भीड़ थी, हार कर स्कूटर लेना पड़ा।" उसने कहा।

"टुच्ची !" मैंने मन-ही-मन गाली दी। हमेशा की तरह जी चाहा कि जेब से

एक रुपये दस पैसे निकालकर उसके मुँह पर मार दूँ। अपनी उत्तेजना पर क़ाबू पाने के लिए हाथ घुटनों के नीचे दबा लिये। पर सच्चाई यह है कि वह आवेश नहीं था—होने की गुंजायश ही नहीं रही, न अभी, और न पहले कभी।

"तुम कितनी देर से बैठे हो ?"

मैंने बड़े रूमानी लहजे में कहा, "सदियाँ गुज़र गईं।"

वह खिलखिला कर हँसी। मुझे न चाहते हुए भी अच्छा लगा। इस घड़ी उस पर प्यार आ गया...जब यहाँ अकेला था, तो बग़ल की युवती ने यों ही-से अंदाज़ में मेरी तरफ़ देखा था, जब यह आकर सामने बैठी, तो कुछ ग़ौर से, और अब बहुत ही ध्यानपूर्वक वह मेरी ओर देख रही थी...ज़ाहिर है कि अहं को तृप्ति मिली। एक सिगरेट सुलगाते हुए लापरवाही से उसकी खोज-भरी दृष्टि को अनदेखा कर दिया...पैकेट पर भी प्यार आया। कितनी अच्छी चीज़ है ! न होती, तो अपनी आत्मलीनता कैसे प्रकट करता !

तभी सीटी में एक फ़िल्मी धुन के साथ वेटर बाहर निकला और पास आकर रुक गया। हम दोनों की ओर देखकर मुसकराया।

"कॉफ़ी।" वह बोली।

"कुछ और भी मँगवा लो।" मैंने कहा।

"नहीं, कैंटीन में सैंडविचेज़ ले लिये थे।"

"झूठी !" मैं खुद से बोला, "लंच बॉक्स में लाया गया एक पाव चावल ठूँसकर आई होगी और बतला रही है हलके-फुलके ब्रेड के टुकड़े।"

बैरे के जूतों की आहट डूब गई। कुछ देर चुप्पी। फिर मैंने पूछा, "और क्या हाल हैं ?"

"ठीक।"

चुप्पी। फिर मैंने पूछा, "आज का दिन कैसा रहा ?" जैसे कि दिन पूरा बीत गया हो !

"यों ही। कुछ ख़ास नहीं"...कूढ़-मग़ज़। समझती कुछ नहीं, रटे-रटाए जुमले उगल देती है।

"दफ़्तर में काम कुछ ज़्यादा था ?"

"नहीं। शनिवार को तो वैसे भी कोई काम नहीं करना चाहता। सबको एक बजे भागने की पड़ी रहती है।"

बस, इसी समय नज़र उठी, तो मैंने उसे देखा। वह पैसेज से गुज़रकर भीतर आ चुका था और अंदर दाख़िल होते ही उसकी निगाह दाईं क़तार की आख़िरी मेज़ पर पहुँची और चलने के दौरान लगातार वहीं जमी रही। युवती की आँखों में भी उसे देखते ही स्निग्धता भर गई। वह हलके-से मुसकराई। लड़का भी। उसने अपने हाथ की अटैची नीचे रख दी और सामने की कुरसी पर बैठने को हुआ, पर लड़की ने

उसका एक हाथ पकड़कर खींचा और अपने बग़लवाली कुरसी पर बिठा लिया। लड़के का हाथ पूर्ववत् थामे हुए लड़की कुछ क्षण मीठी नज़रों से उसकी तरफ़ देखती रही, फिर उसने हाथ की कोमल भंगिमा से उसके माथे पर बिखर आई बालों की दो-तीन लटें सँवार दीं।

"देर हो गई थी। मुझे डर लगने लगा था कि कहीं तुम..."

"क्यों ?...मैं कोई बच्चा हूँ ?" लड़के ने कहा, लेकिन मुसकराकर ही, बुरा नहीं माना, "पार्लियामेंट स्ट्रीट पर ट्रैफ़िक जाम था। एक्सीडेंट हो गया है।"

"ओह..."

"स्कूटरवाला पहाड़गंज से घुमाकर ले जा रहा था। मैंने कहा, "सीधे-सीधे आर्यसमाज रोड पर ले चलो। हम कोई पहली बार नहीं जा रहे हैं।"

"अच्छा..." युवती हँसी के साथ शाबासी के अंदाज़ में बोली।

"मैंने मीटर देखकर किराया दिया, एक रुपया साठ पैसे..." उसने निकर की जेब में हाथ डाला, "देखो, चालीस पैसे ये बचे हैं।"

लड़के ने पर्स सामने खींचा और पैसे युवती के हाथ में रख दिए, मगर युवती ने मुसकराते हुए उन्हें फिर लड़के की जेब में डाल दिया। तभी वेटर अंदर से निकला और उसने लड़के को देखा। दोनों मुसकराए। उस मेज़ तक का फ़ासला तय करते हुए वेटर ने अपने मुँह से सुनसान घाटियों में मशीनगन के चलने की आवाज़ निकाली। लड़का मंत्रमुग्ध था। लड़की उतने ही मोह-भरे कौतुक से लड़के का चेहरा देख रही थी।

बैरा पास आकर झुक गया, "गुड आफ़्टरनून सर !"

लड़के ने जवाब दिया, "गुड आफ़्टरनून !" वह युवती की ओर देखकर मुसकराया।

"दोसा, बड़ा, इडली, उत्तपम।" वेटर ने सूचना दी।

"तुम दोसा लोगे न ?" लड़की ने पूछा।

लड़के ने जवाब दिया, "हाँ।" उसकी आँखें वेटर पर थीं।

ऑर्डर हो गया, "दो मसाला दोसा।"

बेल बॉटम ने लक्ष्य कर लिया कि मैं कहाँ देख रहा हूँ, इसलिए शायद मेरा ध्यान बँटाने के लिए ही उसने पूछा, "तुम्हारा वो दर्द कैसा है अब ?"

एक पल के लिए मुझे खुशी हुई...कि इसमें अभी भी कुछ गुंजाइश है...लेकिन दूसरे ही पल मैं थोड़ा-सा परेशान हो गया कि अब जवाब क्या दूँ। ज़ाहिर है कि दर्द-वर्द कहीं कुछ नहीं था। मैंने देर-बेर से आने पर बहाने की सूरत में यों ही गप मार दी होगी। साफ़ है कि पूरी तरह याद उसे भी नहीं था, वरना उस जगह का नाम लेती,

जहाँ मैंने दर्द की तकलीफ़ बयान की थी।

"मैं क्या पूछ रही हूँ ?"

"ठीक हूँ अब।"

"डॉक्टर के पास गए थे ?"

"हाँ।"

"क्या कहा उसने ?"

बस, सेकंड के हज़ारहवें हिस्से के लिए मैं झिझका। फिर कह दिया, "किडनी में ऑनॉरिफ़िकेबिलिट्यूडिनिटी है।"

उसने चौंककर मेरी तरफ देखा। मेरा चेहरा निहायत संजीदा था।

"ओह..." उसने धीरे-धीरे साँस छोड़ते हुए कहा।

"चिंता की कोई बात नहीं है। नियमित रूप से दवा का सेवन कर रहा हूँ।" फ़िज़ा बनाने के लिए सरकारी हिन्दी के लफ़्ज़ चुन लिए।

उसने हाथ बढ़ाकर अख़बार खींचा और पिछला पन्ना खोलकर देखने लगी। मैं चौंका। नीचे ही वह छोटा-सा लेख था, जिसमें बतलाया गया था कि ऑनॉरिफ़िकेबिलिट्यूडिनिटी अँगरेज़ी का सबसे अधिक अक्षरोंवाला शब्द है और एक जगह ब्रेकेट में इसका अर्थ–सम्माननीयता–भी दिया गया था।

लेकिन मैं जानता था कि उसकी पहुँच यहाँ तक नहीं है। वह ऊपर के एक इश्तिहार में उलझ गई और होंठों ही होंठों में बुदबुदाई, "चप्पलों का क्लियरेंस सेल हो रहा है।"

मैं कुरसी पर आराम से पीछे टिक गया और एक फ़िल्मी नग़्मा गुनगुनाते हुए जूते से ताल देने लगा...मैनेजर अंदर चला गया था। बग़ल की क़तार में तीसरी मेज़ पर वह आदमी पहले की तरह हिसाब कर रहा था। युवती गोद में एक लिस्ट रखे सावधानी से उसे जाँच रही थी। एकाध बार पेंसिल से उसने कुछ काट-छाँट की। लड़का मेज़ पर झुका था और जेब से निकाली गई मुट्ठी-भर काँच की गोलियाँ गिन रहा था। एकाएक उसे जैसे कुछ याद आया और वह सीधा हो गया। तेज़ आवाज़ में उसने कहा, "तुमने सुबह मेरे होमवर्क की कॉपी में सिग्नेचर क्यों नहीं किए ?"

युवती ने 'च्च' के साथ दाँतों-तले जीभ दबा ली..."आइ एम सॉरी।" रुक-रुककर उसने कहा, ग्लानि और अपराध-भरे स्वर में।

"पता है, टीचर ने मुझसे भरे क्लास में पूछा–खड़ा करके...मुझे इतनी शर्मिंदगी हुई..."

"मैं बिलकुल भूल गई थी...सच्ची...सुबह इस तरह काम उलझे...पहले दूध देर से मिला, फिर टोस्ट जल गए, फिर अंडे ख़राब निकले, फिर इस्तरी करते वक़्त

ज़ोर का करेंट लग गया...''

लड़का थोड़ा चौंका। उसने ध्यान से युवती को देखा, जैसे विचार कर रहा हो कि यह अंतिम कारण भूल को क्षम्य बना सकता है या नहीं ! लड़की कठघरे के मुजरिम के समान निर्णय का इंतज़ार करती रही। लड़के ने मामले को रफ़ा-दफ़ा करने के ढंग से फिर सिर झटका, कहा, ''कल मैडम के लिए एक स्लिप लिख देना।''

''अच्छा।'' युवती तत्परता से बोली।

इससे पहले कि लड़का अधगिनी गोलियों पर झुक सके, बैरा जूतों की आहट के साथ आता दिखाई दिया। मेज़ के किनारे पर ठहरकर उसने ट्रे एक हाथ में साधी, और दोनों के आगे पहले पानी का गिलास रखा, फिर दोसे की तश्तरी, फिर साँभर की कटोरी। लड़की ने गिलास मुँह से लगा लिया। लड़के ने कटोरी में चम्मच चलाया, फिर साँभर का एक घूँट चखा, फिर दोसे का एक टुकड़ा काटा और बुरा-सा मुँह बनाकर कहा, ''खूब सिका हुआ नहीं है।''

लड़की शायद अभी तक कृतज्ञता से अभिभूत थी... ''तुम यह ले लो'' के साथ उसने तुरंत तश्तरियाँ बदल लीं।

...खट की आवाज़ के साथ मेज़ पर कॉफ़ी का गिलास आ गया—काँच का। और साथ में चीनी की कटोरी।

यह उठ खड़ी हुई। बोली, ''मैं अभी आई।'' और पैसेज में टॉयलेट की तरफ़ चली गई।

मुझे खुशी हुई—इसके टॉयलेट जाने पर नहीं, बल्कि कुछ लमहों के लिए यहाँ से उठने पर, क्योंकि मैं अपनी कॉफ़ी बहुत पहले ख़त्म कर चुका था और इस सर्दी के मौसम में फिर एकाध घूँट भरना चाहता था। अगर इसके पीना शुरू करने पर माँगता—तो यह निहायत ही सस्ती क़िस्म की मसर्रत से गिलास मेरे सामने बढ़ा देती, लेकिन मैं ही जानता हूँ कि शुरू-शुरू में—जब यह सब करना पड़ता है—मुझे किस तरह भीतर से उबलती हुई उबकाई को दबाना पड़ता था। मुझे अकसर ताज्जुब होता है, लोग कैसे अपनी प्रेमिका की चुभलाई हुई चॉकलेट या चूसी हुई आइसक्रीम बड़े इतमीनान से निगल लेते हैं।

मैंने एक चम्मच चीनी मिलाई और जल्दी-जल्दी दो बड़े-बड़े घूँट लिये। गले से पेट तक—गर्माहट की एक गुनगुनी लकीर खिंच गई। ज़बान हलके-से मुँह में फिराई, लगा कि अभी और ज़रूरत है। ग़ौर से गिलास को देखा, तरल सतह ऊपरी किनारे से क़रीब आधा इंच नीचे उभरी हुई गोलाकार रेखा तक आ पहुँची थी। एक छोटा-सा घूँट लिया और गिलास को यथास्थान स्थापित कर दिया। शक्कर की कटोरी उसके पास जहाँ की तहाँ रख दी। अपनी कुरसी मेज़ से कुछ पीछे खिसका ली और जूते की

ताल देते हुए अपना पुराना फ़िल्मी गाना गुनगुनाने लगा...

वह आई और कुरसी खींचकर बैठ गई। दो चम्मच चीनी गिलास में डाली और मिलाने लगी। फिर चम्मच निकालकर कटोरी में रखा, गिलास उठाया और मुँह से लगाते हुए सहसा रुक गई...

मैं पूर्ववत् ताल के साथ गाना गा रहा था।

"अब ये लोग कॉफ़ी कुछ कम देने लगे हैं।" गिलास को ध्यान से देखते हुए उसने कहा।

मैं कुरसी पर थोड़ा नीचे को खिसक गया और ऊपर देखते हुए वीतरागी-जैसे लहजे में बोला, "साली लूट मची है हर तरफ़।"

उसने पल-भर मेरी तरफ़ देखा, फिर गिलास होंठों से लगा लिया। घूँट निगलकर कुछ परेशानी के साथ कहा, "दो चम्मच चीनी से ही इतनी मीठी हो गई।"

मैं बड़े रूमानी अंदाज़ में बोला, "चीनी से नहीं, इन होंठों से।"

"शैतान कहीं के !"

उसने झेंप की काफ़ी भौंड़ी एक्टिंग की–इतनी कि मुझे ऊबवाली जमुहाई आ गई। उसे छिपाने की कोशिश में मुँह घुमाया, तो बग़लवाली युवती को अपनी ओर देखते और मुसकराते पाया...पल-भर की उलझन...फिर बादल साफ़ हो गए...या ख़ुदा ! तो इसने सब कुछ देख लिया !

अपनी तथाकथित शर्म पर क़ाबू पाने के लिए मैंने एक सिगरेट जलाई और धुआँ उड़ाने लगा।

"कुछ बात करो न...तुम तो चुपचाप बैठे हो।" यह बोली।

मैंने लम्हे-भर सोचा, फिर फ़र्ज़ अदायगी के तौर पर कहा, "तुम आज बहुत खूबसूरत लग रही हो।"

"झूठमूठ कह रहे हो।" यह इठलाई।

"हाँ।" मैंने मन में कहा। जुबान से बोला, "अब मैं तुम्हें कैसे यक़ीन दिलाऊँ..." विराम। "सचमुच यह लिबास तुमपर बहुत फबता है।"

उसने अपने-आपको प्यार से देखा...मैंने एक गहरी साँस ली। ज़िंदगी वाक़ई बहुत आसान है, अगर...चिंतन को यहीं रोक दिया, क्योंकि हर जगह कोई अगर, कोई किंतु, कोई लेकिन...

वेटर बराबरवाली मेज़ के सामने आ खड़ा हुआ।

"मेरे लिए कॉफ़ी।" लड़की ने कहा, "तुम कोक लोगे न ?"

"ऊँहूँ..." लड़के ने इनकार में सिर हिलाया, "रिमझिम।" उसके चेहरे पर शरारत थी।

वेटर के जाने के बाद युवती ने पूछा। "तुम तो हमेशा कोक लेते हो, आज रिमझिम क्यों ?"

लड़के ने चंचल मुसकान से पीछे इशारा किया। युवती मुड़ी। मैंने भी नज़र को थोड़ा-सा तिरछा किया–मजबूरी हो जाती है। कई बार, वश नहीं चलता...दीवार पर नया लगा हुआ रंगीन बोर्ड था, "जो रिमझिम पिए सो मर्द–बाक़ी सब बच्चे।"

"शैतान कहीं के !" लड़की ज़रा-सी झेंप गई।

लड़का मुसकराया–विजय की मुसकान...

लड़के को एकाएक कुछ याद आ गया। उसने आधी पी गई बोतल एक तरफ़ हटा दी और तीव्र स्वर में कहा, "तुम बहुत ख़राब हो, बिलकुल गंदी।"

युवती घूँट भरने के लिए मुँह नीचे झुका रही थी, चौंककर जहाँ की तहाँ ठिठक गई। बोली, "क्यों ? क्या हुआ ?"

"तुमने बिन्दू से कहा था कि मैं रात को तुम्हारे पास भाग आता हूँ ?"

"हाँ।" उसने अपराधी के-से स्वर में कहा, "तो ?"

"उसने आज स्कूल में मेरा खूब मज़ाक बनाया। खी-खी करके हँसने लगी...बोली, इतने बड़े ढोढरे होकर दूसरे कमरे में सोते हुए डरते हो ? शर्म नहीं आती ? बोलो ? मैं आता हूँ कि तुम मुझे अपने पास बुला लेती हो ज़बरदस्ती ?"

"मैं..." लड़की नीचे देखते हुए घूँट-सा भरकर बोली।

"क्यों बुला लेती हो बेकार... ?" लड़के ने दो पल उत्तर की प्रतीक्षा करके निर्णय सुना दिया, "आज से मत बुलाना।"

लड़की ने हाथ बढ़ाया और लड़के का नन्हा-सा हाथ अपने हाथों में थाम लिया। रुक-रुककर कहा, "मुझे डर लगता है।"

लड़का क्षण-भर नासमझी से उसकी ओर देखता रहा, फिर बोला, "चोर से ? लेकिन मैं क्या कर सकता हूँ ? मैं तो सोया हुआ होता हूँ।"

"चोर से नहीं..."

"फिर ?"

"अँधेरे से, अकेलेपन से...सारी दुनिया से..." हताशा से सिर झटका, "तुम नहीं समझोगे।" दो पल बाद कातरता से जोड़ा, "मेरी इतनी-सी बात नहीं मान सकते ?"

उस विह्वल दृष्टि के सामने लड़का पिघल गया। आहिस्ता से बोला, "अच्छा।" कुछ क्षणों के बाद चेतावनी दे दी, "पर किसी को बतलाना मत।"

लड़की ने हामी में सिर हिलाया।

एकाएक बेल-बॉटम चहककर बोली, "सुनो, तुम्हें एक खुशख़बरी सुनाऊँ ?"

"सुनाओ।"

"डालमिया एंटरप्राइज़ेज़ से मेरा इंटरव्यू-लेटर आया है।"

"बधाई...कब है ?"

"शुक्रवार को...जानते हो, क्या स्केल है वहाँ ?"

"क्या ?"

"चार सौ तो बेसिक है, सारे एलाउंसेज़ अलग।" उसकी आँखें आधी मुँद गईं। चेहरे पर परम आह्लाद छा गया। अस्फुट-स्वर में बोली, "कल सारी रात मुझे नींद नहीं आई।"

मेरी नाक से खुद ब खुद एक लंबी साँस निकल गई—ईर्ष्या और आशंका की। कहीं सचमुच इसे यह जगह मिल न जाए।...

लड़के ने लिस्ट उठा ली, पूछा, "कहाँ-कहाँ चलना है ?"

"पहले ग्रौसरी, फिर जनरल मर्जेंट, फिर ऊन लेनी है, फिर लाइट हाउस से वो हीटर उठाना है, फिर लाण्ड्री से तुम्हारा सूट..."

"फिर वहीं रिद्म कॉर्नर से वो लांग-प्लेइंग ले दोगी न ?"

लड़की हतप्रभ-सी हो गई।

लड़के ने खोज-भरी निगाह लिस्ट पर फेंकी, "क्या बात है, तुमने इसमें नहीं लिखा ?"

कुछ क्षणों बाद हिचकिचाहट के साथ जवाब मिला, "देखो...इस महीने गुंजाइश नहीं है।"

लड़के ने तीव्र स्वर में कहा, "फिर वादा तोड़ा ?"

युवती नरमी से बोली, "तोड़ा कहाँ है, अगले महीने..."

लड़का पल-भर वितृष्णा से उसकी तरफ़ देखता रहा, फिर क्रोध-भरे, रुआँसे स्वर में उसने नक़ल की, "तोला तहाँ है...अदले मइने..." विवश गुस्से में उसने अपने होंठ चबाए, जैसे समझ न पा रहा हो कि क्या करे। फिर फुर्ती से कुरसी पर घूमकर उसने लड़की की तरफ़ पीठ कर ली, दोनों हाथ मेज़ पर रखे और उनके घेरे में अपना सिर डालकर बैठ गया।

युवती परेशान-सी हो उठी। यहाँ-तहाँ देखने को हुई कि मैंने फ़ौरन निगाहें नीची कर लीं। कुछ क्षणों बाद उसने कोमलता से लड़के के कंधे पर हाथ रखा। उसने तुरंत झटक दिया। कुछ देर चुप्पी रही। फिर लड़की ने ठहर-ठहरकर मनुहार की, "अच्छा, यहाँ तो देखो...मेरी बात तो सुनो !...बस, एक बार...! ऐसे करता है कोई ?"

लड़का निश्चल। विराम। फिर युवती आगे झुकी। दोनों बाँहों में लड़के को भरते हुए उसने उसकी गरदन पर होंठ रख दिए। लड़का ज़रा-सा कुनमुनाया, उसी स्थिति में बोला, "मना लो, जितना मनाना हो...हम बोलेंगेइ नहीं।"

कुछ क्षणों की प्रतीक्षा के बाद लड़की सीधी हो गई। सोचती रही। फिर उसने लड़के के गले में गुदगुदी करके उसे हँसाने की कोशिश की, फिर बग़लों पर। लड़का स्थिर रहा। तब एकाएक लड़की ने गुदगुदी का हमला उसके पेट पर किया। लड़का

एकदम पलटा, बिजली की तेज़ी से उसने युवती के कंधे पर एक घूँसा रसीद किया और फिर पहले की तरह बाँहों में सिर डालकर बैठ गया।

कुछ क्षणों के बाद लड़की ने आहत स्वर में कहा, "ठीक है...मम्मी को टेम्प्रेचर है, लेकिन तुम ज़रूर उसे पीट लो।"

लड़का मुड़ा। उसने स्थिर दृष्टि से युवती को देखा। बोला, "झूठ।"

लड़की नीचे देख रही थी। उसी तरह जवाब दिया, "ठीक है...झूठ है, तो झूठ सही।"

लड़का पास आया। पहले लड़की का हाथ छुआ, फिर गला, फिर कपोल। फिर कोमलता से उसका सिर सहलाते हुए कहा, "मुझे पता थोड़ेइ था...आए'म सॉरी।"

लड़की ने धीरे से उसका हाथ अलग कर दिया और पूर्ववत् सामने देखती रही। लड़का अपराधी-सा खड़ा रहा। कुछ देर की ख़ामोशी के बाद बोला, "कह तो रहा हूँ कि मुझे मालूम नहीं था...सच्ची, अब नहीं करूँगा ज़िद।" कोई उत्तर नहीं मिला। चुप्पी। लड़के ने रुक-रुककर कहा, "मैंने जान-बूझकर किया हो, तो कहो...एक बार माफ़ नहीं कर सकतीं ?...ऐसे करता है कोई ?"

लड़की स्थिर। विराम। फिर लड़का आगे झुका। दोनों बाँहों में लड़की को भरते हुए, उसने उसके एक गाल से अपने होंठ छुआ दिए। रुँधे स्वर में कहा, "नहीं बोलोगी ?" लड़की ने एकाएक हिलककर उसके इर्द-गिर्द अपनी बाँहें डाल दीं।

मेरे मन में एक बगूला उठा और ऊपर को सफ़र करने लगा। बुदबुदाहट में कहा, "ये दुनिया, ये दुनिया, हाय, हमारी ये दुनिया..."

"सुनो, कल कोई फ़िल्म देखें ?" यह अख़बार पर से नज़र उठाकर बोली।

"हूँ।"

"कौन-सी ?"

"......"

"मैं पूछ रही हूँ, कौन-सी ?"

"कोई भी।"

"रिवोली में।" उसने अख़बार में देखकर तय कर लिया, "अभी चलकर टिकट ले लेंगे।"

शायद मैंने हामी में सिर हिलाया। चुप्पी। उसने अख़बार मोड़कर मेरे सामने रखा। आँख चाबियों के गुच्छे पर पड़ गई। उसे उठा लिया। घुमाकर निरखा-परखा, "तुम्हारा है ?"

प्रश्न इतना विद्वत्तापूर्ण था कि उत्तर की आवश्यकता नहीं समझी गई।

"मैं क्या पूछ रही हूँ ?...तुम्हारा है ?"

पैकेट उठाया, एक सिगरेट निकाली, मुँह में दबाई, सुलगायी, एक कश लिया, कहा, "हाँ, हमारा है।"

यह किलकी, "अच्छा, हम बताएँ, कौन-सी चाबी कहाँ की है ?"

उबासी लेकर बोला, "बताओ।"

उसने एक चाबी दिखलाई, "यह है गोदरेज के ताले की, जो बाहरी दरवाज़े पर लगा होगा।"

"यह तो अंधा भी बतला सकता है।"

उसने पल-भर मेरी तरफ़ देखा, फिर दूसरी चाबी पकड़ी, "यह क्लिक ताला है, जो स्टोर पर होगा।"

"नहीं। हैरीसन ताला है और दफ़्तर में मेरी मेज़ की दराज़ पर लगा है।"

"अच्छा ?"

जवाब में सिगरेट का एक कश लिया।

उसने तीसरी चाबी थामी, "यह चाबी है गोदरेज की आलमारी की।"

"नहीं। अलीगढ़ का ताला है, और मेरे ट्रंक पर लगा है।"

"झूठ।" उसने बुरा-सा मुँह बनाया।

मैंने लापरवाही से कहा, "झूठ है, तो झूठ सही।"

"तुम समझते हो, मैं गोदरेज की आलमारी की चाबी नहीं पहचानती ?"

"मैंने तुम्हारी जानकारी के बारे में कुछ नहीं कहा। सिर्फ़ अपनी झोपड़ी की एक सच्चाई बतलाई है।"

"इतना बड़ा ताला कोई बॉक्स पर लगता है ?"

मैंने धुआँ छोड़ते हुए कहा, "मैं लगाता हूँ। उसमें मेरी प्रेमिका...ओं की चिट्ठियाँ हैं।"

उसने स्थिर दृष्टि से मेरी ओर देखा। फिर एक और चाबी दिखलाई, "पाँच-पाँच रुपए की शर्त रही...यह चाबी सूटकेस की है।"

मैंने निर्विकार भाव से कहा, "निकालो पाँच रुपये !"

वह अवाक् रह गई, "सूटकेस की नहीं है ?"

"नहीं।"

"फिर कहाँ की है ?"

"मेरे बेडरूम में दीवार पर जो घड़ी लगी है, उसमें चाबी भरने की चाबी है।"

"झूठ... ! वह चाबी कोई गुच्छे में डाले फिरता है ?"

"मैं फिरता हूँ।"

वह पल-भर चुप रही। फिर तमककर बोली, "इतनी छोटी-सी चाबी घड़ी की हो ही नहीं सकती।"

"वह जापानी घड़ी है—स्मगल्ड। एक सौ बहत्तर रुपये इक्यासी पैसे में ख़रीदी थी...उसमें हर पंद्रह मिनट के बाद कबूतर की गुटरगूँ सुनाई देती है और हर एक घंटे के बाद शेर दहाड़ता है।"

वह एकटक मेरी तरफ़ देखती रही, फिर एकाएक गुच्छा मेज़ पर पटक दिया और रुँधे स्वर में बोली, "मुझे पता है, तुम झूठ बोल रहे हो...तुम इन दिनों जान-बूझकर मेरी हर बात काटते हो।" मेज़ पर मुड़े हुए हाथों को चौकोर दायरा बनाकर उसने अपना सिर उसमें डाल दिया, "मेरा दिल दुखाकर...न जाने क्या...मिल जाता है तुम्हें।" सिसकी के कारण उसकी पीठ रह-रहकर हिल उठती थी।

मैंने सिगरेट ऐश-ट्रे में रगड़कर बुझा दी। उभरती हुई जमुहाई को रोकने में अधूरी सफलता पाई। फिर कलाई मोड़कर समय देखा...बग़लवाली क़तार की मेज़ पर से दोनों सामने देख रहे थे। आइसबॉक्स के पीछे, दीवार पर एक बोर्ड लगा था, जिसमें यहाँ मिलनेवाली चीज़ों के नाम, दाम और कुछेक सूचनाएँ दी हुई थीं।

"तुम दाईं तरफ़ की लाइनें पढ़ सकती हो ?" लड़के ने पूछा।

"ऊँहूँ।" लड़की अनमनी सी थी।

यहाँ पर गाय का दूध और दही प्रयुक्त होता है...आगे ?

लड़की ने पलकें उठाईं और इबारत का टूटा सिरा पकड़ने की कोशिश की, "दही और दूध..."

वह अटकी, तो लड़के ने जुमला पूरा कर दिया, "बिकने के लिए नहीं है...फिर ?"

"दही सब्ज़ियों में और दूध कॉफ़ी में प्रयुक्त होता है।" लड़की ने पढ़ा।

"अच्छा, अब बाईं तरफ़ पढ़कर दिखाओ...सबसे ऊपर लिखा है, दोसा...ब्रेकेट में मसाला...आगे प्राइस–चालीस पैसे...इसके बाद ?"

लड़की ने कोशिश की, फिर कहा, "मुझसे नहीं पढ़ा जाता। बहुत बारीक हर्फ़ हैं।"

"मैं तो पढ़ लेता हूँ।"

लड़की मुसकराई, "तुम्हारी बात दूसरी है। तुम नौजवान हो।"

"और तुम ?"

"मैं ?...मैं हूँ बुढ़िया।"

"धत् ! गंदी बातें नहीं करते," लड़का संजीदा था, "ऐसी सुंदर तो लगती हो..." उसने कानों के बुंदे छुए, "यह भी सुंदर !" गले की चेन छुई, "यह भी सुंदर !" चिबुक के नीचे उँगली लगा चेहरा ऊपर उठाया, "यह भी सुंदर !"

लड़की हँस दी, बोली, "अच्छा, वेटर को तो बुलाओ।"

"बै ऽ ऽ रा ऽ..." लड़के ने आवाज़ लगाई।

लड़की ने पर्स खोला, तो लड़के की निगाह लिफ़ाफ़े पर पड़ गई। उसने हाथ बढ़ाकर लिफ़ाफ़ा निकाल लिया, "आंटी का है ? कुछ पापा के बारे में लिखा

है ?...अब कहाँ हैं ?..."

लड़की ने बहुत सर्द नज़र से लड़के को देखा। भिंचे स्वर में कहा, "फिर वादा तोड़ा ?"

लड़का बुझ-सा गया। चुपचाप लिफ़ाफ़ा पर्स में रख दिया। सिर झुकाए बोला, "सॉरी...अब कभी नहीं पूछूँगा।"

वेटर आया, तो लड़की ने एक नोट और कुछ रेज़गारी प्लेट में डाल दी। वह एड़ियों की 'खट' के साथ एटेंशन की स्थिति में पहुँचा, हाथ उठाकर फ़ौजी सैल्यूट किया, फिर लेफ़्ट-राइट करता हुआ अंदर चला गया।

लड़के ने अटैची उठा रखी थी। लड़की ने पर्स लिया, लड़के का एक हाथ थामा, फिर धीमे क़दमों से दोनों बाहर निकल गए...

एकाएक मुझे घुटन-सी महसूस हुई। लगा कि बस...अब और नहीं...मैं उठा और उसके सिर पर हाथ फेरा, "पागल ! तुम तो सचमुच बुरा मान गईं। मैं तो मज़ाक कर रहा था।" वह मान जाने को तैयार थी। तुरंत सीधी हो गई। "तुमने जो-जो बतलाया, वह सब सच था...मैं तो यों ही झूठमूठ तुम्हें चिढ़ा रहा था।"

वह उठ खड़ी हुई और पर्स से रूमाल निकालकर नाक साफ़ करने लगी। मैंने अपनी चीज़ें जेब के हवाले कीं, एक नोट निकालकर मेज़ पर रखा। फिर उसे बाँह में लिये हुए, छोटे-छोटे क़दमों से, बाहर आ गया।

●●●